創約

とある魔術の禁書目録《インデックス》 6

鎌池和馬
イラスト／はいむらきよたか

CONTENTS

「ママ様は過不足なく『復活』させてみせます」

『橋架結社』に属する超絶者。『復活』の奇跡を使う

『旧き善きマリア』

Designed by Hirokazu Watanabe (2725 Inc.)

創約 とある魔術の禁書目録《インデックス》 6

鎌池和馬

イラスト・はいむらきよたか

デザイン・渡邊宏一(2725 Inc.)

「ダイナって、うちのネコなの。ネズミとりなら、そりゃもう天才格よ、信じられないくらい。鳥をおっかけるとこだって見せてあげたいわ。だって小鳥なんて、見つけたかと思うともうたべちゃってるもの」

（ルイス・キャロル・著　矢川澄子・訳　金子國義・絵　新潮社・刊『不思議の国のアリス』より）

この課程は初学者にとっては総合的な価値をもつものである。右に列挙した作品群はむやみに深刻な鑑賞をすればいいというものではないのだが、こうした読書を通して初学者は、神秘主義や魔術の伝統に漠然と親しみを覚えるようになり、この種の主題に対する関心も増して、さらには思索をする上で役に立つ指針をいろいろと得られることだろう。

但し、右に掲げたリストでは、かなり概括的な読書課程を例示することしか果たせなかった。

（アレイスター・クロウリー・著　島弘之、植松靖夫、江口之隆・訳　国書刊行会・刊　『魔術——理論と実践』より）

序章　体重は意外と落ちない　Dying_Hungry.

人間、食べなければ体が自然と痩せていくなんて話は幻想だ。実際には体に蓄積した脂肪を分解してエネルギーへ変換する前にビタミンや電解質のバランスが崩壊するから、食事を一切摂《と》らなければ太ったまま餓死する展開だって普通にあり得る。

「はっ、はもふ。はぶふう……」

一二月三一日、午前九時。

人間死ぬ時はあっさり死ぬ、が今まさにやってきちゃった上条当麻《かみじょうとうま》である。

学生寮から学区をまたぐのに電車を使う事すらできない。貧乏暇なしとはよく言ったもので、足りない分は自分の足を動かして何とかするしかないのだ。

第一一学区、『外壁』東ゲート前。

インデックスはどこ行った？　オティヌスは？　空腹で途中リタイアじゃないだろうな。

「はふう」

二九日の時点ですでに残金は四九円だった。冷蔵庫は空っぽで、レトルトやカップ麺も残っていなかった。年末年始のメンテナンス期間を経てATMが再び動き出すのは一月四日であった。死ぬに決まっていた。上条当麻《かみじょうとうま》、インデックス、三毛猫、オティヌスの四人（？）も揃《そろ》ってワンルームで生活しようというのがそもそも間違っていたのかもしれない。

銀行関係が動かないという事は、遠く離れた両親からの仕送りで助けてもらう、といった事も頼めない。もらう側にとっては夢の一月一日をまたぐというのにお年玉に手をつけられるのも四日の話。何よりも恐るべきは連休期間を利用した大規模メンテナンスだった。銀行、駅構内、コンビニのATMまで全部止めるんじゃやねえ。

甘えは無用であった。こういう結論しか出てこない。

「……ばっ、バイトしないと死ぬ……」

普通に考えたら書類、面接、お給料の支払先口座登録と様々な手続きが必要だし、それらが終わって今すぐアルバイトを始めたって初任給が手に入るのはかなり先の月末給料日になりそうだが、そこはそれ。もう細かい条件なんかに気を配っている場合ではない。日当その場で現金支給、いいやまかないメシがついてくる職場ならお金なんか後回しで良《い》い。とにかく栄養だ、男子高校生の肉体がカロリーを求めて仕方ない。

（……『年末出稼ぎアルバイト』、か。初めて高校生で良かったって思ったぞマジで。それに

してもまた先輩、頼めばとんでもない話を持ってくるもんだ）

雲川芹亜《くもかわせりあ》。

艶《つや》やかな黒髪におでこ、それから滅法大人っぽいおっぱい。学校で一番ミステリアスな先輩女子の言っていた事を思い出す。

『出稼ぎ、と言っても言葉も通じない外国へ旅立つのではなく、またぐのは壁一枚だけど。つまり年末年始のかきいれ時に学園都市の「外」へ出て短期決戦のアルバイトに挑み、大金を得て戻ってくる、といった感じだな。冬休みの帰省で出ていく三、四割くらいの学生達に紛れて』

ちなみにこれは低学年の子ほど実家に帰りたがる傾向が強くなるらしい。自分なりのお休み計画があるならまだしも、変に大人ぶる連中はただ学園都市に残りたがって、最終的に何故《なぜ》か一人ぼっちでお正月を迎えてしまうという訳だ。

そしてどうやら学園都市の中と外では若者の人口比が違うため、同じ系列のコンビニや牛丼屋さんのアルバイトでも『外』の方が時給は良かったりするらしい。

『とはいえ、これは本来君のような本気の困窮者ではなく、「外」への外出許可を取りやすい冬休みを利用して年末年始を全部バイトで埋めて、分厚い臨時収入を手に入れるだけ手に入れたら、後は冬休みラストの数日間を泊まりがけでがっつり遊んで学園都市に帰ってくるところまで込みでの自家発電豪遊ツアーなんだけどな……』

『はあ。てかお金に魂を売った俺は具体的に何させられるんですか、大みそかで殺人級のてんやわんやだと豊洲《とよす》の魚市場辺りとか？』

『何言っているんだ、渋谷《しぶや》は海に面していないけど』

『SHIBUYAッッッ!!!?!??』

『私もちょうどそっちに用事があったんだ。今なら付き合ってやるけど。本当は忙しいんだが、ま、まあ君がどうしてもと言うのならなっ』

急に北風の寒さが増した。

上条《かみじょう》はガタガタ震えながら、

（……ど、どんなものかは知らんが、実家に帰ってお年玉をもらうよりこっちの方が儲《もう》かる、って考える輩《やから》が一定数はいる訳だよな。それなら、まあ見込みアリか？）

「こわいこわいこわい……。マジかよシブヤとか、テレビとお洒落《しゃれ》と茶髪と白い粉の国じゃんかよ。しかもばっちり年末三一日、カウントダウンを目前に控えたこの暗黒世紀末パーティの真っ最中だったら冗談抜きに路駐の車くらい制御の利《き》かなくなった群衆の手でお神輿《みこし》みたいに担《かつ》がれてんじゃねえのか……？」

冷たい北風以外の理由でぶるぶる震えるしかない。渋谷《しぶや》に用事だとう？　そりゃあお洒落《しゃれ》で有能お金持ち、人生が丸ごと輝いちゃってる黒髪巨乳美人ならズンズンドコドコなクラブのＶＩＰルームのソファで長い脚でも組んでりゃサマになるだろうが、こっちは渋谷区《しぶやく》の敷地《しきち》の端に足の指を乗せただけで全身が灰になりかねないじめじめインドア生物だ。これはもう構造の問題だろう。多分こう、お洒落《しゃれ》な人だけが生まれた時から持ってる魚の鰓《さかなえら》みたいなのがないとあの街で呼吸するのは不可能だというのに容赦なく来やがった、アウェイの中のアウェイが!!

お金が憎い。

貧乏でなければこの世の終わりみたいな騒ぎになってるであろう愛と欲望の都になんぞわざわざ近づく必要もなかったというのに。第三次世界大戦、オティヌスとの北欧圏逃避行、そして奇妙な縁からアレイスターと共に大悪魔コロンゾンと戦ったイギリス連邦全領域奇襲戦争。空気が似ていた。肌にビリビリと伝わる緊張の痛みは、嵐の前の例のアレだ。

(一回だけ。今日という悪夢の三一日さえ乗り切れば……。やるぞ。お、俺には守るべきものがあるんだ。いつまで経《た》っても影みたいにまとわりついてくる貧乏から脱出してみんなと一緒に何の心配もいらない豊かな寝正月を過ごすんだっ。でっぷー、運動しなかったからついつい太っちゃったよおーとか贅沢《ぜいたく》極まりねえ寝言を夜空に向かって吼《ほ》えるんだああああ!!)

インデックスやオティヌスはもちろん、餓《う》えた男子高校生を誘ってきた美人な先輩(意味深)雲川芹亜《くもかわせりあ》もまだ待ち合わせの場所には来ていないようだった。

第一一学区にある、外壁の東ゲートを見上げる。地方の大きな駅前といった感じの景色だが、それだけではない。ターミナル駅というだけでは説明がつかないほど大量の金属コンテナが、ピラミッドのように積み上げられているのだ。東の端であり、新宿《しんじゅく》と直で接するこの学区は陸路の動脈を形成する物流基地なのだ。

こうしている今も大型のトラックやトレーラーがひっきりなしに行き来していた。遠くから眺めているとお金の流れが目に見えるようだった。これからあそこに飛び込んで生きるために稼がないといけない。渋谷《しぶや》まで。渋谷《しぶや》ですって。超怖いんですけどっっっ!!!??

(てかインデックスって正確に何歳なんだ？　戸籍もマイナンバーも何にもねえけどこの国で仕事とかできんのか？　……身長一五センチの神とかは……？？？　あれ、ちょっと待ってまさか結局イロイロあって俺だけ一人で働かされる不幸なパターンか!?　待て待て待て待て魔王城SHIBUYAでまさかの独りぼっち？　待ってよおしっこ漏れちゃうよ!!)

と、

「……ええ、ええ」

上条《かみじょう》のすぐ後ろを通り過ぎる格好で、しっとりした女性の声が耳に入った。リアクションの声がないのでおそらくスマホか何かで通話でもしているのだろう。彼だけに限った話ではない、年末はどこも忙しそうだ。

「こちらはもう到着しているってば、ボロニイサキュバス。ふふっ、ヤバいよ。無理よ今からじゃ翼を広げて大空を飛んだって間に合わないけど。そう、貴女《あなた》の考えている通り『三倍率の装塡《リロードスリータイムス》』も終えているよ。わたくしの手は、もう目的に届くから。くすくす」

そこで、不意に真後ろの声が途切れた。電話の先に集中させていた注意を改めて自分の周りに向け直したような、一眼レフのカメラのピントを合わせるラグにも似た短い沈黙。

とにかくすぐ後ろからこんな声が飛んできたのだ。

「ねえちょっと！　貴方《あなた》が上条当麻《かみじょうとうま》よね？」

？　とツンツン頭は怪訝《けげん》な顔になった。

道案内希望、とかではない。相手が確認したがっているのはこちらの『名前』だ。

しかし少年は最後まで振り返る事ができなかった。ただ、鈴の音のような高い金属音を耳にして、視界の端で風になびく布がちらりと見えたのが精一杯だった。


ぞぶっっっ!!!!!!　と。

いきなり　背　中　から　突き　込まれた　細い手。

しなや　かな

五指が上条当麻《かみじょうとうま》の体の　真ん中か

ら飛び出し、彼の　血にまみ　れてい

たからだ。

第一章　飛び込め年末アルバイト　Away_SHIBUYA,31.

1

「……い、君。なあおい、いい加減に起きた方が良いけど、少年！」

耳元での叫びに、上条当麻《かみじょうとうま》の意識がぐわんと揺れた。誰が放っているものかはっきりしない……と自覚してから、目を閉じているのかと遅れて気づく。

渾身《こんしん》の力でじりじりと瞼《まぶた》に力を込めていくと、だ。

「なに……え……？　あれ、雲川先輩《くもかわせんぱい》？」

「確かに諸々《もろもろ》あって待ち合わせに遅れたのは認めるけど、その辺で犬が散歩しているような道路に寝転がるほど退屈だったか？」

雲川芹亜《くもかわせりあ》。

黒い艶《つや》やかな髪をカチューシャで上げた、おっぱいの大きな先輩女子の呆《あき》れた顔があった。

屈《かが》んでこちらのおでこを人差し指でつついている。……オトナな先輩の私服は分厚いコートにデキる女教師的なタイトスカートのスーツなので（上とかぴっちぴちブラウスだけど寒くはないのか）、そう屈《かが》まれると色々心配になるが。

だがツンツン頭としてはそっちがどうでも良くなってくるくらい頭が混乱している。

じわじわと遅れて認識が追い着いてくる。それは背中の刺し傷に気づいてからパニックがやってくるように、一気に彼の意識へ雪崩《なだ》れ込《こ》んできた。

飛び起きる。

「えっ、あう⁉」

「ひゃっ？」

びくっと震えた雲川《くもかわ》が意外と可愛《かわい》らしく体を縮めているが、上条《かみじょう》はそれどころではない。

ここは、第一一学区？　東ゲート前？　それで何がどうなった？？？

「待て待て待て、何が起きてる……？　確かいきなり声をかけられて、後ろから、そうだ振り返る余裕なんかなかった。ボキボキ体の中から変な音がいくつも聞こえたと思ったら、背骨っ、そうだよ、真ん中貫かれたって俺の体は今どうな……ッ⁉」

慌てて身を起こした上条《かみじょう》が自分の胸元や お腹《なか》を掌《てのひら》で撫《な》でてみると、

「あれ？　何も、ない……？」

「……寝ぼけてるのか？」

先輩ちゃんの呆《あき》れのニュアンスがちょっとずつ不審に変わりつつあるのはご愛嬌《あいきょう》。

何もなかった。もちろん背骨を砕かれて人肉がごっそりなくなっているなんて話はないし、上着も破れていないし、一滴の血もついていない。

ビルの壁にあるデジタル時計を見れば、午前九時一五分。

……この一五分、自分は何をしていたんだろう？

「しかし無駄に空回りしているな、君は。何だ、街の外に出て渋谷《しぶや》まで出かけるのがそんなに怖かったのか？　上着とか裾に値札のタグがついたままだけど」

「えっ、あ？」

「ほら動くな。私が切ってやるけど」

雲川芹亜《くもかわせりあ》は携帯式の裁縫セットから取り出した小さなハサミで樹脂系の糸を切ってくれる。見た目のゴージャス感から離れた、家庭的なギャップまで狙ってくるぱーへくと先輩である。

「とうま……はふっ……」

と、横からインデックスが声をかけてきた。頭の上には三毛猫が乗っていて、ヤツの前脚が届くか否か結構ギリギリな肩でオティヌスが恐《おそ》れ戦《おのの》いていた。あの傲岸不遜な神が、白い修道服のフードの布へのしがみつき感は完全に『お化《ば》け屋敷《やしき》で怖がる女の子感』丸出しだ。

「ふう、はあ。や、やっと追い着いた……。早くご飯を食べに行くんだよ。ううう……私は水で薄めたケチャップをベランダの隅に撒《ま》いて謎の野草を育てて食べる生活は限界かも……」

「うふふ。大丈夫だよインデックス、綿菓子ってあんなデカくてお腹《なか》に溜《た》まるのにあれ元は全部砂糖の粒なんだ……。人間は工夫次第で霞《かすみ》や空気だって食べられる生き物なんだぜ」

「スフィンクスだけずるいんだよ。キャットフードがあるのにネズミまで食べてた」

「今ここで私まで食おうとしてるしなっ。この国では鳩《はと》を捕まえて食べると動物愛護がどうのこうので怒られるのだったか。ハツカネズミがほんとに二〇日で無尽蔵に増えるなら飼ってみるのもありかもしれないが、っ、実際はそこまでではないようだし。うわ怖っ、おい人間ッ、六法全書を持ってこい！　私はこの猫食っても法に問われない方法を模索したい!!」

厳密にはご飯を食べに行くのではなく、ご飯を買うお金を稼ぎに行くのだが、すでにインデックスの頭の中では混同が起きているらしい。東京年末サバイバルは継続中だ。こう、電車のすごろくゲームで貧乏な神が無慈悲に巨大化した地獄のレベルで。

貧乏学生、謎のシスター、そして猫と神。

あんまりな言い分を耳にした雲川《くもかわ》は額に手をやって、

「……君達は、こう、サバイバルと聞いて頭に思い浮かべる基準がそもそも滅法都会な学園都市基準から大きくズレてるけど。ここだって一応日本の首都だぞ。というか、君達は大人達に守られて暮らしている寮生活のはずだろうに……」

あるいは突然倒れたのだって空腹でダウンしただけかもしれない。上条《かみじょう》はそんな風に思い始めていた。人の記憶なんて曖昧なものだから、自分がいきなり気絶した理由を後から頭の中で組み上げていっただけなのかも。

（……まあ、そう、だよな。ただでさえ記憶喪失なんだし）

ともあれ全員揃《そろ》ったのなら『外』へ出るのみだ。

見た目は踏切《ふみきり》みたいな緩い開閉バーと脇に駅のシェアオフィスくらいの監視小屋があるだけのオープンな空気だが実際には何かあれば分厚いシャッターがギロチンみたいに落ちてくる、物騒な銃器や無人兵器で守られた東ゲートで許可証を見せる。ぱしゅぱしゅ、という空気の弾《はじ》ける音と共に腕に追跡用のナノデバイスまで打ち込まれた。猫と神は除外らしく、（針はないのに）注射を嫌がるインデックスから羨ましそうな目を向けられていた。

上条《かみじょう》は分厚い壁の外に出ながらも、つい来た道を振り返ってしまう。

「……警備員《アンチスキル》、減ったよな。冬休みだから？」

「（ま、新しい統括理事長の性質を考えるに、治安維持には数を補うために例の軍用量産クローンでも投入するかもな。どこでも良いから不足を埋めて、ヤツらの保護のためには適当に社会貢献させて公的な身分を与えてしまうのが手っ取り早いけど）」

「？」

ミステリアス先輩は常人の一〇〇万歩くらい先を行ってるパーフェクトさんだが、思わせぶりが過ぎて上条《かみじょう》の理解を超えた独り言を呟《つぶや》いてしまうのが数少ない難点だ。

東ゲートは『外』の世界だと新宿辺《しんじゆくあた》りと接続しているのだが、上条側《かみじょうがわ》がとことんまで貧乏だったばっかりに、道中、渋谷《しぶや》までは普通に歩きだ。こういう時、基本無料がありがたい。おじいちゃんスマホを見る限りせいぜい数キロ程度南下する道のりらしい。

「そのスマホ、支払いは月末設定だろ。人間、今日はラストの三一日なんだからほんとに本日中に金が手に入らないと無慈悲にサービスを止められるぞ」

「……、」

「ちなみに少年、スマホの料金未払いは考えなしに連発させると銀行やカード会社などの信用調査へダイレクトに響くけど。二回か三回滞るとクレカを作れなくなる、なんて都市伝説もあったかな。今後一〇年単位で不利益を被《こうむ》りたくなければ今日だけは本気で気張るしかないけど」

電車に乗れない貧乏人が自分の足で頑張っているというのに、心の方までちっとも温まらない話がドバドバやってくる。

早朝ジョギングらしき男の人とすれ違った。上条達《かみじょうたち》は貧乏だからとぼとぼ歩いているが、ここは本来そういう距離感のコースなのだ。

隣を歩く雲川《くもかわ》は肩にかかる自分の髪を指先でいじくりながら、

「だから私がタクシー止めたのに。スマホをふりふり」

「何言ってんすかブルジョワ、それじゃ何のためのバイトなのか意味不明になりますし」

「基本的な計算はできているか？　タクシーは何人乗せても料金は変わらないけど」

そんな話をしている場合ではなかった。

一歩、だ。

「……うっ……」

ありふれた道の途中で、上条《かみじょう》の足元から何かがぞわりと這《は》い上《あ》がってきた。何か、踏んだ。目には見えない結界のようなものを越えた感覚がある。もちろん電車で渋谷《しぶや》に向かっている訳ではないのだから、分かりやすく『渋谷《しぶや》に到着しました』という案内板とセットの風景はどこにもない。それは理解しているのだが……。

そして雲川芹亜《くもかわせりあ》が素っ気なく言った。

「そろそろ渋谷《しぶや》辺《あた》りかな」

「ひいいーっ!!」

「辺りだけど。まだ原宿《はらじゅく》らへんだよ、ふふっ」

「……、」

「いたいっ、何だやめろ女の子をグーで小突くな！　無言で頭をぐりぐりやるんじゃない⁉」

なので原宿《はらじゅく》を越えた辺りで上条当麻《かみじょうとうま》は律儀《りちぎ》にもう一回叫ぶ羽目になった。

「いうぶバーっっっ!!!!!!」

「どうしたのとうま、何で私の背中とフードの間にすっぽり挟まってガタガタしているの？」

インデックスの声が遠い。

そして上条当麻《かみじょうとうま》は自分がどこに立っているかを見失っていた。

多い。色彩が多すぎる。衣類にレコード、それからスニーカーの専門店？　土地の値段が高いからか小さなお店がやたらとぎっしり詰まった印象だが、その一つ一つがとにかく絵の具セットみてえな原色系で自己主張を展開していて目がチカチカした。子供用のブロックというか、カラフルな蛍光ペンでそこらじゅうに太い線を引きすぎて目が疲れるノートというか……。某国が開発した無力化兵器の中に、サイケデリック剤《LSD》をグレネード砲に詰めて敵地へ着弾・散布させるものがあるといった全く無駄な知識が見当違いな頭の引き出しから飛び出てくる。

「何で、こう……」

　自分より頭一個分は身長が小さい女の子の背中に隠れてぶるぶる震えながら、蚊の鳴くような声で上条《かみじょう》は呟《つぶや》いた。

「……こんなにカラフル満載で、自分のセンスに絶対の自信があるんだ？　こいつら!!」

「んうー、そうか？　むしろ渋谷《しぶや》まわりってここ最近はシックにまとめられてきたって言われているんだけど」

　気にしない人は全く気にしないらしい。

　できる人とできない人の線引きみたいで騒いだ上条《かみじょう》の方が余計にダメージを喰《く》らう。もう何でも良《い》いからこのおっぱい先輩をこっち側に引き込みたくなってきた。

「周りの風景の方が間違っていると断言して自分のカラーで埋め尽くせるんだよう、ここの住人は⁉　ある意味美的感覚の鋭さで広く世界に認められているはずのどっかの漫画家が建てたシマシマの豪邸だってあれだけ物議を醸しまくったのに、渋谷《しぶや》の人達ときたら一ミリも脅《おび》えねえ！　怖い。このカラフル乱舞を眺めて安定していて落ち着くって思える色彩感覚なら、例えばここの人はイチゴのショートケーキとか何色に見えているってんだああーっ⁉」

「……まあ駅前と比べればマニアックな品揃《しなぞろ》えなのは認めるが、まだまだ大人しい方だけど、この辺は。何しろ原宿方面《はらじゅくほうめん》から広大な神宮の脇を南下した訳だから」

「ていうか渋谷《しぶや》だぜ、また先輩はそんなえっちな格好して。女教師系のスーツなのにおへそとか出てるし、あの街に入ったらヒップホップ全開の見知らぬ凶悪巨大Tシャツ軍団に囲まれて大変な目に遭うんじゃ……」

「だから渋谷《しぶや》にデカいラジカセ担《かつ》いだ謎の集団なんか存在しないし、学校の先生を街全体で目の敵にしている訳じゃないし、そもそもヒップホップは別に悪者じゃねえわ」

「そして結局何だかんだで俺が体で割って入らなくちゃならなくなるんだっ、だって不幸だから絶対ありえない事が起きるし‼」

「む。……さて、そういう方向なら今からボタンの一つくらいは外しておくか」

自ら災いを招き入れようとする美人さんを全力で押さえつける。

ともあれここはまだまだ世界に誇る日本の渋谷《しぶや》さんの中心部ではないらしい。こっちはもう一歩一歩進むだけで具体的にＨＰが削られていくのが目に見えるというのになんて恐ろしい魔王城なのだSHIBUYAは。

オティヌスが呆《あき》れ満載で話しかけてきた。

「というか人間、何でそこまで渋谷《しぶや》はダメなんだ。私が作った世界で見たはず。お前はロンドンだのロサンゼルスだのもっと規模の大きなお洒落《しやれ》時空《じくう》を平気な顔して歩いていただろう？」

違うのだ。言葉も通じない洋画の俳優は何着てしゃべっていても格好良く見えるが邦画になると話が変わるのと同じ。イギリスだのアメリカだのは景色に圧倒されたまま右から左へ流してしまうから気にならなくても、同じ日本だと等身大で魂を揺さぶってくる。怖いのだ、お洒落格差《しやれかくさ》が！　こちとら貧乏を極めてウニクロにも入れねえ男子高校生、全身防虫剤の香りがする合成繊維の塊になっていますがこのまま渋谷《しぶや》に突入しても体は爆発しませんか？　電子レンジについうっかり金属のスプーンを突っ込んでしまったようなタブー感に上条《かみじよう》は強く震える。

「少年。そんなに怖がっているけど、そもそも渋谷《しぶや》の何を知っているというんだ。渋谷《しぶや》に行くのは初めてなんだろう？」

「わ、分かっていますよ!!　渋谷《しぶや》ってあれでしょ、110だか119だかっていう数字の並んだビルの建ってる世紀末アングラお洒落《しやれ》時空《じくう》でしょ。ちょっと油断してると知らない間に謎のハーブの運び屋とかにされちゃうんだから!!　少女達が危ない!!!!!!」

「……この、テレビゲームならＤ扱いくらいのバイオレンスなイメージは昨日の夜にやってた年末警察特番でも観《み》ていたからかな？　君の想像は外国人が思い浮かべるゲイシャやニンジャと同じレベルのリアリティだけど」

ファウファウ‼　という赤色灯の大騒ぎがすぐ後ろを通り抜けていき、上条《かみじょう》が慌てて飛び上がった。バランスを崩し、思わずパーフェクト先輩の超高そうなコートで守られた肩を抱いてすがりついてしまう。雲川芹亜《くもかわせりあ》は何故《なぜ》かにやにやを隠せないようだが。

「なにアレなに⁉」

「何って、警察のパトカーだろ。言われてみれば学園都市の特殊車両とはちょっと違うか。まあ別に渋谷《しぶや》じゃなくても年中どこでも走り回ってるけど」

「じゃあ何ですぐそこでチャラい四角の軽自動車が縦真っ二つになってんのよ⁉　ほんとアレなに？『外』って超能力《レベル5》とか白い怪物とかはいない世界観のはずだよな！　それともまさか今この場にとんでもねえ力を持った野良《のら》の『原石』とかが徘徊《はいかい》でもしてんのか⁉」

「へえー……。動画サイトの速報だとステンレス製の街灯の柱に向かってノーブレーキで突っ込んだらしいけど。ドライバー含めて死人は出ていないらしい。あと君はチャラいと言ってるが運転手は八三歳の男性だぞ、大阪《おおさか》出身だとか」

「うえあ人生のトラブル発生から動画が拡散するまでが超速いよおッ！　普通に個人情報とかポロポロ洩《も》れてるじゃん、怖い‼」

場違いウェア上条《かみじょう》、周りのみんなにくすくす笑われながらスマホのレンズを向けられ、ポックポックでやたらとカメラがパノラマにぐるぐる回る三〇秒動画の餌食《えじき》になるビジョンが頭に浮かんで仕方がない。おっかない、お洒落《しゃれ》の国は一回のミスが永久に残る率が高過ぎる。

しかし、である。

「……おなかへった」

意外なくらいあっちこっちにあるラーメン屋さんで開店前の仕込みでもしているからだろう。魚介だの豚骨だのの匂いを感知したインデックスのその一言で、上条《かみじょう》は折れかかった心にちょっとだけ力を込める事ができた。ほとんど口癖のような言葉だが、今回ばかりは込められた重みが違う。東京年末サバイバルは今も展開中なのだ。

今日ここで。

日当の現金払いで。

仕事の内容はどんなものでも良い。とにかく何としてもアルバイトで臨時収入を確保しなければ、年明けの始業式を待たずして学生寮で人間の干物が出来上がる。それは今日まで部屋の台所を管理していたツンツン頭としても許される事ではない。

上条当麻《かみじょうとうま》はポケットからおじいちゃんスマホを取り出した。

「それじゃあ年末出稼ぎアルバイトだ。何から始めれば良い？」

2

基本はスマホの地図アプリだ。

地域密着型の位置情報サービスなので、実際に渋谷《しぶや》まで入らないと何も表示されないのが微妙に使いにくいのだが。

画面を見れば分かるが、アルバイトを募集しているお店や会社がピンを立ててくれている。何も検索条件を入れない感じだと、それこそ画面がびっしり埋まるレベルだ。

「すげえっ、なんか多いぞ。世界はお金で溢《あふ》れている！」

「人間、ちゃんと検索条件を絞ってみろ。日当でしかも当日の現金払いだぞ」

ごっそり減った。

ラーメン屋さんとかディスカウントストアとかは全滅。

これがアマゾンの熱帯雨林だったら地球の危機レベルでピンの数がまばらになってしまう。

「えうう……」

「この時代にこんな条件で払ってくれる業者が存在するだけでも奇跡だけど。どれどれ、具体的に何が残った？　規格化されたコンビニやファミレスなんかじゃ絶対ありえないな」

「ええーっと」

横から画面を覗《のぞ》き込《こ》んでくる美人な先輩のほんのり甘い香りにちょっと圧倒されつつ、上《かみ》条《じょう》が人差し指でピンをつつくとふきだしが浮かんできた。

『特殊清掃業務（臨時）。急募！　汚れても良い格好に着替えて渋《しぶ》谷《や》駅《えき》に今すぐ集合。トングとカゴは雇用主が支給するが、ゴム手袋や長靴はないので注意する事』……？」

「……多分それ鉄道事故関係だけど。何だ、今トラブルで電車止まっているのか？　徒歩で渋《しぶ》谷《や》入りして正解だったな。とにかくやめとけ、考えなしにその仕事を受けると初夢が赤と黒の人体パーツまみれになるけど」

「？　他には、『衛生洗浄業務。ただし当病院にてホルムアルデヒド及びメチルアルコールのアレルギーパッチテストをクリアする必要あり』」

「つまりそれホルマリンだけど。薬品プールに浮かんでる死体をごしごし洗うヤツだ」

「『￥￥￥若いヒト重要疾病歴《じゅうようしっぺいれき》のない健康な臓器をお持ちの方かんげい満足。手術衣にお着替えして睡眠むにゃむにゃをアンゼン呑《の》むだけの簡単なお仕事あんしんオッケです＄＄＄』」

「のこのこついていったら君の内臓が抜かれる！　何だこれっ、都市伝説級に倫理がぶっ飛んだ仕事ばっかりじゃないか!!　最後のヤツとかもう言葉の変換がカタコトだけど!?」

渋谷《しぶや》について詳しいらしい雲川先輩《くもかわせんぱい》にはどうか慌てないでいただきたい。蒸し暑いジャングルの奥深くで今までずっと先頭を歩いていたガイド役が道に迷って半べそで頭《あたま》を掻《か》く瞬間を見てしまった気分にさせられる上条《かみじょう》。

「なら一体ナニなら安全だというんだ」

「ま、銀行口座からスマホの電子マネーまでこれだけお金がデータ化された時代にわざわざ現金払い……つまり口座を通さない形を利点として保っている訳だからな。逆に現金払いの方が手続きは面倒なくらいなんだ。検索を絞ればそういう職場ばかりが残ると見るべきか」

肩のオティヌスはそっと白い息を吐いて、

「おい人間、これとかどうだ？」

「？」

「自転車を使った食品宅配サービス。まあ衣類とかクラブの機材なんかの運搬業者が頻繁に出入りしている関係か、渋谷《しぶや》は意外と体育会系なラーメンとかニンニク満載の豚丼とかが乱立しているしな。運営会社のレンタルサイクルなら乗り物使用料は雇い主側が負担するとさ」

3

珍しく（？）チェーンじゃない牛丼屋さんから出てきた上条当麻《かみじょうとうま》はちょっと感心していた。

ずしりと重たいビニール袋に目を落としつつ、

「へえー、袋の口と箱の蓋にそれぞれシールを貼って印をつけるんだな。まあ運ぶだけなら中身に触れる必要なんかないけど」

「とうま……牛丼肉マシじゅるり……」

「……テープはこういう裏切りのつまみ食いバカを防止するためらしいが、こっそり箱の裏に透明な小袋でも貼りつけておけばダブルの意味で立派な運び屋の完成だな。自分が何を運んでいるのか、人間には最初から最後まで自分の目で確かめる機会がないんだから」

また怖い事を言う、と思ったら一五センチの神がビニール袋の中へするりと飛び込んでしまった。これくらい小さいと、袋がテープで一ヶ所くらい閉じてあってもお構いなしだ。

「ひとまず薬品や危険物の痕跡はナシ。良かったな人間、小金を掴《つか》んで警察に追われる展開はなさそうだぞ」

「やっぱりシブヤ世紀末暗黒犯罪時空を警戒してるの俺だけじゃないじゃんよ……」

呆《あき》れたように言いながら、上条《かみじょう》は借り物のボードの鍵を外す。レンタルサイクル、とは言われているが実際にはスケボーにT字のハンドルをくっつけたキックスケーターの方が近い。

ガコガコと、インデックスや雲川《くもかわ》もキックスケーターを借りている。真っ白修道服に女教師っぽいお色気スーツと、世界で最もキックスケーターが似合わない選手権の二大巨頭だ。

動力の有無に拘《かかわ》らず自転車やボードは基本的に車道で歩道沿いの端を走るべし……なのだが、あっちこっちに路駐の軽自動車とか荷物の積み下ろしをしているトラックなんかがあって結構危ない。しかも渋谷《しぶや》はアップダウンの激しい坂ばっかりで道とか超複雑だ。一応ハンドルに取りつけたスマホの地図にナビはされているのだが、五叉路《ごさろ》で矢印のついた信号機とかどこを見て出発進行して良いのかかなり迷う。なので実際、後ろからチャラいクーぺや一人乗りの超小型車のクラクションでどやしつけられる事も珍しくない。

「てか何で俺しかリュック背負ってないの？」

「私はお金に困っていないけど。バイト達成数〇でも乗り物は借りられるし」

「お、おおっ、オティヌスさんっ？」

「身長一五センチのこの体でどうしたらキックスケーターを操れるのか逆に説明してみろ人間」

「ならもうインデックスは⁉」

「ぱいとーってなに？」

みにゃーとシスターさんの頭の上で三毛猫まで呑気《のんき》に鳴いていた。

戦力外通知が多すぎた。やっぱり自分一人だけ働くんじゃねえか！　と上条《かみじょう》はもう泣きたい。

駅前も見た。

年末年始だからか、雲川《くもかわ》の言う鉄道事故の関係か、驚くほど人が多い。どこもかしもお洒落《しゃれ》時空《じくう》だが、見知った大型書店の看板だけ妙にアットホームで視線を向けるのが楽というか、上《かみ》条《じょう》は思わずホッとしてしまう。しかしまあ、大勢の人達はどこか目的地に向かっているというよりも、このスクランブル交差点に来る事そのものが目的化しているように見えてくる。

隣で信号待ちしている雲川芹亜《くもかわせりあ》が、半ば呆《あき》れたように首肯していた。

「それで間違いじゃないけど。一年ラストの三一日だろ、多分今日一日はカウントダウン系のイベントで日本全国から人が集まってくるぞ」

その辺の道端が最終目的地とか、やっぱり渋谷《しぶや》は変だ。

これだけ土地の値段が高い渋谷《しぶや》に普通の家なんてあるのかなと思ったら、配達先はなんかの雑居ビルの裏手だった。おっかなびっくり業者向けのインターホンを押すと、クリーム色の髪を揺らしてやってきたのは一二月三一日だというのにやたらと薄着な白いキャミソールの日焼けお姉さんだ。女子大生くらいの人は肩紐《かたひも》とか片方外れている。

「おー、来た来た。ぎゅーどん、にくましっ、紅しょうがー♪」

なんか全体的にふわふわした女の人だ。無防備過ぎてあっちこっちがたゆんたゆんしている。

名前は知らない、お互いが本物か確認するための材料はスマホに表示された八ケタの使い捨てIDナンバーしかないからだ。ぶっちゃけ学園都市より冷たい人間データ管理が進んでいた。

ふわふわ日焼けお姉さんは最初受け取った袋の中を、続いて運んできた上条《かみじょう》に興味を持ったらしい。とってもたゆんな胸元から取り出したスマホを軽く振ると、

「なーにー、大晦日《おおみそか》だっていうのにそっちもお仕事？　それじゃあスマホ重ねてっ、喰《く》らえひっさつ五つ星評価！　この寒い中でも頑張ってるキミにチップは二枚弾んじゃーう☆」

「そっちもって？」

「あたしでりへるー。これ食べたらいったん寝ます、あさはねむい」

「……、」

日本最大級の繁華街はあっけらかんとし過ぎていた。

位置情報サービスを利用した依頼リストの一覧を指先で下にスクロールさせると、ちょうどすぐ隣の（これまた世界的に有名なチェーン系列だけど日本では渋谷《しぶや》にしかないスペシャルグレード店とかいう）ハンバーガーショップの冬特別セットを望む人がいるのを見つける。前にロスで見かけた広告の品が日本に上陸したらしい。どうせなので仕事を受けて次の荷物、牛、豚、鶏を全部挟んだデカいハンバーガーのセットをキックスケーターで運ぶ事に決める。

「ていうか何だここ？　ちょっと狭い道覗《のぞ》くとお酒のお店とか小さな劇場ばっかり……」

「まあ道玄坂《どうげんざか》だからな。あと少年、君が今覗《のぞ》き込《こ》んでいるのは風俗店の看板だけど」

勝手知ったる感じで併走する雲川芹亜《くもかわせりあ》先輩《せんぱい》がしれっと仰《おっしゃ》られた。インデックスはいまいち意味が分かっていないようだが、肩の上にいるオティヌスからの視線の圧がひどい。

とにかくそんな仕事をひたすら繰り返した。

慣れてくると同業者の自転車バイトが見分けられるようになる。実際、すれ違いざまにヘルメットを被《かぶ》った青年と会釈《えしゃく》を交わした事もあった。小さいけど、ちょっと一人前の気分だ。

「今のでかれこれ一〇件くらいは回ったと思うんだよ。とうま、私はお昼ご飯が食べたい」

「すげえっ……。ちょっとこのスマホを見てみなさい。貯《た》まってる、あれだけ金欠だったというのにみるみるお金が増えていらっしゃいますよインデックスさん！　おいおいこんな大盤振る舞いで日本円は崩壊しないのか⁉」

「具体的にいくらくらい？　日本の年末はお蕎麦《そば》を食べるって聞いた事あるんだよ！　私は一〇割のお蕎麦《そば》に大きな海老《えび》とか乗っけたい」

「九八〇円も！　これは奇跡だ。俺とインデックスと三毛猫と神で分けたらいくらだよインデックス‼　つまり一日三食で一人頭は四で割るから……」

無言で地面を蹴ってキックスケーターでどこかへ旅立とうとしたシスターさんの肩を摑《つか》んで引き止めた。

「何が不満だというんだインデックス」

「お蕎麦《そば》の海老《えび》は⁉　一日一人一〇〇円の生活を送るためにあとどれだけ働けば良いの⁉」

「海老天《えびてん》とか逆に本気かインデックス⁉　あとお蕎麦《そば》の場合は無理して混ぜ物ナシにするより敢《あ》えて小麦とかつなぎを混ぜて二八にした方が美味《おい》しいんですう‼」

「……こいつはあくまで少年個人の感想だけど」

「馬鹿めインデックスそう簡単に大金なんか入ってくるもんか。定価よりちょい高いくらいの宅配サービスで、しかも間に業者だの取り分だの消費税だの中間料金を取っていくんだぞ。俺達の手元にご飯料金より高い額が入ってくる訳ねえだろうがっ、ちょっと甘やかすとすぐこうだ、お金に謝れコムスメ‼」

ちらっとインデックスは横目で何か見た。

クラスの一軍、二軍、三軍なんて立ち位置の話で言ったらおそらく銀河レベルの超人的な大会で野球をやってるレベルの、近づくのもおっかないギャル軍団。そんな連中がさらに集まって行列ができてるドーナツ屋さんの黒板っぽい手書き看板には、紙皿に寝かせたホイップクリーム爆盛りのドーナツ一個で一〇〇〇円以上の値がついている。シナモンやらミントやらのカラフルなパウダーを振った『映え仕様』にするとさらにぐんぐん値段は上がっていくらしい。味や栄養と全く関係のないロウソクやパチパチ光る花火が一本三〇〇円とか書いてある。

「ほほーう例のアレ、学園都市の『外』でも流行《はや》っておるらしいのう」

「とうま数字を見て」

「が、外食関係は基本的に高めに設定されているものですよ？　参考にはなりませぬ」

「私の口から読み上げた方が良《い》い？」

哀《かな》し過《す》ぎるので上条《かみじょう》は慌てて掌《てのひら》でインデックスの口を塞いだ。

時間帯はすでに昼。この調子だと実際に稼げる額は一日全部潰していくらくらいになるだろうか。そりゃまあ一月丸々専念すれば結構な報酬にはなるとは思うが、上条達《かみじょうたち》はそこまでの長期計画は立てられない。でもってこちらもわざわざ学園都市の『外』までやってきたのだから、餓《う》えて倒れる心配がなくなるくらいの余裕は欲しい。

そしてこの宅配バイトは、コンビニ弁当だろうが高級ワインだろうが運んだ料金は一律だ。タクシーのように、運んだ距離によって値段が変わる訳でもない。つまり、稼ぎたければとにかく『数』をこなしていくしかない。

となると、

「……重要なのは距離だ」

「?」

「お店から依頼先まで、できるだけ短い距離で運べる依頼をひたすらこなして回転率を上げていく。多分これが一番儲《もう》けを増やす方法だと思う」

ただこの地図アプリ、高低差がきちんと表示されないから坂道だらけの渋谷《しぶや》で単純な距離だけ鵜《う》呑《の》みにするのもおっかないが。

依頼リストを見るとスクロールが終わらないというか、なんか量がどばっと増えていた。考えてみたら食べ物系なのだから時間帯によって大きく波が生まれるのも当然か。逆に言うと底の時間帯もあるはずだ。数をこなすなら昼時の今、頑張る必要がある。

「ええと近場の注文は……何だありゃ?」

駅前の広場のど真ん中に直接ご飯を運んでいく機会があった。バスターミナルがある方に向かってみると、なんか人混みの中でスマホに本体よりも大きな追加のレンズやマイクをゴテゴテ取りつけた人達がみんなで揃《そろ》って変なポーズを取っている。カラフルでモデルっぽい生活感ゼロな人達が多い渋谷《しぶや》だけど、ここに集まっているのはさらにコスプレ臭い。何しろ一番目立つ娘なんか半透明のレインコートの下に練習用の水着みたいなのを着てるだけなのだから。一応前は閉じているもののスリムな中身は丸見えだし、デカいフードにレインコートの袖もぶかぶかだから何かコミカルなお化けか、あるいは中身の透けたクリオネみたいになっている。目にカラコンつけてしかも片方は眼帯装備だ。多分透け素材で両目の遠近感はキープしているだろうけど。

上条《かみじょう》は年下相手にオドオドしながら、

「まいどー……。こっちから入ればカメラの画角邪魔しない？」

「だいじょぶ、今ちょうど中継終わったトコだから。配信の途中で視聴者へオトコの影見せたらコロしてたけど」

見た感じ相手は中一くらいの小柄な女の子だが、今は『客と店員の法則』が働いているのだろう、おっぱいの小さな人は思いっきりタメ口だった。まあ上条《かみじょう》の場合、やたらと尊大で好戦的な（おっぱ略）ビリビリ中学生とかで鍛えられているので特に気にならないが。

と、コスプレお化けちゃんは何かが気になるようで、

「あのう、その肩に載ってるのなに？　二本足で立つダンスロボット？？？」

「うるさい黙れ小娘私に触れるな」

「ちゃんとしゃべるし⁉　すごーい、もしかしてそっちテクノロジー紹介動画系とか？　そっちの頭に乗ってるのは猫ちゃんだし鉄板かよお！　ロボットと動物、まあウチと動画のジャンルが被《かぶ》らないなら応援するけど」

女子中学生のタメ口は三毛猫や神にまで及んでいた。怖いものとかないお年頃らしい。眼帯装備のお化けちゃんはスマホで受け取り確認だけして両手で袋を受け取りながら、

「ああそうそう、この和風パスタちゃんと紫蘇《しそ》抜《ぬ》きバター多めの明太子《めんたいこ》よね？」

「えっ、細かい話とか知らないけど」

「悪い悪いっ、そういや宅配バイトはナカ覗《のぞ》けないいんだっけ？　紫蘇《しそ》に罪はないんだけど考えなしに刻んだ紫蘇《しそ》の葉ぶち込まれると全部紫蘇《しそ》の味と匂いになっちゃうからダメなのよねえ、紫蘇紫蘇《しそしそ》。紫蘇《しそ》はホント繊細なのよー♪」

好きなんだか嫌いなんだか、なこだわりであった。

中継に配信。どうやら少女達は動画サイト関係らしい。冬休みだし大きな街に集まって遊んでるのかな？　と思った上条《かみじょう》だがそういう訳ではないようで、ぶかぶか袖の女の子は追加のレンズだのマイクだのでそのまんま六本脚の機械でできた生命体とかに進化しそうなゴテゴテスマホを持っている友人達と何か話し込んでいる。

「うーい、数字の方どうだった？　視聴者数とかどうでも良いからダイレクトなお布施《ふせ》コインの方。ようし銀のコインだけで一九枚も入ってる！　たった一〇分でお姉ちゃん名義の口座に約一五万円かあ。ほらやっぱり三一日のお昼時でドンピシャの大正解でしょ？　アイドル系の年越しライブのチケット購入から弾《はじ》かれた人達が使う事もできなかった財だけ抱えてネット上に化けて出ていると思ったのよねえ☆」

……この人生ナメてるクソガキども雷の形をした天罰とか速やかに落ちれば良い、などと大切なお客様に言ってはならない。だから上条《かみじょう》は笑顔のままドス黒い念だけ送っておいた。

人の気持ちを察する力はないのか、和風パスタの透明なプラスチックの蓋を（あのぶかぶかビニール袖で器用に）開けながら何やらフレンドリーにお化けちゃんが上条達《かみじょうたち》へ話しかけてきてくれた。パスタだけど割り箸で食べる派らしい。スマホ同士を重ねるチップの代わりにインデックスが最初の一口をもらっている。

「ふふー、美味《おい》しい？」

「うん！　お店の味は美味《おい》しいんだよ!!」

「……紫蘇《しそ》の味はしないよね？」

「毒見役かよ」

呆《あき》れたように言う上条《かみじょう》にお化けちゃんは悪びれた様子もなく、刻んだネギと明太子《めんたいこ》を溶かしバターで絡《から》めた細めのパスタを安心して口に運びながら、

「DRポリスもうキテるね、さっきそこで見かけたよ。今はまだコソコソ様子見っぽいけど」

「へえー、ハロウィンの時とかテレビに出てくるあのドクター警官？」

「スクランブル交差点であの目立ちたがり屋ぶん殴ったら暗号資産で一〇万円分って捨て垢臭いアングラ広告出てたけど、相手ケーサツだし、これって多分自分で参加するより動画で中継して視聴者数稼いだ方が安全に儲《もう》けられるよね？」

gPhone 6
High-performance

「……、」

ほんと倫理がどうにかなってるのかこの街は？

午後一時を過ぎると依頼リストがぬるっと減った。冬休みの期間でも一日三食のタイミングは意外とブレないらしい。本気で稼ぎたいなら夜の一〇時越えてからだよ、と金沢系《かなざわけい》？　とかいう大盛りのカツカレーを受け取ったおじさんが教えてくれた。どうやら年越し蕎麦《そば》の注文が殺到するっぽい。

「私達は高校生だから、働けるのはぴったりその一〇時までだけど」

「こんな渋谷《しぶや》まで俺の後ろをついてきてんのか、不幸のヤツは!!」

それでもがんばる。

きちんとキックスケーターで走った分だけお金は増えていくのだ。

「ぬ、ぬおお……。すげえぞ年末出稼ぎアルバイト！　もう二五〇〇円も貯《た》まってる!!」

「おい人間、そこのコンビニを見ろ。バイト募集のポスターに時給一五〇〇円と書いてあるぞ」

「ドヤ顔決めてるトコ申し訳ないけどアホかオティヌス、気軽にできる訳ねえだろ。こっちはバイト初心者だぞ。宅配の受け取りやら公共料金の支払いやら十徳ナイフみたいに多機能化しているコンビニなんて覚える事が超多過ぎて俺達アマチュアの飛び込み参加は無理。あれはもうああいう専門職だよ、当たり前を支えてもらってる事に日々感謝しながらレジに並ぶがよい」

大きな波の、底のタイミングでいったん上条達《かみじょうたち》は仕事を切り上げる。

気になっていた事があった。

「換金ってどうやるんだこれ？」

街のあちこちには無人のコンビニみたいな感じで小さなハコモノがあった。キックスケーターのステーションや合成繊維のリュックの受け渡しなども兼ねた場所だ。隅の方に自販機くらいの機械があるので、女性っぽい合成音声の指示に従いおじいちゃんスマホをかざしてみる。

「わっ」

ガシャガチャン、という割と太めの金属音と共に安っぽい金色のコインが何枚か落ちてきた。オモチャの金貨みたいというか、カジノのチップ臭いというか。

上条《かみじょう》はおっかなびっくり手に取りながら、

「……こいつがコンビニとかドラッグストアとかのレジで現金に換えてもらえるんだっけ？　なんか回りくどいよな、何で最初からお金をくれないんだろ？」

なので一応は『当日に現金で支払い』の条件は満たしているのだが、何とも分かりにくい。

上条《かみじょう》はあまり使わないが、最初からレジにスマホをかざして買い物できれば良いものを。

と、雲川《くもかわ》がまた口の中でブツブツ言ってる。

「(まあありふれたプラスチックの塊に希少な価値をつけて流通させる事で、一部の民間企業が貨幣システムを世界中の国家から奪うための先行投資だろうからな。まったくホワイトスプリングの連中もよくやる、伝統がない分だけ奇策を実行する事への躊躇《ちゅうちょ》がないけど)」

「?」

ただ店先でお金に換えてもらう仕組みだとその場で使ってしまいそうで怖い。ほら、レジ横にあるホットスナックの誘惑とか。あのガラスケースに唐揚げやポテト系を置くのは完全に罠《わな》だ。視覚と匂いの他に油で揚げる音まで使って魂を引き込んでくる。

コンビニのアルバイトさんは手馴《てな》れているようだった。今時はレジも自販機みたいに機械へお金を入れる方式だから、そこでコインが本物か偽造かの判定はしてくれるらしい。久しぶりの紙のお金だ。店舗で駄菓子の当たりみたいな交換を済ませると、歩道に停《と》めたキックスケーターに片足を乗っけたまま、何となく上条《かみじょう》はぼーっとしてしまう。

いったん区切りをつけて流れが途切れると、再び仕事に出るパワーを集められない。

それから、この異次元空間渋谷《いじげんくうかんしぶや》でぼんやりできてしまう自分にツンツン頭はちょっと驚く。

「……あれ? 慣れてきてる?」

「今までのビクビクぶりの方がおかしかったんだけど」

雲川芹亜《くもかわせりあ》は呆《あき》れながらそう言った。

どう頑張っても手元にあるお金は二五〇〇円だった。ただ初心者のおっかなびっくりを乗り越えてしまえば効率的になれるはず。夕方のおやつや夜のご飯のタイミングまで使えれば五〇〇〇円、いや夢の一万円にも届くかも。厳密に言えば高校生が働けるのは夜の一〇時までだったか。

その時黒髪おっぱい先輩が気軽に提案してきた。

「どこかで昼飯にするか少年」

「前言撤回、さっきそこでドーナツが一個一〇〇〇円超えとか書いてあったじゃん！　一〇〇年暮らしたって絶対慣れねえぞこんな街。極限お洒落時空《しゃれじくう》の渋谷《しぶや》で外食とかどれだけ取られるんですかっ？　バイトに来たのに借金抱えて帰っていくとかは絶対ダメですってば‼」

「そうか？　ところで駅近くの公園を改装したミヤシタアークにある多国籍レストランでは日本の伝統的な悪ふざけ、大食いチャレンジがあってだな。来店した誰か一人が一時間で爆盛りバケツ級海老《えび》とチーズのフレンチラーメンを食べ切ると奇跡の瞬間を目撃した店内全員の品も含めて料金が全部タダになるらしいけど。はいこれが公式サイトの写真、どんぶりの直径については近くの割り箸から縮尺が分かる。底までの深さは光源の位置とどんぶりの影で計算しろ」

「……おいインデックス、専門家の意見を聞きたい。こいつはスープまで全部いけそうか？　結構エグい海老《えび》の頭は？」

「ごっつぁんですなんだよ」

「なら決まりだ」

あれ？　育ち盛りな男の子の胃袋を焚《た》きつけたはずなんだけど……という雲川芹亜《くもかわせりあ》の疑問はひとまず脇に置いて良い。こっちは確実に勝って笑いたいのだ。

大食いチャレンジなんて客寄せパンダであって、実際には成功する者が出るようには設計されていない。分量は味と同じくらいお客さんの満足度に関わる案件だし、単純に材料費の計算とも直結する。なので小盛りから爆盛りまであれこれ研究しているお店側だってご飯のプロなんだから『一見食べられそうだけど実は食べ切れない量』もきちんとデータ化を終えていて、刑務所のフェンスの高さのように冷たい計算で厳密に線引きされているはずなのだ。……だが彼らにとっての予想外は、今日という日に限って学園都市という巨大な檻《おり》から『外』へ人類の限界をはるか超えた存在が解き放たれていた事だ。後悔してももう遅い。技術ではなく才能。世の中にはサイコロを操ったりルーレットのホイールが回る音の微細な違いだけで球形のダイスが落ちる場所を正確に先読みしてカジノを丸ごと潰してしまう怪物がいるのと同じく、食の世界にも努力では補う事のできない天性の才能を有する者が確かにいる。それがヤツだ。

「しっかしすげえーなフランスのラーメン、この写真って加工なし？　なんかスープの色とかビカビカの蛍光オレンジなんだけど。一体何と何を煮込んだらこんな色が出るんだ。あと先輩。その、何とかアーク？　そいつってどっちにあるんで……」

言いかけた声が、何故《なぜ》か途切れた。

悪寒《おかん》。

肌はビリビリ痛いほどだが、では上条《かみじょう》は何に気づいたのだろう。

思わず言葉が詰まるほどの緊張が、どこからせり上がってくるか少年は自分でも理解できない。訳が分からないまま、ただ金縛りのように本能だけが体全体を支配し、硬直させてしまう。

初めてじゃない。

二度目の衝撃。

まるで有毒の蜂に刺されたアナフィラキシーにも似た、一回知ったからこそ強烈に押し寄せてくる体からの制御不能な拒絶。つまりそれはトラウマなのだと、上条当麻《かみじょうとうま》は色々考えた末にシンプル極まりない解答を導き出す。

トラウマ。でもこれは、過去の一体何につけられた心の傷だ？

（……違う）

自然と、自分の掌《てのひら》を胸の真ん中に押し当てていた。

掌《てのひら》はじっとりと汗ばんでいた。

確かに傷も血もない。上着だって破けていない。

だけど。

あの時、第一一学区の東ゲート近くで上条《かみじょう》を起こしてくれた雲川芹亜《くもかわせりあ》は、上着についていた値段のタグを裁縫セットの小さなハサミで切ってくれた。ただちょっと待て、貧乏を極めた上条当麻に新しく服を買う余裕なんかなかったはずだ。何かある。身に覚えのない何かが進行している。つまりはこうだ。

(違う！　やっぱり『あれ』は夢なんかじゃない‼　胴体を貫通した赤黒い大穴をどうしたかは知らない。でもそいつは、俺の知らない誰かは、少なくとも破けて血まみれになった服と全く同じものを調達して新しく交換している……ッ⁉)

ごくりと生唾を呑《の》み込《こ》んで、そして上条《かみじょう》は喉が動くという事実に気づいた。

自家生産の金縛りは決壊した。

あの時と一緒だとしたら、共通の何かを感じ取って心より先に体が脅《おび》えているのだとしたら。脅威は同じく這《は》い寄《よ》ってくる。上条当麻《かみじょうとうま》はとにかく全力で後ろを振り返った。感覚的には、腰の骨なんか砕けてしまっても構わないという勢いで。

そして、

「あらすごい」

声が。

妖しく艶《つや》やかな女性の声が。

平和な景色を切り裂くようにして上条《かみじょう》の耳に滑り込んでくる。

その時、目に見えたのは大きな布。ただしそいつは真正面に立っていたはずなのに、あまりに非現実な格好過ぎて一つ一つのパーツが視界の中で派手に乱舞している。『峠』という字から『上』という部分だけがこぼれ落ち、無邪気に読み解いたインクの染《し》みのロールシャッハテストがあらゆる危険パターンを熟知した心理学者を絶句させる形に化けていくように、上条《かみじょう》の頭の中で単一の完成した像を結んでくれなかったのだ。

とにかくそいつはこう言った。

「今度はちゃんと振り返る事ができたね、貴方」

ぞふっっっ!!!!!! と。

真正面から風を切った女性の手が、腕の一振りで彼の脇腹を背骨が見える勢いでごっそり抉《えぐ》った。

第二章　夜と月と魔女達の女神 "ARADIA" × 03.

1

上条当麻《かみじようとうま》は死んだ。

あれが夢ではなかった以上、素手で胴体を貫かれておいて死なないのは逆におかしい。

にも拘《かかわ》らず、だ。彼は確かにその声を耳にした。

「ええい!!　『旧《ふる》き善《よ》きマリア』、命の借り二つで頼むぞ。後で利子つけてきちんと返すからの。坊やの右腕は今ぶった切った。後はそなたがまとめて『復活』さえ実行してくれたらわらわが坊やはきちんと連れ去ってやるからの!!」

ぐっ、といきなり体が重力を思い出した。

いいや違う、引っ張られている。どこへ？　空中だ。一気に一〇階だか二〇階だかの高さまで上条《かみじょう》の視界が飛ぶ。正直、一定の高さを超えてしまうと高低の感覚がなくなってしまった。ただ怖い。ばさりというベッドシーツで空気《くうき》を叩《たた》くような音がすぐ近くで大きく響き渡る。

コウモリみたいな巨大で薄い翼だった。

色は薄いピンク。質感はひどく生物的で生々しい。

少年の体を小脇に抱えているのは、ふわふわの金髪を引き裂くようにして山羊《やぎ》みたいな形のピンクのツノを二本生やした女性だった。年齢感は女子大生のお姉さんくらいだろうか。完成された、年上の丸みを持つシルエット。近すぎて気づかなかったが、よくよく観察してみたら眩《まばゆ》い肌を覆う衣装なんか胴体全部をバニーさんのようにすっぽり覆って腰を強く締め上げる、レース繊維で彩《いろど》られた薄いピンク色のワンピースコルセットだ。つまり薔薇《ばら》の棘《とげ》みたいな装飾のついた女性モノの下着である。ストッキングやアームカバーで手足を守ったところで肝心な下着姿が何にも隠れてねえ。

「わっわっ、うわあ⁉」

「おやおや高いトコ苦手な人ぞ？　おっかないマジメちゃんから逃げ切ったらちゃんとどこかの屋上に降りてあげるのでな、お姉さんにぎゅっとしてもうちょっとだけ我慢できんかのう」

「まさかの純国産ババア口調⁉　思いっきり洋モノの悪魔っぽいのに‼」

「はて、ひょっとして共通トーン作成に失敗しておるのか？　やっぱり日本語は難しいの、極東圏海上域とアルタイ語族の併用だけじゃ追い切れんか。びびるびばるギョルギョルがガジスぴーッ!! むー、えー、まあこんな感じでどうですたい?」

「どっちも変わらん!! 土御門《つちみかど》とか建宮《たてみや》とかでそういう変なしゃべりは慣れてるけど!!」

「ビバルじ! ならリアルタイム合成のラグが少なくて相性良い方で。大雑把な意思さえ通じるなら言葉の細部はどうでも良いしの」

共通トーン作成。

……だとすると、本質的に言えば機械的な合成音声と同じ『いくつかの基本的な音』を重ねて組み合わせた音の塊でしかないのか。ケータイの音声も本人の声そのものじゃないという話は聞いた事あるが、上条《かみじょう》の頭の方で勝手に人の言葉に置き換わっている、と考えるとなかなか背筋が凍る話だ。

魔術側の連中は機械を使わないからダイレクトに口から出てくる肉声が切り替わる瞬間は見ていて結構怖い。ただ冷静に考えたら、むしろこれまで西洋の魔術師達の方が(世界中を旅したり魔道書とか読む関係で?)色んな言葉に詳しかったのか?

色々聞きたい話はある。自分の服はべっとり汚れているけど傷らしきものが見当たらない点とか、自分だけ逃げちゃったけどインデックスや雲川芹亜《くもかわせりあ》達《たち》は大丈夫なのかとか、オティヌスが肩にいないのは地上にいるからなのとか、そもそも一番初めから襲ってきているあの女は一体誰なんだとか。

ただ、地上から投げ放たれた女性の声にそんな疑問が全部ぶっ飛ばされた。

「ボロニイサキュバス‼」

長い銀髪に白い肌の美女だった。

頭に被っていながら足首まで届く巨大なウィンプルに、体を包むのは変則ビキニのようなへそ出し衣装？　聖職者なのか踊り子さんなのか、見ているだけで印象が千変万化する格好だ。どこかコスプレ臭かった駅前広場のお化けちゃんとも違う。そう、こいつらの場合は無理をしていないのだ。セーターやコートみたいな感覚であういう薄布を纏《まと》い、自分の空気を存分に放って、渋谷《しぶや》の繁華街という強烈な圧力を容易《たやす》く押し返す。というより、そもそも『普通の世界』に迎合する気が全くない。

あれが襲撃者。

上条当麻《かみじょうとうま》の背骨を砕いて何度も胴体をぶっ壊した女。

「……ああ、もう。見れば分かる、あの女絶対魔術サイドの化け物だ……」

「ぴんぽーん、大正解☆　夜と月を支配する魔女達の女神アラディア。覚えておいて損はせん名前どすこい」

(まだあちこち言葉にブレがあるが)悪魔のお姉さんがにたりと嗤《わら》う。

地上で銀のロングヘアを広げる女はその場に留《とど》まっているが、特に焦《あせ》った様子もない。物理を超えた魔術師であれば大空を舞った程度では逃げ切れない、と暗に告げているようだった。

幸い、空中の獲物を前にした女は、同じ地上にいるインデックスや雲川《くもかわ》には注目していないようだ。純粋な怒りの感情を乗せて、地上の女がこちらに向けて言い放つ。

「貴女《あなた》もよくよく物好きね、『橋架結社《はしかけけっしゃ》』はアリス＝アナザーバイブルの脱線を認めない。『旧《ふる》き善《よ》きマリア』も、ボロニイサキュバスも、貴女達《あなたたち》は平和で理性的なふりをしているだけよ。まだ残っているチャンスを自分から先細りさせているってば……。アリスの状況を修正するにはそこのヤバいのを殺害するのが一番手っ取り早いのは同じ『橋架結社《はしかけけっしゃ》』に属する貴女《あなた》も理解しているはずだけど⁉」

ギョッとした。

女悪魔の手で小脇に抱えられたまま天高くにいる上条《かみじょう》からすれば、ここで無理に振りほどいても墜落死するだけなのは分かっているけれど。

殺害者と同じ組織、橋架結社《はしかけけっしゃ》の人間。旧《ふる》き善《よ》きマリア、ボロニイサキュバス。しかもアリス＝アナザーバイブルという名前まで。新たな疑問の洪水が、自分の命に関する情報すら押し流してしまう。

対して、悪びれた風でもなくボロニイサキュバスと呼ばれた誰かは舌を出した。

「アラディアーっ？　言うまでもなくこの子の命は一つきりぞ。そこらの奇跡をメモ書きの合成法に置き換えて操る『旧《ふる》き善《よ》きマリア』がいくら帳尻合わせてものう。人を殺すのは容易《たやす》い、少なくとも蘇《よみがえ》らせるよりは。でもそれでアリスが致命的に暴走した時はほんとストッパーがなくなるじゃけん。アリスの脱線を止めるのは賛成、だけど安易に上条当麻《かみじょうとうま》を殺すのは反対だの。わらわはそなたのやり方には納得できんたい」

「救出派が‼」

「殺害派と呼ばれるよりかはぼっけえまともとは思わぬかえ？」

アラディア？　というらしき女の怒りに、新たなニュアンスが上乗せされた。

呆《あき》れだ。

「アリスの暴走もそうだけど、こうして『橋架結社《はしかけけっしゃ》』が二分してしまった事自体が異常だとは思わないの？　そこのそいつさえいなければわたくし達は対立する必要さえなかったわ‼」

「そうかえ？　問題あるのはこの子でもなければもちろんアリスでもない、全部の元凶と言ったらアンナ＝シュプレンゲルだとギギキュリぼっけえＮｏ思わぬかキュルキュル？」

「あとさっきから変に混ざって聞き取りづらいんだけど！　それも心理戦の一つ？」

「うあー……。これぱっかりは一時休戦してそっちの共通トーン貸してくれんかの？」

今度こそ、線が切れた。

小脇に抱えられたまま、上条当麻《かみじょうとうま》は噛《か》みつくようにして叫ぶ。

「アンナ＝シュプレンゲル⁉　またなんかやったのかあの野郎⁉」

「振り切ったらしょっぺえ話は全部教えてあげるからの、今だけ少し黙ってくれんかのう」

「でもだって今アンナとかアリスとか……っ‼」

「暴れるな落っことす‼　さっさと黙らぬとこの尖った尻尾××の穴に突き刺すぞえ坊や」

この人にっこにこの笑顔で面白半分にやりそうな香りがするので上条《かみじょう》が沈黙した瞬間、だ。

ギュン!! といきなり風景全体が流線形に溶けた。

途中、二回転半したところまでは覚えていたが、そこから先は上条《かみじょう》の目が追い着けなくなった。

何故《なぜ》そんなアクロバットをしたのか。

地上から天空を切り裂くようにして二回、三回と凄《すさ》まじい閃光《せんこう》が突き抜け、近くのビルの屋上、その角を削り取っていったからだ。一瞬遅れて高層ビルの構造そのものが大きく歪《ゆが》んだのか、全ての窓ガラスが衝撃に負けて一斉に砕け散る。

上条《かみじょう》は自分が狙われている事も忘れて喉を干上がらせていた。

年末も年末、三一日の渋谷《しぶや》だ。下にどれだけ人が歩いているかなんてパッと見て数えられるものじゃない。そしてこれではその全員が切り裂かれて血の海に沈んでしまう。あまりの理不尽に、上条《かみじょう》は死と隣り合わせの空中で振り回されているのも忘れてとっさに叫んでいた。

「おいっ!!」

「あらら」

ボロニイサキュバスがちょっと空中で停止して呆《あき》れたような声を放った直後だった。ぴたり!! と全てのガラス片の鋭い先端が空中で同時に静止したのだ。これなら地上にいる人達が大怪我《おおけが》をする事もない。ボロニイサキュバス、どんな魔術を使ったのか理屈は知らないけどとにかくやるもんだと上条《かみじょう》が結構本気で感心した時だった。

「てやんでえ、わらわでないがの？」

「……、」

猛烈に嫌な予感がして思わずぎゅっと上条《かみじょう》から女悪魔の腰にしがみつくと同時、万か億かのガラス片がピクンと震えた。明確に何者かの意思の力が宿り、一斉に上条達《かみじょうたち》へと殺到する。

ゴッッッ!!!!!! と。

全方位から誘導しながら弾丸みたいな速度で襲いかかってくる透明な刃だが、ホーミングする事が逆にチャンスだったらしい。ボロニイサキュバスはいったん右手側に寄って無数のガラスを引きつけると背中の翼をはためかせて一気に逆サイドへ吹っ飛び、分布にむらのできた空白のエリアへ体をねじ込んで、ガラスの包囲網の狭い狭い隙間をギリギリで突き抜けていく。

致死率一〇〇・〇％の鋭い雨をかい潜《くぐ》る。

まるで得体の知れないジョーカーが数字そのものを操るように。

己の偉業など気に留めず、いっそのほほんとしたままボロニイサキュバスは呟《つぶや》いた。

「……困ったのう、アラディアのヤツ。魔女の三倍返しなんて本来扱いにくい術式のはずなのに、めっちゃくちゃ絶好調ぞ」

「さん……？」

「ああそこ、そろそろ着地するかの。何にもない空中じゃ身を隠せるものがないし、本職の魔女相手に空中戦とかこっちの身が保《も》たんばい」

ギョッとした。

小脇に抱えられたまま後ろに目をやっても、ひとまずアラディアはいないようだが、

「魔女に空中戦？　おいおいおい、おい‼　じゃあ何か、あのアラディアとかいうのはどこぞのカナミンみたいにステッキ振ってハートとお星様満載で大空でも飛ぶっていうのか⁉」

「魔女が空飛ぶのはホウキというよりそこに塗る膏薬《こうやく》のおかげじゃけん。それにステッキ、ようは杖《つえ》や棍棒《こんぼう》はぶっちゃけ男性的な権威の記号だから女性の魔女には似合わんがのう」

上条《かみじょう》は考えなしに叫んだのに専門家（？）から真顔で検証タイムが入ってしまった。常識の底が抜けたような気分になるのでそういうのはやめていただきたい。

ばさりという音と共に、何か大きな商業施設の屋根に降り立つボロニイサキュバス。脇に抱えた上条《かみじょう》についても、いったんぎゅっとしてから離してくれる。

呑気《のんき》な（下着の）お姉さんは両手を上に伸ばして言った。

「んうー、ここはミヤシタアークとかかのう？」

「確か普通に渋谷《しぶや》の駅前だったよなっ。何だぐるりと一周飛んで戻ってきたのか⁉」

「あははー。てやんでえ、灯台下暗しぞ☆」

ボロニイサキュバスは美人でなければ許されない感じの軽い笑みを浮かべると、風に舞ってこんな屋上まで飛んできたパンフレットを指二本で気軽に挟み取った。

「なになに、ミヤシタアークは元々ランドマークだった公園を再整備して作ったとにかくデカい商業施設とな。レストラン、ブティックからホテルまで何でも揃《そろ》うとか。複数の出入口があって、人の往来も多く、小さな店舗がぎっしり詰まった関係で死角もたくさんあるはずだの」

「ええと、だから？」

「最終的にどこへ向かうにせよ、いったんここに潜って足取り消すには最適ってコトかの☆」

一見ベタベタ甘やかしてくれるチュートリアル仕様のナビゲーターさんっぽいけど、相手は常識の枠の外までぶっ飛んだ悪魔だ。フツーにピンクの角とか翼とか生えてるし。アリスを思い出せ、従うだけではダメだ。黙っているとそのまんま南極辺《なんきょくあた》りまで流されそうで怖い。

自分を保て、と上条《かみじょう》は強く思う。

「ていうかアンタ、日本語は読めるのか？　さっきはいくつかのトーンで声っぽいものを作っているとかって話だったけど……」

「漢字にひらがなとカタカナかえ？　大体は象形文字とそこからの派生じゃけん、まあドットパターンからの図形推測で何とか意味くらいは抽出できるかの」

指をピンと立てて得意げに説明されてもいまいちピンとこなかった。ここ最近のスマホのカメラは文字列くらいは認識してくれるらしいが、アレみたいな感じだろうか……？

と、その時だった。

ぶるりと上条《かみじょう》の背筋が震えたのだ。靴底が地面についた事で恐怖が薄れ、今さらのように上《かみ》条《じょう》の心へありふれた現実が押し寄せてきたのかもしれない。

「じ、冗談だろ……。そうだよ。こんなにビュンビュンあちこち飛び回って、アンタ達場所を区切った『人払い』とか何もやってないじゃん。魔術サイドの事情とか心配する義理ないけどさ、ここ渋谷《しぶや》だぞ！　どれだけのスマホレンズが溢《あふ》れた街だと思ってんだよ⁉」

「魔術サイドの事情なんぞ知らんのはわらわも一緒。ただまあ、一定のライン越えて派手にバカ騒ぎすると逆に現実感なんて吹っ飛ぶものぞ？　人間は、雪男の殺人なんか認めない。実際に吹雪の向こうで毛むくじゃらの影がチラチラ見えておっても、絶対そんなのないって理性の力が働くからの。だから自分から蓋をして封印してしまう」

「マジか、カメラで撮ったものは残るのに？」

「だから？」

ボロニイサキュバスは畳んだパンフを上条《かみじょう》のポケットに突っ込む。見た目はえっちで妖しくても、意外とゴミはきちんと持ち帰る派のお姉さんなのか。

「カウントダウン待ち、年末三一日でタガの外れた渋谷《しぶや》なら何が起きてもおかしくないどころか、大なり小なり何かが起きねば不自然なくらいぞ。大方、今回のケースではスマホ系の企業広告イベントか動画系のイタズラに巻き込まれたと思うのが関の山ですたい。動画なんてもうリアルタイム加工の配信も珍しくなくなってきたしの。一時期R&Cオカルティクス絡《がら》みで魔術は一般に普及したけど、さてそこまで思考が追い着く若者はおるかのう？　恥の文化の日本人だし、ここまであからさまだと素直に騙《だま》されて騒ぐなんて逆にお恥ずかしい、なんて意識は絶対に働くから特に心配しなくても大丈夫ぞ」

ざっくりと、であった。あるいは予想に反して真面目な大騒ぎになっても特に構わないと考えているのかもしれないが。

地上に残してきたインデックスや雲川達《くもかわたち》が心配だった。アラディア？　彼女の意識がこっちに集中している事を祈るしかない。

……今、とっさにこれを声に出さなかったのは何故《なぜ》だろう？　上条《かみじょう》自身《じしん》、どこまで目の前の女悪魔を信じて良いものかを自分で把握できていないらしい。

とにかくボロニイサキュバスは腰を折ると指を一本立て、ツンツン頭の少年に向けて妖しく笑ってこう結論づけた。

「誰がどんな意図で刷り込んだかもはっきりしない常識は、己の目を曇らせる最初にして最大の障壁ごわす。魔術師なら耳にタコができるほど言い聞かされる理屈だの」

「魔術、師……」

……なのか？　本当の本当に？？？

アラディアにしてもボロニイサキュバスにしても、あるいはまだ見ぬ『旧《ふる》き善《よ》きマリア』にしても、魔術は使っているけど魔術師という感じがしない。それが上条《かみじょう》の率直な感想だった。

彼女達一人一人の力がケタ外れなのは一目見れば分かる。いいや、アラディアについては凄《すさ》まじ過ぎて何回か殺されないと事実を正しく認識できないほどだった。『旧《ふる》き善《よ》きマリア』の『復活』とやらも細かい条件が見えないので、迂闊《うかつ》に自分の胸板を触って確かめるのも怖い。

何しろ彼女達の断片的な言葉を繋《つな》ぎ合《あ》わせる限り、『あの』アリスやアンナ＝シュプレンゲルと同じグループに属しているらしいのだから当然と言えば当然かもしれないが。

もう、ツンツン頭の少年は呆然《ぼうぜん》としながら呟《つぶや》くしかなかった。

「全部説明してほしいんだけど……」

「するするー」

「……ただこれ、ヤバい話を聞いたら聞いたで命を狙われる理由ができるとかじゃないよね？」

「はあ。これは『あの』アリスが調子崩される訳だのう……。すでにアラディアのヤツから何度も容赦なく殺されて、まだ選択肢に気を配れば穏便に舞台から降りられるなんて信じておる極限お間抜け思考からして根本的に何とかする必要がありそうでおじゃる。もう山奥の屋敷《やしき》は土砂崩れが起きて嵐《あらし》が止《や》むまで下山できぬし、一つだけの吊《つ》り橋《ばし》も落っこちておるのに」

ついてこい、とボロニイサキュバスが妖しい指先で手招きしてきた。後ろ姿を眺める限り丸っきり生き物系の翼や尻尾は普通に蠢《うごめ》いているし、本人は女性下着全開のオトナな肢体も含めて不思議なモノを隠す素振りなんて一ミリも見せない。行き先が普通に屋内へ繋《つな》がるステンレスのドアだった事が逆に新鮮に感じるくらいの超人ぶりである。

どういう仕組みなのか気になって、上条《かみじょう》が右に左に揺れる尻尾を眺めていると、だ。

「やんっ、坊やあんまりお姉さんのお尻に熱視線を注がんでおくれー？」

「（……どうしよう。けどこれ、特に憧れる方向に人間性が尖《とが》ってる訳じゃないんだよな。絶対誰にもできない事、の意味合いが裸にコートで夜の公園に現れる大変な人方向っていうか）」

「全部聞こえておるがの」

特に振り返らず、薄いピンクの鏃《やじり》みたいな尻尾できゅっきゅ首を軽く絞められた。悪魔的には甘噛《あまが》み系《けい》のつもりかもしれないが、なんか首輪を引っ張られているようで微妙な気分だ。どうやら超人さん、色々規格外だけど年下男子から憧れは持ってもらいたいらしい。

「そんなにがっつり眺めてえー、坊やはおっぱいよりもお尻派たい？」

「これはっ、お前がっ、ぶえええその尻尾でぐいぐい首絞めて引っ張るからだっ！」

相変わらず彼女の口から色んな方言が一斉に出てくると違和感の塊なのだが、

（……そういえばアリスのヤツはどうだったっけ？　あの子も口調が変っていうか、なんかいくつかの話し方がごちゃ混ぜになっていたような……）

ドアを潜ると上条《かみじょう》は首輪から解放された。当たり前の空調で体全体が温められる。逆に、今まで寒空の下にいた事にようやく気づかされた。

普段は屋上から客が入る事は想定されていないのだろう。ここは業務用の通路といった感じだった。小さな車輪のついたでっかい檻《おり》みたいな手押しワゴンが壁側に寄せて放置されている。

ミヤシタアーク。

雲川《くもかわ》から名前だけは聞いたが、さてどんな商業施設なんだろう？

ボロニイサキュバスが適当にステンレスの扉を開けると、奥は女の子向けのブティックだった。そして今さらのようにあちこちで小さく悲鳴が響く。そう、謎の悪魔さんは翼も尻尾もそのまんまだし、服装なんか裸に桃色の薄いワンピースコルセットと、後は申し訳程度のストッキングやアームカバーだけだ。何度も言うが下着である。

が、むしろボロニイサキュバスは両手を頭の後ろにやると、

「はいはいスマホで撮るならさっさとやってくれんかの？　みぃーんな隣の坊やのシュミだし、年下男子からおねだりされると何でも言う事聞いちゃう甘々お姉ちゃんも大変ばい」

「ぶぼふッ!!　やめてもらえますそういうウルトラ誤解の解きにくい冗談は!?　地獄シティ渋《しぶ》谷《や》はスマホレンズの数がメチャクチャ多いから情報の拡散速度がケタ外れなんですう！」

騒ぎが大きくなって警備会社のガードマンを呼ばれる前に上条《かみじょう》は両手でぐいぐい背中を押してボロニイサキュバスと撤退した。この場合、捕まるどうこうよりも何も知らずにやってきた警備の人が規格外の化け物の手で面白半分に殺されかねない。にゃんこがじゃれるように。

「っとと。坊や、強く頼まれたらどんなお願いでも断れん年上おっとりお姉ちゃんをどこまで連れていく気かのう。えへ、二人きりの試着室とか？」

「もう限界だよおこれ以上プレッシャーかけたら俺は異世界でスローライフとか求めるぞ！」

なおも周囲の注目を浴びまくり、サキュバスお姉さんはぐいぐい押されながら通路を歩く。されるがままなので、目的地はなさそうだ。こっちにそんな意図はないのに、女悪魔は背中のそれも掌《てのひら》で押された部分を起点に体を弓なりにするから自然と胸を張る格好になり、おかげでそのまま歩くと大変豊かなおっぱいがゆっさゆっさ大暴れ。後ろからやっておいてアレだが、上条的《かみじょうてき》にはガラスのウィンドウとかに映る影は見ていられないレベルだ。普通に顔が熱い。

ただ、あまりにも堂々としていると周りは逆に騒がなくなるものらしい。何が起きても不思議じゃない渋谷《しぶや》の三一日とはここまで柔軟性に富んでいるのか、(企業コンパニオンか高級ブティックの下着モデルと思われているのか？）何やら早くも景色から受け入れられつつある。

ボロニイサキュバスはむしろ体重を後ろに預け、少年に移動を任せながら切り出してきた。

「まず『旧《ふる》き善《よ》きマリア』、あの女にはもう頼れんぞ。何度か死んだり生き返ったりしてるからそなたは感覚鈍っておるかもしれんが、多分、次死ねば終わりぞ。そいつは覚えてほしいぜよ」

「？」

いきなり言われても、といった上条《かみじょう》の吐息だけで疑問を理解したのか。楽しげに(見た目だけならバカップルが甘えるように）背中を押されるボロニイサキュバスは、こっちに注目してくる小さな子供に笑顔で手を振ってはその母親から、キッ！　と強めに睨《にら》まれつつ、

「むー、一世紀だか三世紀だかの失われた合成法なんて詳しい理屈説明すると逆にややこしく

なるしのう……。ようは『旧《ふる》き善《よ》きマリア』が修復できるのは肉体の傷だけぞ。体の傷は塞いでも流れ出た血までは戻ってこない。つまり分かるかの？　血を流し過ぎると体だけ直しても意識が再起動しないいたい。それじゃ意味がないのでの」

「あ」

死んだ直後に介入されているとはいえ、事実として立て続けに殺され三度目の挑戦なのだ。それもアラディアからは背骨を砕かれ、脇腹《わきばら》も抉《えぐ》られて。おそらく痛みのショックで死んだのだろうが、その時流れ出た血だって少なくないだろう。

では問題、限界以上の血をなくしてしまえば人間はどうなるか。

アザラシのマスコットが並ぶショップのすぐ近く。いくつかの椅子やテーブルが並ぶ、飲食系共用の休憩スペースを見つけるボロニイサキュバス。下着のお姉さんは上条側《かみじようがわ》に体重を預けるのをやめて丸いテーブルにお尻を乗せる。尻尾は潰すと痛みか違和感が出るのか、二回三回と形の良いお尻を小さく浮かせて位置を調整しつつ、だ。

「いったん完全に死んだ人間を、心停止状態ゼロ秒の傷一つない奇麗なカラダに修繕する。これが『旧《ふる》き善《よ》きマリア』の使う『復活』という超常現象の骨子と考えれば良いぱい。一見それっぽく奇跡は演出しておるけどあくまで医学的な肉体の話、別に魂そのものを無条件でダイレクトに呼び戻せる訳じゃない。心肺蘇生は別に必要。血の抜けた体だけピカピカに修繕したところで、本人が自分で心臓動かして呼吸してくれんと意味がないのでの。莫大《ばくだい》なコストは無駄になって、ただただ肉の塊ワンセットが再びゆっくり腐っていくだけぞ」

「マジか……」

手持無沙汰なのか、ボロニイサキュバスは同じテーブルにあったフリーの紙ナプキンを引き抜いて犬っぽい動物を作りながら、

「死ぬなら窒息なり毒殺なり血の流れぬ方法をオススメするけど、基本は他殺。こればっかりは自分から狙って選べぬしの。しかもそなたに限って言えば、『旧《ふる》き善《よ》きマリア』の手を借りるには魔術の邪魔をするその右腕はいちいち切断せねばならんぞ。つまりどんな死に方でも結局血は流れる。もう死ねん、って素直に考えた方が作戦にブレもなくなるずら」

助けてくれるため、だったとは思う。ただ知らない所でまた物騒な選択が実行されていた事に遅れて気づかされた上条《かみじょう》はぶるりと震えた。

というか、だ。

ボロニイサキュバスが小さなテーブルの方に腰掛けたため、どの椅子に座ってもご馳走《ちそう》姉さんと顔が密着してしまう。なので手持無沙汰に突っ立ったまま、上条《かみじょう》は疑問を発した。

「あれ、ちょっと待て……」

「何かの？」

「流れた血は戻らないって話だよな。じゃあ、そうだ、じゃあ俺の服はどうなった？　確か一回目、最初に殺された時は服に血なんかついていなかった。何故《なぜ》か新品になってた上着には身

に覚えのない値段のタグがついていたけど、あれってまさか……」

　返答はなかった。

　ただ丸いテーブルにお尻を乗せてほっそりした脚を組むせくすぃーサキュバスさんがあらぬ方向に視線をやって口笛を吹いたのは分かった。緊張で手元の犬が潰れてワニに化けている。

「きゃあお巡りさん無抵抗な異性の惨殺死体《ざんさつしたい》から服を脱がせた上に着せ替えまでした大変ネクロなヘンタイお姉さんはあの人です‼」

「何ぞ少し待てッッッ‼」

　テーブルから飛び降りてきた。すごい勢いで。

　超人さんは世間の評価は気にしないが自分のペースは崩されたくない人のようだった。

「そ、そんな事言っても傷だけ治しても服が血まみれではそなた絶対混乱するしの。第一一学区は陸路の物流基地だからその辺のコンテナ漁《あさ》れば同じメーカー製の衣服くらいゴロゴロ出てくるたい。これは全てを知るお姉さんから坊やへの温かい慈悲と気配りであってのう」

「目の色とかすごい事になってるし！」

「これはそういうのじゃないばい！」

「胴体の真ん中ぶち抜かれたって事は相当出ただろ、血。正直上着だけで済むとは思えないんだけど、っ、待て待った。……もしかしてお前、上のみならずズボンまで……？」

「……、」

無言で目《め》を逸《そ》らした人のほっぺはちょっと赤かった。唇をもにょもにょさせ、よっぽど間が保《も》たないのかやたらと大きな胸の前では左右の人差し指とかちょんちょんしている。

そして上条当麻《かみじょうとうま》の思春期が爆発した。

「うえええあ!! じゃあ何か上から下まで全部見たのかよそれも清々《すがすが》しい朝っぱらから太陽の下でええツッッ!!⁉??」

「違バババギョルなしたジジジがるがり誤解ですたいｒｋｄぜよキュルキュルおじゃるデスｘｃｙｑビビバルがってん!?」

「うるせえ何だこの声頭ガンガンするメチャクチャ動揺してるじゃねえか!! じゃあ言ってみろ。今からこのおじいちゃんスマホの動画で撮るからレンズの前で私は何も悪くありませんってはっきり言ってみろお!!」

「ジジル! ちょ、ばっ、いちいち記録に残すでないわこんなしょうもない会話!!」

心にやましいものを抱えた人は横にした掌《てのひら》で自分の目線を隠しつつ、案の定慌てて止めに入った。さっきはあれだけのレンズにさらされながらド派手に空中戦を行い、人で溢《あふ》れたモールの中を下着姿で歩き回った割に、一対一で正面からだと普通に慌ててくれるらしい。そして変態お姉さんは変態であっても腕は超一流であった。上条当麻《かみじょうとうま》とか普通に床へねじ伏せられてしまう。むぎゅーっと。

昼下がりの二時とか三時とかから下着で馬乗りの人は少年の手からスマホを取り上げると、

しっとりまたがりお姉さんは息も絶え絶えにこう言った。

「はあ、はあ……ッ‼　とっ、とにかく今はアラディアのヤツを止めねばならん。こんなトコでドタバタやっておる時間はないのでな。分かってくれるかの？　のうっ⁉」

「こっちはそこも置いてきぼりなんだけど！　そもそもアンタ達はどこの誰で、何で俺は命を狙われなくちゃならねえんだっ⁉」

　これには逆にぽかんとされた。

　ボロニイサキュバスは馬乗りのままこちらの頬に掌《てのひら》を当て、まじまじと目を覗《のぞ》き込《こ》んで、

「マジか……？　まだまだ世の中予想もできん事もあるものぞ。まあ、ほんとに偉業を成し遂げるヤツはしれっとやってしまうらしいがの」

「何が？」

「アリス＝アナザーバイブル」

　一言で名前を言われて、上条《かみじょう》の息が詰まった。

　悪魔のお姉さんは背中の翼を大きくバサバサさせながら呆《あき》れたように息を吐いて、

「確認じゃけんど、あの子についてどこまで知っておるのかの？」

「変な子で無敵でアンナ＝シュプレンゲルと一緒に行動してるヤツ」

　ぱんっ、という小さな音があった。

　大きくまたがったままのボロニイサキュバスが自分の額に掌《てのひら》をやった音だった。あるいは規

格外の怪物にこんな顔をさせただけでもご褒美《ほうび》がもらえるかもしれない。

「……くそ、それじゃ『橋架結社《はしかけけっしゃ》』や超絶者《ちようぜつしや》から全部説明せねばならん訳たい」

「できるだけ丁寧にお願い」

下からおねだりしたらきっちり応えてくれた。

話したがりなのか、面倒見が良いのか。女悪魔は馬乗りのまま大きく伸びをして、

「うーっ、よし！　ま、あの子の正体まではきっちり把握してなくても、滅法ヤバい力を持っておるって実感くらいはあるかの。アリスは『橋架結社《はしかけけつしや》』に属する超絶者達《ちようぜつしやたち》の中でも別格の存在ぞ。でもってそなたはそんなアリスの『せんせい』らしいばい？　世界で唯一、『あの』アリス＝アナザーバイブルが尊敬しておって素直に何でも言う事を聞く相手。……そんな危ない存在、わらわ達『橋架結社《はしかけけつしや》』の超絶者《ちようぜつしや》が黙って放置しておくと思っておるのかの？」

せんせい。

そう言えば二九日の事件では、一貫してそんな風に呼ばれていたが。

そして思い返してみれば、そもそもだ。あんなに絶大な力を持つアリスはどうしてあそこまで上条《かみじよう》に懐《なつ》いて、言う事を全部聞いてくれたんだ？　の部分がはっきりしていない。

ともあれ、

「……俺はアリスから直接否定されたはずだ。いらないから捨て置かれた」

「アリスが必要とする人間と、アリスが尊敬する人間は全くの別物ぞ？　むしろ、現実を見据

えず童話の世界へ逃げ込み、自分勝手な極彩色をさらけ出す連中にアリスは呆《あき》れてすらおる」

「……、」

そもそもアリス＝アナザーバイブルとは何なのか、という根本的な疑問がある。

だが『当たり前に答えを知っている』ボロニイサキュバスからすれば、今の優先順位は直近の命の危機らしい。もちろん（超絶者《ちょうぜつしゃ》がその気になったら簡単に組み伏せられちゃう）上条《かみじょう》当麻《とうま》の、だ。

『橋架結社《はしかけけつしゃ》』は揺れておる。アリスの言う『せんせい』の処遇をどうするかでの」

「……救出派と、殺害派だっけか？」

「そ。手っ取り早く変化の原因であるそなたを殺してアリスの正常化を促そうとするのが殺害派。確かに分かりやすいけど、アリスが元に戻らなかった場合は修正不能に陥るハイリスクな手でもあるのう。対して、わらわや『旧《ふる》き善《よ》きマリア』なんかは救出派ぜよ。坊やを死なせる事でアリスにどんな変化が生じるか読めぬので、今は下手に殺さずに様子見って感じぞ」

「じゃあアンタ達は……」

「おっと」

言いかけた上条《かみじょう》の言葉を遮るような一言があった。

ボロニイサキュバスは馬乗りになったまま、妖しい人差し指を上条《かみじょう》の唇に当てながら、

「……言っておくけど、わらわ達は別にそなたの仲間ではない。今は、という話ぞ？　色々計

算した結果上条当麻《かみじょうとうま》を殺してもアリスに影響は出ぬと分かれば、あるいはアリスの『せんせい』が生存しておる方がよりヤバい方向へ事態が悪化していくと判断したら、その時は迷わず方針転換するたい。怖いのはアリスであって、そなた個人を守らなければならん理由も裏切ってはならん義理もこっちには何にもないのでのう？」

「……、」

『橋架結社《はしかけけっしゃ》』は『橋架結社《はしかけけっしゃ》』。超絶者《ちょうぜつしゃ》？　だったか、彼女達は自分の都合で動く。

何しろ『あの』アンナ＝シュプレンゲルが自分から望んで合流しているらしい組織なのだから、真っ当でないのもむしろ当然か。

ボロニイサキュバスは一度は取り上げたおじいちゃんスマホを上条《かみじょう》に返すと、ようやく少年のお腹《なか》の上から腰を浮かせて、

「わらわは『橋架結社《はしかけけっしゃ》』全体の行方を左右するアリスのためにそなたを利用する。だから、そなたは自分の命を守るためにわらわを利用する。レギュレーションは理解できたかの？」

「……、いや」

考え、天井を見上げながら上条《かみじょう》はそっと付け足した。

「俺もアリスのために動くよ。アンタ達『橋架結社《はしかけけっしゃ》』が何を考えていようが関係ない」

「なるほど。……これがアリスの『せんせい』、かの」

呆《あき》れたように息を吐きながら、ボロニイサキュバスはしなやかな手を差し伸べてきた。摑《つか》む

と、引っ張り上げるように体を起こしてくれる。

「確かにそなたはアリスとは相性が悪い、それもとんでもなく。人並みに『欲』はあっても、アリスが棲《す》みつくような『隙間』がないから容易に手は出せんだろうしの。けど、だからこそあの子が自分にないものをそなたの中に見るのかもしれんばい」

「？　何だ、一体何を言ってる……？」

怪訝《けげん》な顔の上条《かみじょう》に、ボロニイサキュバスはぺこりとお辞儀をするとそのまま謎のピンク角がついた頭で少年のお腹《なか》をぐりぐりしてきた。

「もーう」

「痛いっ!!　地味にっ、そのツノ、なにそれ牛さんアタックなの!?」

「わらわのおっぱいに印象引きずられるでないわ悪魔と言ったら山羊系《やぎけい》ぞ。あと説明はしないずら、やったら丸ごと台なしになってわらわがアリスに殺されるのでの」

謎が謎を呼んでいるが、今は自分の事より気になる話がある。

そう、これだけ超絶しているボロニイサキュバスやアラディア達が、何でこんなにアリスを恐れているのか、という話だ。確かにアリスは恐ろしい力を持っていた。だけど性格の方は、時に危なっかしく見えるくらい明るい女の子だったはずなのだが……？

聞くと、こればっかりは本気で呆《あき》れられた。

学園都市はクリーンで危険性の一切ない完璧な教育機関なんです、というPRポスターを見た人みたいな表情になってから、ぐぐいと少年の鼻先に顔を近づけて超絶者《ちょうぜつしゃ》ボロニイサキュバスはこう切り返してきた。

「ええと、アリスが無邪気だから安全とか、まさかそれ本気で言ってるのかのう？」

「え？　だって裏があるようには見えないし……」

「そうではなく」

　悪魔のお姉さんは肩をすくめて、

「本当の本当に明るいだけの子供が、利害も信条もなくまだ無邪気しか持っておらん幼い心が、何の危険性もないって本気で信仰しておるのかの？　……ぶっちゃけ、剝《む》き出《だ》しの子供って結構乱暴で残酷だと思うけど。アリの巣くらい普通に水没させたりするたい、楽しいって笑いながらの。そんな暴君が宇宙をぶっ壊すほどの力を持っておるとしたらそなたどう思う？」

「……、」

　そういう意味での子供っぽさも同居しているのか？

　基本的に上条《かみじょう》のわがままは全部聞いてくれるので、たまたま表に出てこなかっただけで。

「アリスは怖いよ」

　ボロニイサキュバスほどの超絶者《ちょうぜつしゃ》が、ぽつりと言った。

　素直に、剝《む》き出《だ》しの自分の肩を抱いて。

　迷子みたいに小さくなって。

「率直に言って、メチャクチャ怖い。アリスの前では、あの子の機嫌が世界の全てに勝るから。必勝法も攻略法もないのでの。同じ事しても向こうのリアクションは毎回変わる。昨日まではにこにこ笑っておっても、たまたま虫の居所が悪かったら？　あの子の前に立って言葉を交わすのは、毎日配置の変わるランダムな地雷原で、ひたすら爆発物を掘り返すようなものぞ」

「マジか……？　いやだって、何と言われようが相手は『あの』アリスだろ」

「そ。『あの』アリスがそなたの目にはどんな風に映っておるのやら、ではあるがの。ほんとに偉業を成し遂げるヤツはしれっとやってしまうと言ったはずぞ。そなたは当たり前にやっておるけど、何の計算もなくアリス＝アナザーバイブルと普通に会話して殺されぬだけでも奇跡みたいな綱渡りぜよ。まして間違った時にきちんと叱って言い含める存在なんてわらわも初めて見る」

無邪気。

良くも悪くも彼女のお気に入りだった上条当麻《かみじょうとうま》の知らない純粋さ。

重たい首を横に振る上条《かみじょう》に、ボロニイサキュバスは人差し指で自分の尻尾を絡《から》めてくるくるしながらこう続けた。

「……いきなり巻き込まれて殺されたそなたには信じられん話かもしれんがの、そもそも『橋《はし》架結社《かけけっしゃ》』は人のために夢《ゆめ》を叶《かな》えようと集まった組織ぞ。それは『あの』アラディアでも」

「え？」

「ヤツは長い長い歴史の中で、ずっと虐《しいた》げられてきた魔女達を救い、差別や偏見から守って、安住の地を与えるために戦っておる。だから目的を果たすのに必要なら何でもやる。自分以外の理由で戦うヤツは妥協抜きぞ、ほんとおっかないずら。保護対象の外側がどうなろうが知った事ではないからの」

「魔女の迫害って……大昔ならともかく、こんな時代にまだ？」

「じゃあそなた、隣に越してきた根暗ガールがにっこり笑顔で『私は本当に本物の魔女です、よろしくお願いします』って言ったらどんな顔になるかの？」

「……、」

「困るはずぞ。これが巫女《みこ》さんだのシスターさんだの国のお偉いさんからきちんと認められた職業だったら時代錯誤で非科学的であっても全く気にせんのにのう。つまりそれが今この瞬間もあるほんとにぼっけえ壁ぞ、頭の中にある上《うわ》っ面《つら》の言葉がどうだろうが『言語化もされておらんうっすらとした拒否』は結局いつまでも延々と続いておる。これだけスマホやドローンが氾濫して科学技術で超能力まで実用化した世界でものう」

「じゃあ……」

上条《かみじょう》はちょっと息《いき》を呑《の》んで。

そして尋ねた。

「……アンタも？」

「困るのう－坊や、まだまだお昼ぞ。お姉さんの熱くて淫《みだ》らなヒミツをお天道さんの下でそう何でもかんでも暴こうとせんでおくれ－☆」

両手で自分のほっぺを挟み、もじもじと身をひねって、冗談みたいな笑顔でやんわりと拒否されてしまった。

ボロニイサキュバス。……何で『そう』名乗っているのかが分かれば、彼女が守ろうとしているモノの輪郭くらいは連鎖的に出てきそうな話だが……？

「とにかく、そんな事情もあるから、わらわ達は今の世界を変えたい訳ぞ」

「……、」

「それは結構な話だけど、問題なのは全員分の承諾ぞ。何しろわらわ達超絶者《ちょうぜつしゃ》は、その一人一人が魔術サイド全体に匹敵する力を持つのでな」

さらっと言われて上条《かみじょう》は絶句してしまった。

言っている事はメチャクチャなのに、変に胸を張らない辺りが逆にリアルっぽくて怖い。

「故にイギリス清教《せいきょう》だのローマ正教《せいきょう》だのの通常ルールでわらわ達『橋架結社《はしかけけっしゃ》』を止める事はできん。いや、ものによってはもうロシア成教《せいきょう》寄りかもしれんが」

ともあれ、と適当な調子でボロニイサキュバスは話題を放り投げてしまい、

「超絶者《ちょうぜつしゃ》の間で誰かの都合を押しつければ別の誰かの不満が爆発するからの。そうなったらせっかく苦労して完成させた理想の世界を引き裂かれかねん、何しろ世界なんて創るよりも守

るよりも壊す方が一〇〇倍簡単だしのう。つまり、世界をどうするにせよ『橋架結社《はしかけけっしゃ》』のみんなが納得しないといかんばい。実際の作業が始まるよりも前にのう」

そいつは、例えば宗教や経済の根幹が全く違う大国同士が山ほど抱えた軍の大部隊を突きつけ合って未来について話し合うようなものだろうか?

どこか一つが呆《あき》れて席を立ってしまえば、そこで世界が引き裂かれる。

全てを戦乱に包む大きなボタンは、全員の眼前にある。

恐ろしいほど平等に。

「そうなると、『橋架結社《はしかけけっしゃ》』で一番ヤバいのはアラディアじゃない。あの女は『魔女を守りたい』という目的がある分、目の前で飴《あめ》ちゃん振って外からコントロールするのは難しい話ではないからの。完全操縦まではできんでも、少なくとも、どこ踏んだら滅法ヤバいかって地雷の場所くらいはすぐ分かるずら。つまりアラディアの懐《ふところ》からプラスを引き出すのは難しいが、何回挑戦しようがマイナスに転じるヘマもない。それなら話し合いを重ねて数を増やしていくほどわらわのチャンスができる。何しろコツさえ摑《つか》んで地雷を避ければマイナスは『絶対にない』からのう」

その論で行くと。

コントロールどころか、地雷原の線引きすらできていない最大のジョーカーは、

「それでアリス、か」

「……無邪気で気紛《きまぐ》れ、しかも気に入らぬモノに対してはとことんまで残忍で容赦ない。プラスもマイナスも滅法デカいのに法則性がはっきりしないから、正直一番収支の計算が難しいばい。相場の規模が大き過ぎるからミスしたら一発破産で命を落とす、なんて展開も普通にあり得るけん。でも当然、どれだけ目も当てられん状況であっても話し合いは必要ぞ。あの子を含めた全員分の『承認』がなければ創った世界は洩《も》れなくご破算、木っ端微塵《こっぱみじん》だからのう」

ボロニイサキュバスはお尻の尻尾をゆっくりと左右に振りながら、

「だからわらわ達は、アリスのヤツに直接世界を創らせる事にした。どれだけ不満があろうが、そなたが組み上げたものなんだからそなたが自分で面倒見ろって迫るためにの」

「アリス一人に？」

「別に誰が作ったって構わんぞ。全員分の要求がきちんと通った世界ならの」

国際会議はアメリカ主導で進めて良いから平和な世界を作ってよ、的な感覚だろうか？

「神様は、自分で創った世界で暮らす人間がどれだけ勝手にヘマして地上を汚しても、呆《あき》れてすぐ隣に二つ目の世界を創ったりはせん。とんでもない大洪水とか色々ド派手に洗い流しても、そいつはあくまで神様からの修正行為であって、いったん創ってしまった世界の継続を願う動きの一環だっていう点は変わらんぜよ。これでギリギリ、何とか『橋架結社《はしかけけっしゃ》』は荒れに荒れまくったアリス相場を乗り切って、綱渡りの話し合いを先に進められるはず……だったんだがの」

そうはならなかった。

アンナ=シュプレンゲルが『橋架結社《はしかけけつしゃ》』の会議に介入し、アリスに何かをしたから。あの子が不自然なまでに、本来なら初めて見るはずの上条当麻《かみじょうとうま》へ致命的に懐《なつ》いてしまったから。

軍事や金融の冷たい計算とは全く別の次元。

ファーストレディの耳打ち一つで国際会議全体を仕切る大国の大統領の決断が左右されてしまうように、上条当麻《かみじょうとうま》の存在が急浮上した。

だから、怖い。

計算の外にあるアリスの無邪気が、彼女達は本気で怖い。

だって九九・九%話し合いで固めた議論を呆気《あっけ》なく感情でひっくり返され、何かの冗談みたいに世界を粉々にされてしまうかもしれないのだから。それはもう、アリス=アナザーバイブル本人を短期的には激怒させようが、長い目で見れば不安定要素なんていっそ殺してしまった方が場は安定する、と超絶の存在達に判断させるほど、恐ろしくて仕方がない。

恨みや欲望から発生する行動は、いつか、ひとりでに萎《しぼ》むかもしれない。

だけど恐怖を燃料にした行動だけは絶対に自然消滅しない。

それは種類が全く違う。通帳にある同じ数字でも貯金と借金くらい。

「さあて、自分の抱えておるとんでもない価値は分かったかの？　坊や、今そなたの手にはでっかいボタンがある。ちょっと耳元で囁《ささや》くだけで暴君アリスをいくらでも操縦できるそなたになら、わらわ達『橋架結社《はしかけけっしゃ》』を含む世界全体なんぞ丸ごと吹っ飛ばせる。もちろんそれは誰も勝てん究極最低で絶滅コースまっしぐらな選択肢だがのう」

「マジかよ、俺だってアリスにはずっと振り回されっ放しだったんだぞ。ていうかそもそも誰かの都合でアリスを操るとか、ウワサで耳にする第五位とかじゃねえんだから……」

「悪いが坊やなら可能は可能だの。だから、これはもうそなた個人にそういう意思があるかどうかなんて関係ない。殺害派にせよ救出派にせよ、守るべきモノを持つ『橋架結社』の超絶者達は全員どこにでもおる平凡な高校生の処遇を巡ってとことんまで本気になるぞ？」

「……冗談だろ」

「それならそろそろわらわ達も対策練るかの。アラディアは必ず来る、ヤツも単独で魔術サイド全体に匹敵する超絶者の一人だからの。いったん振り切ったくらいじゃ安全なんぞ確保できんたい。検索も追撃も思いのままぞ」

「必ず来るって、アラディアのヤツはこれから何をしようっていうんだよ⁉」

「いいやあ、これからではないかの？」

ボロニイサキュバスは見た目だけなら気楽に肩をすくめて。

そして本心を摑《つか》ませない声色で、言った。

「多分、もう具体的な攻撃準備は進めておる。実践魔女《ウイッカ》の術式、『三倍率の装填《リロードスリータイムス》』のな？」

2

渋谷《しぶや》の繁華街の話だ。

もう一人の超絶者《ちょうぜつしゃ》、アラディアもまた注目の的になっていた。

そもそも『人払い』の術式などで自身を隠蔽していないのだから当然と言える。魔術の仕組みに興味のない一般人でも、夜と月を支配する魔女達の女神が地上から閃光《せんこう》を何度も解き放って飛行物体を撃ち落とそうとした事実くらいは認識するはずだ。

とはいえ、だ。

押し合いへし合い、ドミノ倒し上等の大パニックが起きる……という訳ではなく、

「はえー……」

水着ベースの衣装の上から半透明のレインコートを着込んだ眼帯お化け少女は、やや遠巻きに、長い銀髪を左右に揺らす美女へスマホのレンズを向けていた。いきなり始まったので『その瞬間《クライマックス》』が撮れない……というのは誰でも味わう動画投稿者あるあるだが、ほとんど記録のタイムスタンプでも残す感覚で録画ボタンをタップしてしまう。一番観たいものを逃した間の抜けた動画であっても、注目を集めて数字を取れればこっちの勝ちだ。

（……何あれクオリティ高い、やっぱリアルの手品とビュンビュン空飛ぶ動画を連動させた企

業広告系のコンパニオンかな？　思いっきりプロ仕様じゃん、あんなヘソ出しの変則ビキニで駅前に出てくるなんてオトナの力で守られてるうーって感じするし。てかへそ出しより裸足《はだし》の方が本気度高いわ……。クソー、年末の三一日でしょ。ＢＬＡＵの話じゃ今日ばっかりは超機動少女カナミン《マジカルパワード》とかああいう路線は有明《ありあけ》の方に集中しているハズなんだけど）

「ちくしょうオトナはおっぱいもデケェし……っと」

画面になんか垂れた。

ぼたっと、派手な黄色が一滴。明確に液晶の一角を埋めて邪魔してくるのは溶けたチーズらしい。ぎゅうぎゅうの混雑の中、誰かが持っていたホットスナックから落ちたようだ。多分あちこちのキッチンカーで売っている韓国系の不思議なお菓子だろう。

「あっ、もう」

反射でポケットを探るが、半透明のレインコートは『撮影用』。ハンカチやティッシュなどが透けても興醒《きょうざ》めなので手元にはない。そしてビニール素材のぶかぶか袖で拭うのも絶対ＮＧだ。溶けたチーズはただずべーっと画面全体に延びていくだけだし、そもそも袖口とはいっても『撮影用』の衣装を溶けたチーズなんぞで汚したらこの後カウントダウンまで何もできなくなる。

困っていたら、ふと横合いからポケットティッシュが差し出された。

足首まで届くウィンプルをたなびかせる、銀の髪の踊り子さんみたいな魔女だった。

「はいこれ」

「うっ⁉」

その正体どうこう以前に、面白半分の投稿目的で遠巻きにこっそり撮影していたはずの相手から、急に距離を詰められて話しかけられたのだ。至近からの圧が分厚い、ぶっちゃけメチャクチャ怖い。トラブルの予感しかしない。

周囲から注目される事に慣れているのか、へそ出し銀髪美女は気にする素振りもなく、

「気にする必要ないってば。さっきそこでもらったものだから」

「は、はあ」

こんな浮世離れしたプロ（？）でもポケットティッシュとか受け取るのか、と逆に感心してしまう眼帯お化けちゃん。ティッシュの広告部分なんて、とにかく女性募集で何も聞かずに集合して、とこれだけでセクハラみたいな内容だ。路上でこういうバイトが近づいてきた場合は男のマネージャーさんとかが体を張って止めるイメージだったのだが。

やんわりと、しかし割り込むような一言があった。

「いいの？　それ、マスタードじゃなくて溶けたチーズでしょう。熱を持っている場合は早く取らないとヤバいっていうか保護フィルムどころか液晶までやられるかもしれないけど」

「ひっ、うっウソ⁉　冗談、秋に出たばっかりのハイエンドモデルだっつの‼」

ふわふわした非現実感が急にぶっ飛んで、ついポケットティッシュを受け取ってしまった。

なんていうか、お化《ば》け屋敷《やしき》でビクビクしていたところへ手元のスマホから災害警報のブザーが鳴り響いたような気分。そして反射で受け取ってしまったので、お化けちゃんはひとまずティッシュを丸めてスマホの画面を拭いていく。

すでに素肌だらけの魔女はよそへふらりと歩き出していた。後ろから見ると足首まである巨大なウィンプルのせいでシルエットが隠れ、ロングの銀髪も見えなくなってしまう。あれではベッドシーツ着ぐるみ状態だ。

つい、レインコートの眼帯お化けちゃんはその背中に声をかけてしまう。

「あ、ありがとう、ございます？」

「構わないわ」

振り返らず、

「すでに、三倍の利子をつけて返してもらっているから」

「……？」

利子。なんか、しれっと不気味な単語が混じっていたような。

見逃してもらった上に恩を仇《あだ》で返す格好になるが、お化けちゃんはついピカピカにしたスマホを改めて妖しげな魔女に向けてしまう。

何かしていた。

レンズで追いかける限り、だ。

「お姉ちゃん、ありがとー」

あるいは。

落として自販機の下に滑り込んでしまった電子マネー代わりの交通系ＩＣカードを引っ張り出してやり、小さな子供から笑顔で感謝されていたり。

散歩している最中にケンカを始めてしまった猛犬達をほっそりした手で引き離し、屈強なドーベルマンに手綱を引っ張られるばかりだった老夫婦から丁寧に頭を下げてもらったり。

「おやおや、すみませんねえ」

あるいは。

スクランブル交差点に突っ込んできた自動車を意味不明な光の壁で押し返し、半ばスクラップ化する格好で歩行者の命を救い、助けたはずの若い男から脅《おび》えられたり。

「……あ、アンタ。今一体何をしたんだ。仮設ステージも兼ねた一〇トン超の大型トレーラーだぞ……？」

あるいは。

そうしている内に、だ。

いつしか、お化けちゃんはスマホの画面から目を離していた。

最新の液晶画面に映ったものが信じられず、自分の目で確かめようとしてしまったのだ。

「なに……アレ……？」

そして渋谷《しぶや》の少女は本当の予想外に直面した。

人間は、自分の目で見たものしか信じない。そんな図式が崩れたのだ。

見ても理解できなかった。

ただ、剥《む》き出《だ》しの素手で猛犬を引き離したり手で触れずにバスより大きな大型自動車を弾《はじ》き返《かえ》したり、明らかに何かが起きていて、しかもその力は加速度的に増幅している。

今やはっきりと異物として認識され、渋谷《しぶや》の人混みがぐいと遠ざかり、空白のスペースで孤高に徘徊《はいかい》している不気味な魔女。渋谷《しぶや》で生きる人達にとってそれは致命的なレッテルのはずなのに、何故《なぜ》か魔女は誰よりも輝いて見えた。そしてそんな彼女の周囲に、明らかに目には見えないおかしなものが渦を巻き始めていたのだ。

……魔女がしているのは、あくまでもちょっとした人助けだ。

だけど彼女がその親切を繰り返すたびに、砂糖水のようなモヤ、空間の歪《ゆが》みはどんどん大きくなっていく。まるで雪山を転がした小さな雪球がみるみる内に巨大化していくように。

『構わないわ』

警戒を促す言葉が、お化けちゃんの脳裏でリピートされる。

魔女は確かこう言っていた。

『すでに、三倍の利子をつけて返してもらっているから』

彼女は自分の両手に目を落とし、握ったり開いたりを何度か繰り返していた。まるで手に入れた力の調子でも確かめているかのように。

人間の五感よりも精密に、スマホの認識機能が四角で囲って唇の動きを捉えていた。

銀の髪の魔女、その横顔はこう呟《つぶや》いていた。

うっすらと笑いながら、だ。

「……うん。イイ感じ」

3

大型商業施設、ミヤシタアーク。

ピンク色のバニーさんみたいに胴体全体を覆う下着、ワンピースコルセットを着た悪魔のお姉さんのボロニイサキュバスが意味もなく上条《かみじょう》の耳たぶを指先でもみもみするのをやめて、ふとよそに目をやった。

「来たかの……」

「？」

上条《かみじょう》には首《くび》を傾《かし》げる暇もなかった。


べだんっ!!　と。


お洒落時空《しゃれじくう》にある大きなウィンドウ、そこにリアルな人面が押しつけられたのだ。

苦悶《くもん》の表情を作る、粘つく黄土色。

あるいは頭からストッキングでも被《かぶ》ったような歪《ゆが》み。

ピカピカの人工物で埋め尽くされたミヤシタアークにはあまりに不釣り合いな、臓物じみた液体だった。それは見ている前でどんどん変色していき、より不快で、胆汁や腐ったバターに似たおぞましさを見ている上条《かみじょう》の背筋に叩《たた》き込《こ》んでくる。

つっ……と人面の粘液が重力に負けて、真下に垂れた。

いいや、そう見えた。

しかし実際にはもう少し複雑な規則性が働いていた。首、胴体、やがては手足の先まで。垂らしたインクが広がっていくように、それはみるみる人間のシルエットを形作っていく。

「逃げるぞえ、坊や」

「え、ちょっ、なにが……」

「アラディアからの『検索』が始まっておるばい！　アレに捕まったら魔女達の女神は『確定』を取ってここへ襲いかかってくるのでな!!」

ゴッ!!　と、床や壁を自在に滑る影のように、黄色いシルエットが動き出す。その辺の車より速い。もうボロニイサキュバスはこちらの返事など待たなかった。上条《かみじょう》の体全体を豊かな胸元へ抱き寄せると、いったん近くの丸いテーブルにお尻を乗せて床から両足を離す。床を滑る粘液状の人影が二人の足元を通り抜けたタイミングで、改めて上条《かみじょう》の手を引いて逆方向に向けて強く走り出す。

即座に切り返してきた。

まるでピラニアがうじゃうじゃいる川の水面へ、足の先でも触れたように。

「チッ！　床でも壁でも、同じ面に触れたら感知してくる術式ぞ!?」

ボロニイサキュバスがまたもや上条《かみじょう》の体を抱き寄せた。薄いピンク、背中のコウモリの翼をはためかせて大きく空気を溜《た》め込《こ》む。

飛ぶ。

ドッ!!　という凄《すさ》まじい加速感と共に、あちこちから悲鳴が炸裂《さくれつ》した。床、壁、天井、ボロニイサキュバスはどこにも触れていない。戦闘機を使って地面すれすれの高架下でも潜るように、何もない直線通路の空中空間を危なっかしい動きで一気に突き抜けていく。

床の黄色いシルエットは、わずかに躊躇《ためら》ったようだった。

が、次の動きはもう始まっている。

べたべたベダべだんっ!!　と。逃げるボロニイサキュバスを追うように、辺りの壁や天井に追加の濁って粘つく顔面が次々と押しつけられた。まるでマシンガンの弾痕の帯だ。しかもそれら一つ一つが新しい人影を大きく描いていく。

「普通に追ってくる！　やっぱりもうバレているんじゃあ……っ⁉」

「それなら場所を特定する術式なんぞ使ってわらわ達を警戒させる意味ないぜよ。縦横高さの座標さえ分かればアラディアの現在位置から壁でもビルでもぶち抜いて虫除けの術式が飛んでくるはずだからの」

「むし、何だって???」

「虫除け。豊作祈願に具体的な形を与える自然制御は魔女の代表的なお仕事の一つぞ。まあアラディアの場合は一帯から標的を識別してからの殲滅《せんめつ》じゃけんけど」

……もう上条《かみじょう》は言葉もなかった。魔術は大体理不尽で不条理だけど、まさかカカシやでっかい目玉の風船のお仲間に殺される日がやってくるとは。

しかしボロニイサキュバスの言葉はここで終わらない。

「だから勘違いするでないぞ坊や、これはおそらくミヤシタアークだけの話でないわ！」

「なっ」

「渋谷のめぼしい屋内施設は片っ端から人面と人影だらけぞ！　わらわ達はローラー作戦で圧殺されそうになっておるだけずら!!」

そうなるとミヤシタアークの外へ逃げ出しても『検索』とやらは終わらない。そして居場所を特定されれば、全力でアラディアが襲いかかってくる。ほっそりとした素手で上条《かみじょう》の胴体を何度も壊し、空飛ぶ悪魔に凶暴な閃光《せんこう》を放ったあの女が。

「じゃあインデックスや雲川先輩《くもかわせんぱい》とかはどうなってんだ今!?　オティヌスは……」

「ばかっ！　とにかく最優先は自分の心配ぞ!!」

ボロニイサキュバスも気づいているのだろう、吹き抜け区画に飾ってあった飛行船のオブジェの上に着地していく。髪の毛より細い数百本ものワイヤーで重量分散させた、空中にあるオブジェだ。バルーン状の飾りといっても、これだけでちょっとしたトラックくらいある。

床、壁、天井。それ以外の聖域。

がささささ!!　と吹き抜けの壁や天井に黄色い粘液のシルエット達が滑っていくが、上条《かみじょう》達《たち》の乗った飛行船には来ない。ただ立ち去りもしない。二人を囲むように、延々と吹き抜け内を平べったい人影が走行し続けている。

「……いつまでも騙《だま》せるって感じじゃねえぞ。これだけ人でごった返す渋谷《しぶや》の中で、他には目もくれずにここで空回りを続けてやがる」

「だの。でも考える時間を稼げるのは大きいばい、数分であってものう」

「そうだっ、あれはアラディアの耳目なんだろ？　逃げられないならいっそ俺の右手でぶっ壊しちまえば……」

「防犯カメラと一緒じゃけん、一ヶ所だけ不自然に壊れたっていう真っ黒な情報がアラディアに伝わる。そうしたらヤツは一直線にミヤシタアークへ突っ込んでくる」

翼を持たない上条《かみじょう》が不安定な足場から落ちないように、なのか。バルーン素材の飛行船にお尻を乗せたボロニイサキュバスは両手で上条《かみじょう》の頭を抱えて、ぎゅっと胸元に引き寄せながら、

「水や火を使う占いや風を操る紐の結び目など魔女術にも色々あるが大きな部分として膏薬《こうやく》があるばい、あの分だとアラディアが実際に使っておるのは『熊の脂肪』かのう」

「もがっ」

「第二次世界大戦中、一九四〇年の五月辺りだったかの。祖国を守るためにドイツという国家そのものを呪おうとしたイギリスの魔女達が用意したアレぞ。寒い森で素《す》っ裸《ぱだか》になって一晩中踊り明かすのは自殺行為ばい、保温と防御を兼ねて『熊の脂肪』で作った膏薬《こうやく》を全身に塗って儀式の間、寒さを凌《しの》ごうとした。まあオリジナルでは自分から志願した贄役《にえやく》のばあさんの他に予想外の凍死者まで出した訳だがの」

「がももむぐっ、ぼがががもがっ」

「しかしそれを『検索』に応用しておるとなるとどういう術式ぞ？　熊の脂肪、本来なら防御用、わらわ達を『寒さから保護すべき対象』として人の肌に飛びかかるように設定しておると

か？　だとするとアラディアの使っておる具体的な『検索』の条件は……脂、脂肪、蝋《ろう》？　魔女関係じゃけん蝋人形《ろうにんぎょう》に血や爪を入れてから針で刺して対象を呪うなんていうのも、いいやそれも違う……って何ぞ？　坊やさっきからどうしたのかのう？？？」

「ぶはっ、がはごほ！　アンタ俺を窒息させて殺す気かっ⁉　甘ったるいカタマリで‼」

顔を真っ赤にした上条《かみじょう》がようやくお姉さんの大変豊かな胸から顔を引っこ抜いた。ボロニイサキュバスの方は本当に無意識でぬいぐるみを抱き締める感覚だったのか、今さらのように愛《あい》想笑《そわら》いでひらひら片手を振って、

「すまんすまん。こう、えっちでカワイイお姉さんは目の前の、このくらいのちょうど良い位置に頭があるとついなでなでしてしまうというかのう」

「ナニ色々盛ってんだ撫《な》でるっていうか重要なのは頭の後ろじゃなくて顔の方だこの息詰まる系っ‼」

「そっちから良い位置に収まっておいて何を。だからこうして謝っておるだろ……ん？」

上条《かみじょう》の顔だけゆでだこ状態になっているのはおそらく恥成分だけではない。呼吸を封じられた事による脳みそからのＳＯＳ的な、もっと物理的な意味で深刻な何かだ。

が、

「そうか……。そういう可能性もアリたい……」

「な、何だよ。人の顔をまじまじと見て？」

「いやあ、やっぱり一人で内に籠《こも》ってうじうじ悩むのはよろしくないのう。長生きの秘訣《ひけつ》は人の話を聞く事だと気づかされての☆」

4

べだだだだだだだだだだだだだだだだだだだだだだだだだだだだだだベダンッ‼　と。

腐ったなめくじみたいな色彩の、澱《よど》んで濁った、白と黄色。

生々しい獣の脂肪。

凄《すさ》まじい数の汚《けが》らわしい人面が窓や壁に張りつけられ、そこからさらに異形のシルエットへ成長していく有り様は見ている側からすれば生理的な嫌悪感《けんおかん》の塊だ。ぎゃあ！　わあ⁉　とあちこちで悲鳴が炸裂《さくれつ》し、年末最終バーゲン中の商業ビルから大勢の人が吐き出されてくる。紙袋やエコバッグに入っていない剝《む》き出《だ》しの衣類を掴《つか》んでいる若い子もいるし、どさくさに紛れてお金を払っていない者もいるかもしれない。

「ふう」

夜と月を支配する魔女達の女神、アラディアは寒空の下でそっと白い息を吐いていた。

実践魔女《ウィッカ》の世界では、常に三倍の法則が働く。

それが善行であれ悪行であれ、一人の魔女が使った魔術は巡り巡って必ず三倍の強さで使用者に戻ってくる、という鉄則だ。

故に魔術で金を盗んだ魔女はその三倍を失い、故に魔術で人を殺した魔女は三倍の勢いで致命傷を浴びる羽目になる。

どんっ、という鈍い衝撃があった。

長い銀髪を揺らして視線を下げれば、小さな男の子が泣きそうな顔になっていた。足首まである巨大なウィンプルに、クレープらしき汚れがべったりとこびりついている。

「……なるほど」

アラディアが魔術を実行した結果、騒ぎに乗じて衣服を盗んだ者がいたのだったか。それは速やかに彼女へ返る。衣服に対する損失という効果を、三倍に膨らませて。

魔女達の女神はぽすぽすと男の子の頭に掌《てのひら》を当てて『泣き』の感情をなだめつつ、

(……ま、悪《あ》しき結果の三倍返しがこの程度で済んだのならむしろ僥倖《ぎょうこう》。それより無秩序なドミノ倒しとか起きるとヤバいね。もちろん、大きな流れに足を引っ張られたところで器用にかわす術も用意はしてあるけど)

元より『あらゆる魔女を救う』ために存在するアラディアは、自身の問題など二の次である。

それよりも、アリスを間接的に誘導して超絶者《ちようぜつしや》の会議の行方を完全な個人の都合でメチャクチャにしかねない上条当麻《かみじようとうま》を優先する。本人に悪気がないのは分かる。だけど事は世界全体が関わる以上、あれはもう王を誑《たぶら》かす悪女よりも危険な存在だ。

渋谷《しぶや》と呼ばれる界隈《かいわい》に存在する建物は三万八〇二〇棟、部屋数は五〇三万七五〇室。そもそも正確な数を把握している事自体、『熊の脂肪』を使って調べさせた結果である。

人工の死角は全て潰した。

それでも上条当麻《かみじょうとうま》とボロニイサキュバスは未発見。

「向こうもただ表で突っ立っている訳じゃないものね」

ならば次にやるべきは、不自然に空回りをしている顔面やシルエットがないかの精査だ。半分の半分の半分の半分……。検索の基本は条件を足す事で範囲を確実に絞っていく事にある。ボロニイサキュバスが何かをして『検索』を誤魔化しているなら、挙動のおかしい脂肪の捜索エリア内に標的はいる。

「善行、善行と」

人を捜したいなら、そういう結果から逆算してやれば良い。

つまり誰かが求める人捜しを完遂すれば、そこから三倍の払い戻しがやってくる。

クレープの子はパニックの中で親とはぐれたらしい。ついてる。膝を折って目線を合わせ、笑顔で対応しつつアラディアは自身の術式の『装塡』をさらに進めていく。人捜しという親切を働けば、それは三倍の結果をアラディアに戻してくれるはずだ。

この子に何かは求めない。

重要なのは自らの手で善行を積んだという行為そのものだ。

話術の通りにこちらへ懐《なつ》いてきた男の子を腰の横にひっつけ、彼の両親を捜すために簡単な占いを実行し、アラディアは渋谷《しぶや》の街並みを歩いていく。

「……さあて、幸か不幸か世界の運命さん。あるいは一つの魔術から生じる位相と位相の圧迫が生み出す災厄の火花よ。巡り巡って、法外な利子をつけて返してもらうけど？」

5

ぴくんっ、と吹き抜けの壁や天井を滑るように走る黄色いシルエット達の動きが、明確に変化を見せた。

これまでの空回りとは違い、こちらへ狙いをつけてくる。

「まずいっ」

ボロニイサキュバスが呟《つぶや》き、背中の翼を大きく広げた直後だった。

ドッ!! と、飛行船のオブジェを支える極細のワイヤーを伝って一斉に汚い脂肪がこちらへ向かってきた。上条《かみじょう》を抱えた悪魔のお姉さんに翼がなければあそこで詰んでいたはずだ。

「『検索』の精度が上がった⁉」

「分かっておるばい！　派手に飛ばすからの、恥ずかしがっておらんでもっとしっかりお姉さんにしがみつけ!!」

　だが当然、これで終わりではない。

　もう空中にいてもお構いなしだ。床、壁、天井。ボロニイサキュバスはどこにも触れずに雷みたいなジグザグ軌道で抹茶カフェやブティックのある空間を突っ切るも、こちらを追う黄色いシルエットの数はみるみる増える。『検索』的にはこれは黒に近い灰色状態だろうか？

「こっちも色々分かってきたのう……」

「？」

「言ってもアラディアが使っている膏薬《こうやく》は『熊の脂肪』ぞ、本来なら冬の寒さから裸体の魔女を守るための防御用。ただ『守るべき人間の肌へひとりでに吸いつく』くらいの甘い検索条件だったら今頃そこらじゅうの女の子達はみんなぬっちょぬちょぞ？　だからアラディアのヤツは、必ずわらわ達だけを正確に追い回すための『検索』条件を別に入力しておる。絶対にずら」

「だからそれは具体的に何なんだ⁉」

「全身の肌に塗りたくった獣の脂肪と混ざり合うモノ。つまり顕微鏡を覗《のぞ》けば誰の肌の上にも必ず乗っかっておる、雑菌やバクテリアなんかの『小さな生態系』ぞ！　肌質や髪の匂いを決める分岐点だからの、こいつは人によって必ず個性が出るずら。昔から薬草の扱いに滅法詳しかった魔女達は、経験則だけで発酵や分解も使いこなしておったしのう!!」

「じゃあ回避のしようがねえだろっ⁉」

「ほんとにそうかの？　ふっふー☆」

ボロニイサキュバスは最高速度でアルミ合金の扉をぶち抜くと、両腕と大きな翼を使って二重に上条《かみじょう》を抱え込んだまま床を何度も転がった。そのまま部屋を一個丸ごと横断した気がする。

呻《うめ》いて、上条《かみじょう》がお姉さんの胸元から顔を引っこ抜くと、だ。

タイルの床が目についた。

壁際《かべぎわ》にずらりと並んだ蛇口、シャワーノズル、鏡の三点セット。それから猛烈な湿気の出処はちょっとしたプールと見間違うような、大きな浴槽か。

どうやらさっき突き抜けていった部屋は脱衣所だったらしい。

つまりここは、

「おいホットスパじゃねえのかここ⁉」

「一石二鳥ぞ、日本の不思議なお風呂文化《ふろぶんか》には興味あったしの！」

ボロニイサキュバスは起き上がりもしないで、尻尾の先で近くの蛇口のレバーを弾《はじ》いた。

「ちなみに坊や、こっちは女湯ぞ？」

「その情報今いりますッ⁉」

何にせよ誰もいなくて良かった。

ザッ‼　と上条達《かみじょうたち》の頭の上に加減《かげん》の利《き》かないお湯が降り注ぐのと、上条達《かみじょうたち》がぶち抜いたドアの方から複数の黄色いシルエットがタイルの床や壁へ這《は》い寄《よ》ってきたのは同時だった。

教室二つ分くらいの空間があっという間に支配されていく。

ボロニイサキュバスの話では、アラディアの『検索』は肌の上にある顕微鏡サイズの小さな生態系のパターンを識別して正確に追ってくるらしい。だとするとストレートに洗い流すか、あるいは液体の被膜で全身を包んでしまう事で『検索』を妨害できるかもしれない。

「……、」

上条《かみじょう》と女悪魔は、四〇度以上のお湯でずぶ濡《ぬ》れになって広い浴槽へ転がり込む。

そのまま二人して、近くの壁を這《は》う人影に目をやってしまう。

怖い。こんな状態では生唾《なまつば》も呑《の》めない。

もうもうと白い湯気に包まれた浴場で、壁から洗い場の鏡の上へ垂れていくように、黄色い脂肪で作ったシルエットがぬめった動きで移動していく。鏡の上……かと思ったら、壁との隙間に潜ってしまった。ここまでの至近だと、ぶちゅぶちゅと、『熊の脂肪』が生み出すわずかな音まで上条《かみじょう》の耳に入ってくる。腐ったバターに似た不快な悪臭も。

そこで動きを止める。

ちょうど上条当麻《かみじょうとうま》の目と同じ高さ。そこで鏡の裏から上に這《は》い出《で》た何かが蠢《うごめ》く。水と油。肌が痛いほどの、大量のお湯が降り注ぐシャワーの中でも脅威が全部洗い流される事はない。塀の向こうからこちらをじっと覗《のぞ》き込《こ》むような黄色いシルエットの頭部には、しかし、そういう模様があるだけで機能的な眼球なんてない。それでも視線の圧を錯覚してしまう。

もう暴れたい。

いっそ叫んで右の拳を鏡に叩《たた》き込《こ》みたい。解放されたい。

心臓の動きに合わせて不自然に蠕動《ぜんどう》する上条《かみじょう》の体を、女悪魔がもっと強く抱き寄せた。

「(……我慢ぞ、男の子たい)」

むしろ、それで気づいた。

自分の目の高さにいる黄色い脂肪のシルエットは、囁《ささや》くような声に反応しない。受け取る器官がないのだ。法則が合致しなければ、どれだけ近くにいても『熊の脂肪』は反応しない。眼球や鼓膜はないのだから、おそらくヤツは五感の全部は持っていない。

正面にいても、同じ空間にあっても、重要なのはそこではない。

触らなければ地雷は反応しない。

(耐えろっ)

ねちゅ、という粘った音が聞こえた。

やがて興味を失ったように、鏡の上の黄色い脂肪は横にスライドして上条達《かみじょうたち》から離れていく。

「ホッ……」

上条《かみじょう》が、ずっと止めていた息を吐いた時だった。

　ぼたっと、頭の上から何か来た。

「…………………………………………………………………………………………」


　黄土色だった。

　天井にべっとりと黄色いシルエットがあった。

　そこから垂れた一滴が頭の上に落ちてきたのだ。触れてしまった。まず頭で、しかも何の気なしに手をやってしまったため、続いて右手で。

　ぱんっ、と小さな音を立てて何か汚い液体が弾《はじ》けた。

　防犯カメラと同じ。壊れたという情報はアラディアに伝わる。

「いかん」

　ゴッッッバッッッ!!!!!!　と。

　直後に外からコンクリの壁がぶち抜かれ、魔女の閃光《せんこう》が襲いかかってきた。

6

実際には『唇』だったらしい。

ぐぼっ!! と一〇メートル大で大きく破壊された外壁が潰れた楕円形《だえんけい》に近い形に抉《えぐ》れたと気づいたのは、すでに上条《かみじょう》が右手で閃光《せんこう》を吹き散らした後の話だった。

あまりにも巨大な、死を招くキスマーク。

攻撃的でありながらどこか性の香りが漂うのは、やはり相手が『魔女』だからか。

天然の洞窟でも抜けるような格好でしなやかな女がこちらのホットスパへ顔《かお》を覗《のぞ》かせるが、すでにこの時点でおかしい。

長い銀髪と巨大なウィンプルが左右に大きく広がっていく。

内外の温度差のせいだろう、ただでさえもうもうと立ち込めていた浴場の白い湯気が一気に自己主張を強めてくる。

ずぶ濡《ぬ》れになったまま、上条《かみじょう》は右拳を構えて叫ぶ。

「じっ、冗談じゃねえ。ここ何階だと思ってんだ⁉」

「あら、魔女は大空くらい飛ばなくちゃ」

ぞるぞるぞる、とアラディアの足元の濡《ぬ》れた床に黄色い脂肪の人影が集まり、囲んでいく。

まるで得体の知れない花か、あるいは不気味な由来を持つ女神像へ傅《かしず》く信奉者の群れのように。

お湯と瓦礫《がれき》と汚れた脂肪にまみれた床を踏み締め、ボロニイサキュバスも言葉をぶつける。

「アラディア!! こんなにあちこち壊しまくって、ぼっけえ三倍返しの方はどうするつもりぞ!? 悪行が全部己に返るなら魔術で何をしようが最終的に自滅するのはそなただの！」

「そう？ ならどうして、わたくしは彼を何度も殺しておいて平気な顔が、で、できるの？」

「っ？」

上条《かみじょう》が息《いき》を呑《の》んだ直後だった。

アラディアが己の唇に指を二本当て、その隙間からそっと息を吹いた。それだけで耳をつんざくような甲高い爆音が炸裂《さくれつ》し、上条達《かみじょうたち》のすぐ横を突き抜けた不可視の衝撃波がホットスパの壁を丸ごと突き崩していく。

「ちいっ！ 森で暮らす魔女は暴風を自在に操り王家の船を揺さぶる、ぞ!? だからそんな事したら……っ！」

「わたくしは今、確かにここの建物を壊している。でもそこに悪行という評価を下すのは誰？」

「ちょっと待つたい。アラディア、そなたまさか……？」

「このスパ施設から不採用の通知をもらって恨みを抱いている人物からすれば？ あるいは二酸化炭素の排出に悩む保護団体なら年中無休で巨大なボイラーを動かす大浴場の破壊を見たら

あれは地球の未来を救う行為だって内心喜ぶんじゃない？　善行と悪行なんて、見方次第でがらりと変わるわ。ならわたくしは、何をやっても自分が善玉とみなされる視点と解釈を獲得していけば良い。それで『三倍率の装填《リロードスリータイムス》』から棘《とげ》は抜けるのよ」

だとすれば、『悪い事をすれば悪い事が三倍になって舞い戻る』という魔女のストッパーが、アラディアには効かない。

彼女がパチンと指を鳴らすと同時、光と音が複数回炸裂《さくれつ》した。

ガス管の破裂だ、と上条《かみじょう》が硬直した時、柔らかい感触が少年の意識を包み込んだ。あろう事かアラディア自身が足首まである紫の布で上条《かみじょう》の体を覆い、抱き締めて庇《かば》ったのだ。

ただしもちろん、

「わたくしは爆発から無辜の命を守った」

「くそっ、よけろボロニ……ッ!!」

ゴッツッ!!　と、庇護《ひご》の外で爆風を浴びて怯《ひる》んでいたボロニイサキュバスの腹の真ん中に、アラディアの長い脚、裸足《はだし》の踵《かかと》の辺りが突き刺さった。普通の蹴りには見えない。ただでさえガス爆発にさらされている女悪魔が『三倍』の勢いで放たれた透明で分厚い壁にでも叩《たた》かれたようだった。ボロニイサキュバスの体が吹っ飛ばされて隣の脱衣所まで転がっていく。

己の胸元で優しく上条《かみじょう》の頭《あたま》を撫《な》でながら、アラディアは慈《いつく》しむように淡く笑う。

「自らの行いによって三倍の恩恵を受け取れば、このように。ふふっ。三倍に三倍に三倍に三倍……。貴方《あなた》、わたくしを放っておけばこの小さな雪球はみるみる大きくなっていくよ？　あらゆる魔女達の女神アラディアはただ常日頃から善行を繰り返すだけで、いいえ、そうできた、と判断を下される状況を作るだけで、やがては魔神だろうが超絶者《ちょうぜつしゃ》だろうが瞬殺できるほどの力を膨らませられる」

「っ」

「裁定を下すのは、目には見えない『空気』というモンスター。自でも他でもない『場』の傾きとでも呼ぶべきかしらね？　学級委員はルール違反の生徒を糾弾する事ができるけど、和を乱す邪魔者は糾弾しても構わないという空気に振り回されて当の学級委員自体が暴君として排斥される事もあるように。わたくしはただ、目には見えない『場』の偏りを読んで風に従い翼を大きく広げれば良い。それだけで正義は常にこちらへつくわ」

悪意をもって人を救う。

本来ならば善行や親切がもたらす素朴な恩恵を利用して、他者の命を奪う殺傷力を得る。

故に、魔女。

「アラディア……ッ!?」

「貴方《あなた》を殺すのは、容易《たやす》い」

上条《かみじょう》には、叫ぶだけで限界だった。

クレーンの太いワイヤーか何かで両腕ごと胴体を強く締め上げられたかと思った。だけど違う。その正体は足首まである巨大な布の内側にある、ほっそりとした二本の腕だ。ボロニイサキュバスを蹴飛ばした事がどういう『親切や善行』に置き換わったのか。振りほどけない。腕か、肋骨《ろっこつ》か、あるいは背骨か。体の中からメキメキという不気味な音が伝わってくる。

「がっ⁉」

肋骨《ろっこつ》が歪《ゆが》んで肺まで圧迫されているのか、まともに呼吸ができない。

だけど窒息で死ぬ事はないだろうなと上条《かみじょう》は思う。このまいったら、おそらく肉も骨も内臓もいっしょくたに、ぐしゃぐしゃに押し潰されて絶命する。

「わたくしは魔女達を守るわ」

一方のアラディアは、うっとりと微笑《ほほえ》んでいた。

目的を果たした者特有の、強烈な緊張から解き放たれる事への愉悦すら浮かべて。

「そのためにアリスをかき乱して『橋架結社《はしかけけっしゃ》』の会議を破綻に追い込み、今ある世界を粉々にしかねない貴方《あなた》の命を奪う行為に、世界を守るための善行という評価を下す。……だから安心して眠りなさい。貴方《あなた》がどうしたところで、ここから状況を覆《くつがえ》す術《すべ》はないってば。身を委ねて意識を落とした方が、苦しみは引く。それが貴方のための、か、か、か、かになる最大の助言よ?」

「へえそうかの。でもそなた、ちょーっと同じ超絶者《ちょうぜつしゃ》のわらわをナメまくりばい?」

割り込む声。

拳や蹴りが飛んできた訳ではなかった。閃光《せんこう》や衝撃波が炸裂《さくれつ》したりもしない。にも拘《かかわ》らず、だ。

「ぶっ……？」

明確に、蠕動《ぜんどう》した。上条《かみじょう》ではない。人間一人分の質量をまとめて圧搾《あっさく》しようとしていた超《ちょう》絶者《ぜっしゃ》のアラディアの不規則な震えがこちらにまで伝わってきている。

（……なん、だ？）

さっきも言った通り、分かりやすい致命傷はどこにもない。

強いて挙げるなら、

（鳥肌……？　こいつ、何かを怖がっている？　いいや、気持ち悪くて吐き気に襲われているのか。そう、例えば、自分の肌から伝わってくる感触とか……）

「じゅグぶハァっ⁉」

堪えきれない、といった感じだった。

さっきまでの無敵ぶりはどこへ行ったのやら。両手の掌《てのひら》で押すように乙女っぽく上条《かみじょう》の体を突き飛ばすと、ずざざ、とアラディアは力なく後ろへ下がる。いや、それすら失敗して汚れたタイルの床へ崩れていく。正座を横に崩したような弱々しい姿で、魔女達の女神は口元を己の掌《てのひら》で覆っていた。顔は真っ青だ。頬や額どころか、指と指の隙間から覗《のぞ》く唇までも。

砕けた壁を越えて、再びボロニイサキュバスがこちらの浴場に踏み込んでくる。背中の翼や尾を目一杯広げてタイルの床に押しつけ、三脚や松葉杖《まつばづえ》みたいに自分の体を支えているものの、疲労の強いその顔にはニタニタとした笑みが張りついていた。

薔薇《ばら》の棘《とげ》に似た装飾で彩られた下着姿をさらしながら、

「わらわの術式『コールドミストレス』、そなたの三倍返しとは種類は違うが、だからこそなかなかキくのではないかえ？　何しろこれは扱い方次第では『橋架結社《はしかけけっしゃ》』の超絶者《ちょうぜつしゃ》の中でも唯一、あのアリスと相性全開で戦えるかもしれん魔術だしのう……ッ!!」

「……ぼ、ロ、にい……ッツッ!!⁉??」

「ま、一発喰《く》らえば種は全部バレてしまうからの、いちいち隠す意義はない。……なーあ知っておるかウブな坊や？　大昔にあった宗教裁判ではインキュバスやサキュバスと寝た罪人の話がよく出てくる。ま、実際には拷問で無理矢理引き出された自白ばい。その時記録に残る証言は大体二パターンだの。一つ、この世のものとは思えんほど気持ち良くてたまらなかったか。二つ、逆に痛くて冷たくてひたすら苦しかったか。ってのう？」

「……、」

「『コールドミストレス』は、あらゆる快の信号を丸ごと苦痛に置き換える魔術ぞ。そして食欲、性欲、睡眠欲の例を挙げるまでもなく、動物的な欲望は満たす事でより効率良く生きて子孫を増やすための指示ガイドとして機能しておるずら。……わらわの魔術は滅法キツいぞ？

あらゆる快楽を痛みに変換するだけで、拒食症だか不眠症だかで人間なんか誰でも自由に殺せるからの。全世界から一斉にセックスなくしたらどうなるか、分からんとは言わせぬぞ？」

だから、なのか。

今まさに手が届くはずだった、勝利と目的を果たす快感に浸っていたアラディア。だからこそ、それを丸ごとひっくり返して極限の苦痛に置き換えられた。元の幸せが大きければ大きいほど、ボロニイサキュバスは成功者を地獄に落とす。

善行や親切を作為的に悪用するアラディアもアラディアだが。

ボロニイサキュバスもまた、扱う魔術にはどこか甘い冒瀆《ぼうとく》が付きまとう。

魔女と悪魔。

どれだけ偉業を成し遂げても、決して善人とは呼ばれる事のなかった者同士。

「ぶっ」

それでも、だ。

がくがくと己の足を震わせながら、アラディアはゆっくりと立ち上がっていく。顔は真っ青で、左右の肩の高さが合わなくても、夜と月を支配する魔女達の女神は戦意を失わなかった。

魔女達の、女神。

方法はどれだけ歪《ゆが》んでいても、背負ったモノの重さだけは本物なのだろうか？

「……わたくしは、世界中で今も苦しめられている魔女達を、救う。何としても」

「だの」

「だから、アリスを介して世界を滅ぼしかねない危険な少年を、殺す。本人にその意思があるかどうかは関係ない、現実の可能性として無邪気な暴君アリスを悪政に導きかねない彼を。どうしても、どうあっても、貴方《あなた》という存在の継続を認める訳にはいかない……」

「だけどそこだけは賛同できん。ほんとに危険なのはアリスであって上条当麻《かみじょうとうま》じゃない。そこの坊や個人はどう考えたって、どこにでもおる平凡な高校生っていうヤツぞ。じゃけん、そなたがその子にもたらしたのは、見当違いの冤罪《えんざい》だの」

一転して、だ。

ここだけは、翼を持つ悪魔から軽さが失《う》せた。

「……でもってわらわはボロニイサキュバス。淫《みだ》らなサキュバスだけをかき集めて作った娼《しょう》館《かん》を経営した罪、だなんて歴史で最もふざけた死刑判決に出てくる女悪魔ぞ。エイプリルフールの冗談なんかじゃない、ほんとにこれで人が死んでおる。故に、わらわはあらゆる冤罪被害者の名誉を回復するためこの世界におる。そなたのしょっぱい蛮行だけは、今ここで進行しておるクソくだらん死の冤罪《えんざい》だけは、どうしても見過ごせん。これればかりはたとえ同じ『橋架結《はしかけけっ》社《しゃ》』の仲間と戦おうが、何があっても絶対に、ぞ」

「……、ア───」

ふらふらしながら彼女は少年を睨《にら》みつける。

アラディアの標的はあくまでも、上条《かみじょう》なのか。

「アラディア、これは本来そなたの職分と被《かぶ》ってる部分もあるはずだがの？　そなたがもうちょっと冷静なら、遠い昔に魔女達がどういう不条理な裁判ごっこを経て地獄を味わってきたかを思い出せたら、そなたはむしろ進んで上条当麻《かみじょうとうま》を庇《かば》う『静かな夜の善なる女神様』になれただろうにぞ。……坊や、わらわも手を貸す。けど生き残りたいなら自分の拳で決着をつけろ」

「ごァっあああああッッッ!!!!!!」

女神が、吼《ほ》えた。

同時に上条《かみじょう》もまた大きく一歩前に踏み込んだ。

あるいはアラディアは、上条《かみじょう》なんてちっぽけな存在に対してではなく、己の胸の内にある矛盾に向けて威嚇したのかもしれない。今は黙れ、心など壊れて良い。自己嫌悪《じこけんお》の前に自分にすがってくれる魔女達を救うためだけに体を動かす装置となれ、と。

アラディアの獣のような五指と、上条当麻《かみじょうとうま》の右拳が交差を始める。

だがボロニイサキュバスの『コールドミストレス』を浴びながら、それでも魔女達の女神は背負ったものが違った。堪え、嚙《か》み締《し》め、極限の苦痛を無視して、自分以外の理由で悪鬼となったアラディアの狙いは正確であった。

拳で迎撃できない。

交差が完了すれば、たとえ同士討ちであってもアラディアの爪は上条《かみじょう》の胴体を輪切りにしてしまうだろう。そしてアラディアは受けた痛みを全て踏み倒せるのであれば、ここから都合の良いアクシデントなんて起きてくれない。これ以上の『揺さぶり』がなかった場合、純粋な力比べとなれば高校生の上条《かみじよう》と超絶者《ちようぜつしや》のアラディアでは地金の部分が違い過ぎる。

しかし、

「……堪える事に慣れたかの、ドM魔女？」

「ガッ‼⁉⁇」

びくんっ、とアラディアの全身が震えた。

何となく上条《かみじよう》も気づく。ボロニイサキュバスの術式『コールドミストレス』はあらゆる快の信号を苦痛に変換する魔術だ。食欲、性欲、睡眠欲を始めとしたありとあらゆる欲望を痛みで封殺された場合、それだけで人間に限らずどんな生き物だって雁字《がんじ》搦《がら》めにされてしまうだろう。

アラディアはそんな、生きるという行為そのものを否定されるほどの苦しみを自ら許容し、歯を食いしばって、魔女達のために戦うと決めて前に踏み出した。

ではそのタイミングで、ボロニイサキュバスがいきなり魔術を切ったら？

痛みを与えるだけが集中力を削《そ》ぐ『揺さぶり』ではない。いびつな苦痛をなくし、本来アラディアが抱えていた快楽や愉悦が堰《せき》を切《き》ったように再び彼女の心へ雪崩《なだ》れ込《こ》んでいったら、自分の感情を自分で制御できない女神はどうなるか。

一秒にも満たないラグだった。

だがそれで、上条《かみじょう》の拳が状況に追い着いた。

ゴッッ!!!!!!と。

迫りくる五指を潰し、そのまま上条当麻《かみじょうとうま》の拳がアラディアの顔の真ん中に突き刺さった。

7

鈍い音があった。

濡《ぬ》れたタイルへロングの銀髪と巨大なウィンプルを広げ、アラディアの体が投げ出される。

一方で、立っている。

荒い息を吐いて、体もあちこち痛いけど、でも上条当麻《かみじょうとうま》はまだ立っている。

足元にあった小石大のコンクリ片を軽く蹴飛ばす。横倒しになったアラディアの腕にぶつかるが、目立った反応は特になかった。

ようやく、だ。

上条当麻《かみじょうとうま》はずぶ濡《ぬ》れの前髪に片手をやる。

「ふうっ」

「ダメぞ!! 気を抜くでないわ坊や!」

いきなりの叫び声に、上条《かみじょう》が硬直する。

そう、

「しつこいのう、アラディア……ッ。坊や、さっさともう一発殴るなり縛り上げるなりするばい。もうこんなヤツのターンを残したらまずい、もし、ここで魔女達の女神を取り逃がしたら

……ぐうッ⁉」

おかしな声があった。

上条《かみじょう》が振り返ると、あれだけ無敵に見えたボロニイサキュバスの体が、ふらりと横に傾くところだった。いや、床に押しつけて三脚や松葉杖《まつばづえ》みたいに体を支える薄いピンクの翼や尻尾が力なく折れたのだ。近くの壁に手をつく事もできず、汚れたタイルの床に崩れ落ちてしまう。

よりにもよって、うつ伏せに。

灰色の粉塵《ふんじん》を吸って汚れた色になったお湯に口をつけても、ぐしゃぐしゃに広がる髪の塊は動かない。

そういえば、疑問があった。

あらゆる快の信号を苦痛に置き換えて人の欲望を否定するボロニイサキュバスの『コールドミストレス』は、確かに一人で魔術サイド全体と戦えるくらいの強大な魔術だ。だけど別に、敵からの攻撃を防げるものではない。……ならガス爆発すら利用して『善行の三倍返し』で力を蓄えたアラディアの一撃を、あの悪魔はどうやって凌《しの》いだのだ？

いいや。

……まさか、湊げていない……？

「おいっ!!」

上条《かみじょう》は勘違いしていた。というかおそらく最初に見た『超絶者《ちょうぜつしゃ》』が間違いだったのだ、今までアリスの規格外ぶりに印象を引きずられていたのかもしれない。

超絶者《ちょうぜつしゃ》ボロニイサキュバス。

こいつ、人間みたいに怪我をして血を流す存在だったのか？　だとしたら、なおさら何で赤の他人の上条《かみじょう》なんか助けようとする!?　身《み》を挺《てい》して、ガス爆発にさらされ、真正面からアラディアの攻撃を受けてまで!!

「いいから、ぶっ、早くアラディアのヤツにトドメぞ！　がはごほっ、ギキュルギキュ今そいつ逃がしたら次のチャンスはないかもしれな……ッ」

上条《かみじょう》はアラディアとボロニイサキュバスの二人を交互に見る。

だけど結局は一択だった。

床はずぶ濡《ぬ》れだ。そして人間は、本当に力を失って倒れた時は地面の水たまりでも溺死する事があるという。そもそも交通事故レベルの衝撃をまともに受けた女悪魔は、体の中が今どうなっているのかさえはっきりしない状態だ。

なら考えるまでもない。

「ボロニイサキュバス!!」

「ばかっ……」

とっさに自分の元へ駆け寄ってきた少年を見て、ズタボロにされた女悪魔は小さく毒づいた。ちょっと嬉《うれ》しそうな顔しているくせに、と上条《かみじょう》は思う。何を言ったところで、やっぱりキツいはキツかったんじゃないか。

ふっ、と。

床のアラディアは、消えていた。

砕けた外壁から外へと逃げ出したのだろうか。それなら傷を手当てして準備を固めれば、再び上条《かみじょう》の命を狙ってくるだろう。別にそれでも良かった。今はとにかくボロニイサキュバスを介抱する方が先だ。だって、彼女には理由がない。アラディアに狙われた上条《かみじょう》を見捨てていれば、そもそも誰とも戦う必要はなかったはずだ。にも拘《かかわ》らず、見ず知らずの冤罪被害者を助けるために、ボロニイサキュバスは日本の渋谷《しぶや》まで来て仲間《アラディア》の前に立ち塞がった。

こんなお人好《ひとよ》しを死なせる訳にはいかない。

それだけは絶対に嫌だ。

上条《かみじょう》は濡《ぬ》れたタイルの床に崩れようとしていたボロニイサキュバスの体を支え、自分の肩を貸す。力がないのか、ぐにゃりとした奇妙に柔らかい感触に歯噛《はが》みする。

「おいボロニイサキュバス。いいか、とにかくいったんここ離れるぞ。お前を寝かせて傷の手当てするにしても、こんなずぶ濡《ぬ》れのホットスパじゃダメだ」

「……アラディアは、すぐにでも来る」

「分かってる」

「いいや何も分かってないけん」

弱々しいながらも、はっきりとボロニイサキュバスは言った。

あからさまな不機嫌。

だけど、それは彼女が己の感情に振り回されているからではない。

上条《かみじょう》を叱り、反省を促す事で、少しでも生存の可能性を上げようとしてくれているのだ。この、温かくて心の優しい悪魔は。

『コールドミストレス』。

抱き締めれば抱き締めるほど万人に死の苦痛を与えると蔑まれた存在。きっとそうに決まっている、と博識な皆様から後ろ指を指され続けた誰か。

ふざけるなと上条《かみじょう》は思う。

「アラディアにもアラディアなりの、『橋架結社《はしかけけっしゃ》』の超 絶者《ちょうぜつしゃ》としてのプライドがある。わらわとそなたはそれを粉々に砕いてしまった。戦力的にも思想的にものう。そこまでやっても、ヤツにトドメを刺して完全にケリをつけられなかったばい。……だから、もうアラディアに余裕は一切ない。ただでさえおっかない超絶の魔術師を、わらわ達は手負いの獣モードにしてしまった訳ぞ。次は本気だの。ほんとのほんとに、魔女達の女神アラディアは渋谷《しぶや》どころか東京《とうきょう》全域《ぜんいき》、つまり学園都市くらいは込み込みでメチャクチャにしても構わんくらいの気持ちでそなた一人を殺しに来る。次はもう死ねんそなたを」

呆《あき》れても、吐き捨てても、馬鹿にしても、罵っても。

それでもボロニイサキュバスは、決して上条《かみじょう》を突き放そうとはしない。自分で思い描いていた勝算を失っても、なお少年を守るため共に戦うと決めてくれている。

赤の他人が心配だから、どうしても放っておけないから。

それだけで。

そこを把握していれば、罵倒の奥に込められた想《おも》いの手触りが分かる。

「あれが、対アラディア戦を穏便に片付ける最初で最後のチャンスだった。それをそなたは自分から放り捨てた。最低の選択肢だの。うぶっ、言ってもわらわは『橋架結社《はしかけけつしゃ》』の魔術師ぞ?自分好みの理想で世界全体をどうこうしようとしてるぼっけえ組織の超絶者《ちょうぜつしゃ》だし、そなたとはアリスの処遇を巡っても絶対に対立するはずぞ。だからこんなしょっぱい敵対魔術師なんぞ放り出して見殺しにしてでも、ギキ、ここで確実にアラディアへトドメを刺すべきだった!」

「うるせえよ……」

短く、遮った。

一人一人が魔術サイド全体に匹敵する、極限の組織『橋架結社《はしかけけつしゃ》』。そこに属するアラディアやボロニイサキュバスからすれば、上条当麻《かみじょうとうま》なんて本当にちっぽけな存在なんだろう。殺すにしても守るにしても一方的な上から目線がそのまま通じるくらいで当然、彼は今、自分の命の行方を自分で決める事もできない状態なんだろう。

でも言った。

背中を刺すつもりなら黙っていた方が得なはずなのに、わざわざ自分は敵だと言ってくれるお人好《ひとよ》しな魔術師。

損得抜きで少年を助けてくれた命の恩人に向けて、はっきりと。

「できる訳ねえだろ、そんな事」

超絶者《ちょうぜつしゃ》アラディアは再び来る。すぐにでも。

それでもこれが一番の正解だったと迷いなく言える人間になりたいと、そう思ったから。

行間 一

ペットの同伴はご遠慮願います、という強化ガラスに貼られたアイコン付きの注意書きのステッカーを無視して、彼らは自動ドアを潜っていく。暖房の空気は人間よりも優しい。文句も言わずに万人を迎え入れてくれる。

渋谷《しぶや》の大型商業施設・ミヤシタアークの話だ。

ベージュ色の修道服を着た金髪女の隣で、ゴールデンレトリバーは舌を出している。

『誰もいないな』

「まあ、あれだけの騒ぎがあればな。何しろ超絶者《ちようぜつしや》二人だ、見張りなんか残っていないさ」

がちゃりと鈍い音が聞こえるのは、『人間』が左右の手でそれぞれ提げている、パンパンに膨らんだドラムバッグの中からだ。

大悪魔コロンゾンの肉体を乗っ取った魔術師、アレイスターの足取りに迷いはない。ずらりと並ぶ小店舗は九〇以上あるはずなのに。ゴールデンレトリバーがその後をついていくと、辿《たど》り着《つ》いたのは多国籍レストランだった。

アレイスターはスマホのAR広告と連動したポスターにある、毒々しい蛍光オレンジのスープで話題をさらっている海老《えび》とチーズのフレンチラーメンの写真を眺めながら、

「ラーメンの大食いだの何だのと雑多にキャンペーンを展開しているが、ここの目玉はフィッシュ&チップスだよ。イギリスで生まれてイギリスが大嫌いになった私がそれでも絶品だと言っているんだ、こればっかりは間違いない」

『……つまり多国籍はデコイで、元々はイギリス料理店だったのか』

「料理店というのもカモフラージュだがね」

適当に言いながら、中へ。

やはり店内にも人はいない。好都合ではあった。余計な流血については一切躊躇《ちゅうちょ》しないアレイスターではあるが、それで食べ物を粗末にしてしまうのはできれば避けたい。

「驚いたな……。これは本当に都合が良い」

『そこまで喜ぶ事か。場所は前もって確認していただろう?』

「それでもだよ。『彼ら』は基本的に流浪《るろう》の財宝管理者だ、足取りを消すために集団としての名前すら用意しない。一つの場所に留《とど》まっている方がおかしいんだ。大型の冷凍設備といってもレストランだけではない。研究所、工場、港の倉庫、保冷車、輸送船、材木の乾燥機などなど。いくらでもガワは変えられるからな」

『それなら本当に逃げるのか? すぐに持ち去る事のできるサイズでないとしても、だからこ

そこの場で何が何でも死守をするのでは？』

「末端は自分達が何を保管しているかも知らないんだ、そんなもののために本気で命を投げられるか？　ははっ、今回に限って言えば中枢が強いた情報管理の徹底が裏目に出たな」

無人のフロアを横断して、奥の奥へ。

業務用の厨房《ちゅうぼう》に向かうと壁紙や照明などの雰囲気が一変した。冷たい蛍光灯に洗浄や消毒に適したタイルの群れ。むしろアレイスターにはこちらの方が馴染《なじ》みはあった。銀色の大きな調理台はとことんまでシステマチックで、どこか病院の解剖台を彷彿《ほうふつ》とさせてくれる。ここから誰もが笑顔になる温かい料理が作られている事の方がイメージしにくい。

こちらが本質。

このタイルに囲まれた冷たい空気を外には漏らさぬよう徹底的にガワを膨らませていった結果、いつしか人気のレストランへと形を変えていっただけ。

「元来、『彼ら』は英国の雪山、その奥で聖者の永続的な保存を担《にな》う組織だった。もちろん扱うのは『神の子』なんて死んだり生き返ったり消えたりする手品みたいな存在ではなく、もっと地に足のついた生身の人気者だけどね」

『永久遺体。旧ソビエトの伝説などで時折耳にはするが、ここにあるのは死んだ人間をただ冷凍しただけだろう？　それだと顕微鏡サイズの話であれば保存の要件は成立していない、常に細胞は壊れ続けている』

「別に構わないのさ。君はその歳《とし》になってもロマンを忘れていないようだが、ロビンフッドの屍《しかばね》に興味はあるか？　あるいは切り裂きジャックでも良い。『彼ら』が専門的に預かっているのは、そういうモノだ。……逆に言えば、そういうカリスマ性の持ち主は死も強烈なんだ。民衆が受ける喪失の衝撃を和らげるためには永遠に等しい時間をかけて軟着陸させる必要がある」

『やけに詳しいな』

「先代の幻想殺しまわりで少々。ま、あれも『黄金』が勝手に盗み出して加工した品だったようだが」

と、アレイスターはどこぞの武器庫に保管され、メイザースにトドメを刺した『凶器』の話を持ち出しつつも。

何故《なぜ》かちょっと俯《うつむ》く。

「……それから一九四七年の話だ、ぶっちゃけ私も危うく『彼ら』のコレクションにされるところだった。それもこれも、完全主義な『あの医者』が完璧な形で私を仮死状態にし過ぎたからだ」

壁際《かべぎわ》には業務用の機材がいくつも並んでいた。そのサイズもさる事ながら、冷凍機能だけ、というのは一般家庭ではなかなか見かけないだろう。

七つある中での五つ目で、正確にアレイスターは立ち止まる。

「だけど、保存を売りにする組織だって永遠に順風満帆とは行かない。第二次世界大戦があらゆる聖域を踏み荒らすのは目に見えていた訳だしな」

アレイスターは左右の手にある重たいドラムバッグをそれぞれタイルの床に下ろしつつ、

「そういう訳で、イギリスの魔女達がドイツの進軍を抑えるため屋外で素《す》っ裸《ぱだか》になって珍妙な呪いの儀式を執行しては勝手に凍死するほどオカルト界隈《かいわい》も不安で賑わっていた訳だ。迫りくるドイツ軍にイギリスの魔女達が呪いで対抗する。まるでB級映画みたいな話だが、そんな事をやっていたんだ」

『だから「宝」を逃がす必要があった？』

「以降、本当にヤバいヘソクリは一時保管に徹した。何しろ国境の線引きすら信用できなくなる事態に直面したのだし。何かを隠すなら固定の建物よりも分散し、次々と移動を繰り返す事で行方を晦《くら》ました方が良いという結論に達した訳だ。ふふっ、ミヤシタアークか。新規オープンした大型商業施設もある意味では旅人を気取る『彼ら』らしい。ここを逃したら次の接触は何十年後になっていたのやら、だ」

ジュースの自販機より巨大な冷凍庫の扉を、両手で開け放つ。

白い冷気が一気に押し寄せてくる。

一見すれば巨大な冷凍肉やペースト状にまとめてから改めて凍らせたカレーや海老《えび》のスープのブロックなどが雑多に詰まっているようにしか見えないかもしれない。たまたま、何も知らない料理人が扉を開けるところに出くわしても素通りしてしまうだろう。だがアレイスターが邪魔なものを取り出して視界を確保すれば分かる。奥の奥に、本命がある。

約一五〇センチ、四九キログラムの塊。

透明なラップで何重にもぐるぐる巻きにされ、白い層で覆われた現代の永久遺体。

「……見つけた」

『なら速やかに撤収か？』

「そうしたいが、体重四九キロの冷たい塊を担《かつ》いでえっちらおっちら帰るなんて真っ平だ」

『やれやれ、老いたなアレイスター』

「私が西暦何年に生まれたか知ってて言っているのか、それは？」

言いながら、（大悪魔の瑞々《みずみず》しい肉体を勝手に使っている）アレイスターはすっかり冷え切った塊を両手で引っ張り出す。ごとりと鈍い音を立てて銀色の調理台へ寝かせていく。

それから人間は床に置いていた重たいバッグのファスナーを開ける。中に入っていたのは、ロール状に巻いた分厚い樹脂のシートと噴霧式のエタノール消毒薬、後は地肌に直接浴びせるのは危険なくらいの強烈な紫外線ライトだ。

一面の床、壁、天井を全て覆い尽くして内部を殺菌消毒し、空気の力で内側から膨らませれば、災害時の緊急手術室や戦場で設営する野戦病院と同格の空間隔離はできる。

続けて取り出し、調理台の上に並べられたのはスマホの中身より精密な品々だった。

「……だから最低限、ラボへ持ち帰る前に『中身』をいじっておこう。担《かつ》いで運ぶのは面倒なので、彼女にはひとりでに歩いてもらえるくらいには」

『バッテリー駆動で？』

「無線式の充電で。むしろ人間なんて、ものを食べて栄養に変換する方が無駄遣いだ。エコじゃないので伝説の魔術師を持続可能なナントカカントカにしてやろう」

ゴールデンレトリバーは葉巻を取り出そうとして、アレイスターに片手で取り上げられていた。こんなものをスパスパ吸われてしまっては空間内を殺菌消毒した意味がなくなる。

大型犬はやや不満そうな感じで、代わりに与えられた骨の形のガムをガジガジ齧《かじ》りながら、

『……それにしても、彼女、ね。すでに人格を認めているような口振りだな』

「そういう形で組み立てられなければ困る」

素っ気なく言って、アレイスターは約一五〇センチの塊と向き合った。

科学サイドという言葉を創った『人間』は告げる。

「さあて、始祖の始祖アンナ＝キングスフォード。再起動《おめざ》の時間だよ」

第三章　超絶者《ちょうぜつしゃ》、開花　Sabbat_VS_Witch_Hunt.

1

バン!!　と上条《かみじょう》は裏口にあるステンレスのドアを開け放つ。

冬の青空。時刻は三時か、ちょっと過ぎたくらいか。そういう作戦だったとはいえホットスパでずぶ濡《ぬ》れになったのはまずかった。いきなりの北風で上条《かみじょう》の全身が凍りそうになる。

「くそ……っ!!」

気にしている場合ではなかった。

超絶者《ちょうぜつしゃ》アラディアはすぐに来る。上条《かみじょう》とボロニイサキュバスの二人だけでは無数に出入口がある大型商業施設で守りを固めるのは不可能だ。すでにマークされているミヤシタアークに留《とど》まるのは、どうぞお気軽に奇襲でぶっ殺してくださいとおねだりするようなものだ。

同じくずぶ濡《ぬ》れのボロニイサキュバスに肩を貸したまま、上条《かみじょう》は半ば叫ぶように尋ねる。興奮しているからではなく、そうしないと間近の彼女の耳に届かないと思ったからだ。

それくらい、ボロニイサキュバスには力がない。

なのにマントのように薄いピンクの大きな翼で上条《かみじょう》の体をくるんでくれる。残った体温で少しでも彼の体を温めるために。

「どうする⁉　手当てするにしてもどこかに身を隠さないと‼」

「ふふっ」

「何だよっ？　ボロニイサキュバス」

「……いやぁ、やっぱり体張って助けて良かったなって思ったトコたい。ほれほれお姉さんがぎゅーっとしてやるぞ、ぎゅーっ☆」

「まっ、真面目に考えろってば！」

慌てて上条《かみじょう》が言うと女悪魔は唇《くちびる》を尖《とが》らせて、

「やれやれ、わらわのリクエストはありかの？　それなら無難な線だとサウナかカプセルホテル辺りじゃけん。変化球なら砂風呂《すなぶろ》とか酵素風呂《こうそぶろ》とかも楽しそうだけど」

「何でみんなお風呂関係《ふろかんけい》なの？」

「何ならラブホでもソ◯プでも。マッサージのお店って紙の下着穿《は》いて謎のジェルで背中とかべっとべとにされるはずぞ、あれってシャワールームとかついておるのかの？」

「関係なのッ⁉」

上条《かみじょう》が顔を真っ赤にして叫ぶと、ボロニイサキュバスは弱々しいながらもくすくす笑っていた。ふらふらしているくせに、こちらのリアクションにご満悦らしい。

「日本の奇妙なお風呂文化《ふろぶんか》に興味あり、っていうのの他に、できるだけ小さなくくりで蜂の巣みたいにたくさん小部屋がある屋内施設が望ましい。カラオケボックスや漫画喫茶は何だかんだで防犯名目で結構中は丸見えたい。こういう時はあだるちーに走るのが最適ぞ」

その中で一番ハードルが低いのはカプセルホテル？　だろうか。

上条《かみじょう》は空いた手でおじいちゃんスマホの地図アプリを眺めながら、

「……ちくしょう、どんどんスマホ文化に毒されていく。なんかこれないと不安になってくるんだけど……」

ミヤシタアークから一番近くにあるアイコンへ向かう。

誰もいなかった。

不気味な人面の騒動で人が出て行ったのか、あるいは元から顔を合わせない形で受付や精算をするんだろうか？　おかげでそのままフロントを突っ切っても誰にも止められなかった。服《ふく》が濡《ぬ》れたままなので、とにかく暖房で温められた空気が愛おしい。冗談抜きにちょっと目尻に涙が浮かんでしまうほどだ。

そして、

「うわ、何だこりゃ……」

壁際《かべぎわ》にずらりと、巨人が使うコインロッカーみたいだった。扉は曇りガラスっぽい半透明で一辺一メートルくらいあるが、逆に言えばそれだけ。この一個一個の箱が人間の寝泊まりする部屋なのだ。まるでSF映画に出てくる清潔な宇宙船か、とことんまで機能的な牢獄《ろうごく》だ。

ぐったりしたボロニイサキュバスを連れて上の段に上るのは無理だし、意味がない。素直に下段の一つに彼女の体を押し込んで仰向けに寝かせていく。

ツンツン頭も全身冷え切っているが、今は体を温めるよりボロニイサキュバスの手当てだ。

上条《かみじょう》がおんなじ空間に身を乗り出すと、それだけで甘ったるい香りが鼻についた。今まで意識はしてこなかったけど、おそらくボロニイサキュバスの髪の匂いだろう。

「手当てっていうけどどこやったんだお前？　こら両手で体隠すなっ、翼もダメ！　とにかく俺に見せてみろ。ていうかサキュバスって人間とおんなじ五臓六腑《ごぞうろっぷ》の配置なんだろうな」

「いやん坊やそんなガツガツとお姉さんの下着に手をかけんでおくれー☆」

「ここでギャグ出てくるって事はまだまだ余裕あるとみなすぞ？　こんなの遺言になったら流石《さすが》に目も当てられねえ！」

「けどそなたこれどうやってナカまで見るずら」

上条《かみじょう》の動きが止まった。構ってほしい系なのか、ピンクの尻尾で頬をぺしぺしされる。

ボロニイサキュバスは薄い桃色の下着一丁だが、上から下までバニーガールみたいに一体化したワンピースコルセットだ。確かミヤシタアークのホットスパで、正面からアラディアに蹴飛ばされたのはお腹《なか》の辺りだったはず……ではあるが、だとすると、一番確かめにくい。ウエスト部分は結構ギッチギチ。一番締め付けがキツい部分なのだ。問題、おっぱいにもお尻にも興味はありません、ただただバニーさんのおへそだけ見たいんだけどどうすれば良いの？

……。答えが出ないほんとどうすんだこれ⁉

応急手当て。これは必要な応急手当てっ！　と無防備お姉さんの前で念じつつも、だ。

上条《かみじょう》は行動に移れないまま、

「ちょっと待てこいつは困ったぞ、これどうやって脱がすんだマジで……」

「すまんのう童貞を殺す感じでほんと堪忍《かんにん》しておくれ坊や」

「どうして無償で人を助けようとする俺は心をザクザク刺されなくちゃならないの⁉　こう、アイスピックで氷の塊を砕いていくようにっ‼」

勢い余って叫んだら低い天井に頭をぶつけた。

いよいよ両手で顔を覆ってめそめそしている上条当麻《かみじょうとうま》の前で、ボロニイサキュバスは仰向けに寝そべったまま両手を腰にやっていた。とはいえ据え膳を前にして何もできない不甲斐《ふがい》ない坊やに呆《あき》れて怒っている訳ではないようだ。じいーっ、という変な音が聞こえた。腰の左右に互い違いなファスナーがあったのだ。

「よいしょ」

寝そべったまま、ボロニイサキュバスは大きな翼を使ってちょっと背中を浮かせると、

「うわあっ⁉」

おへその下まで一気に薄布が落ちてくしゃくしゃに丸まっていた。こう、学校の水着の肩紐《かたひも》外して脱ぐような感覚で。

「うふふぼっけえリアクションありがとう坊や、お姉さんも自信出るのう」

サキュバスさんはサキュバスさんだから気にしないのか。寝そべったまま両手を頭の後ろにやる。寝ているのに大きなものがゆっさと揺れていた。上条《かみじよう》としてはただでさえ顔が爆発しそうにカッカするし、隠そうとしない人からはニヤニヤ見られているからスーパー気まずい。髪の毛くらいしか守ってくれるものがない部分から目《め》を逸《そ》らしたいけど、そうも言っていられない。相手は今すぐ対応しないといけない怪我人《けがにん》なのだ。

「やるならさっさとしてくれたい。アラディアのヤツも再起動の真っ最中ぞ。今、ヤツより早く復活すれば今度はこっちから仕掛けるチャンスができるからの。こいつは一秒一秒で命削る戦いの真っ最中ぞ」

「……アラディア、来るって言ったよな？」

「そ。必ずのう」

だとしたら、大怪我《おおけが》させたままボロニイサキュバスをもう一度死闘へ放り込む訳にはいかない。せめて手当てして容体を安定させたい。上条《かみじよう》が改めて彼女の体を眺めてみると、おへその上の辺りが青黒く変色していた。しかも大きい。子供の掌《てのひら》くらいある。

「うわ」

「やだやだ、科学っぽい脅し文句よりぶっちゃけそのリアクションの方がおっかないのう」

「いやこれ、どうすんだっ。な、内出血？　目に見える傷口じゃないとなると、消毒薬塗って包帯巻いてって感じじゃなさそうだぞ。もう上から湿布貼るくらいしかできねえし」

「それで良い、程度の違いこそあれ結局打撲じゃけん。内出血といっても、見た目は派手でも太い血管や内臓系弾《はじ》けている訳じゃなさそうだしの」

「？　どうしてそこまで分か……？」

「もしも深刻なレベルの内出血だったら、ウエスト部分外して締め付け緩んだ途端に出血増えて意識が飛んでるぜよ。こいつは男の子の夢を守るためにぎっちぎちだからの？」

簡単な医薬品については簡素な売店に一応揃《そろ》っていた。

色々抱えて戻ってきた上条《かみじょう》は、

「これ、湿布って熱いヤツと冷たいヤツはどっちが正解なんだっけ？」

「ひんやりする方ぞ、そなた頭のコブをほかほかにしてどうするのかのう？」

そういうものかと上条《かみじょう》はちょっと感心しつつ、トースト用の薄っぺらなチーズみたいな感じで湿布表面の透明なフィルムを剝がしていく。

改めてボロニイサキュバスと向かい合って、

「……じゃあ行くぞ」

「んふ☆　坊や、それじゃあよろしく頼む。ビジョあひっキュルブバン!?」

「怖いッ‼　ぼろに……ッ！」

「キキキュル、あはは。思ったより冷たいもんだからお肌のビンカンなお姉さんがビンカンに反応しただけぞ、やり方は間違っておらんからそのまま続けておくれー」

今のは共通トーンとかいうのがぶっ壊れただけか。

なんか爆発したかと思った。

「湿布の匂いすごいな」

「小さなボックスだとやっぱりこもるたい」

最小の寝台に寝そべったまま、ボロニイサキュバスが手を伸ばしてくる。こう、見た目完璧だけどプライベートは滅法だらしないお姉さんがお茶菓子を求めて手をさまよわせる感じ。髪の毛ガードだけだと心臓に悪いから豊かなものはきちんと両手で守ってもらいたい上条《かみじょう》である。

薄いピンクの翼とか尻尾とか色々あるんだし‼

洋モノトップレスお姉さん（⁉）は一体何がそんなに欲しいのかというと、

「痛み止め何があるのかのう」

「色々持ってきたけど何が何やら。うわこれとか風邪薬だし、こっちは睡眠導入剤？」

「あらまあ何でここにロキソちゃんが混ざっておるのかの？　そこの売店普段は薬剤師でも詰めておるずら？　ただもうちょい踏み込んだものは……おっと鎮痙剤《ちんけいざい》を発見。肉でも骨でもないのだったらこの痛みは平滑筋《へいかつきん》まわりやと睨《にら》んでいたばい、これももらうかの☆」

「いやあの、もらう？　待って俺は持ってきただけだし使った分は自分で払ってくれる⁉」

鎮痛剤まわりは（そこらの病弱少女よりも頻繁に入退院を繰り返している割に）縁がないのでサッパリだが、本人が喜んでいるんだからひとまず好きにさせておく。というか、普通の人向けに作った薬がちゃんと効くんだ、というところで上条《かみじょう》はすでに軽く驚いてしまう。

「これ以上できる事はなさそうかの。ああこの薬は食後に呑《の》むヤツかえ。じゃあ何か食べるもの……うーん、この辺かの。タコ焼き天かすマヨサンドイッチでも食べれば体なんか治るばい」

「何でそこ男子高校生の俺が引くくらいの油と炭水化物の塊に手を出してんだ……」

例の女悪魔はほんとに謎のサンドイッチに挑戦している。おにぎりなど角《かど》が尖《とが》ってる系は両手で持って三角形のてっぺんから小さくはむはむ食べる派らしい。この辺は妙に可愛《かわい》いお姉さんだ。悪魔（？）の歳《とし》とか知らないが、幼い頃の癖でもそのまま引きずっているんだろうか？

……仕草は子供だけど豊かな胸とか放り出したままだからギャップで心臓止まりそうなのだが。

お姉さんはやっぱりゴミは持ち帰る派なのか、サンドイッチの包みを小さくまとめつつ、

「んうーう……、食べたっ。お腹《なか》が膨《ふく》らむとぽやぽや眠たくなってくるけん」

今度はぺたりとハの字座りしながら両手だけ上にやって大きく伸びとかしている。だから髪の毛ガードに任せて全部出しっ放しか⁉　おかげで低い天井に両手の掌《てのひら》がぺたりとついてしまっているが、本人的にはなんか気持ち良さそうだ。……まさかと思うが、あのギトギトサンド

イッチでほんとに治ってしまったのか？　そんな馬鹿な。超絶者《ちょうぜつしゃ》の生態は情報が集まるほどかえって謎が膨らんでいく一方だ。

「さて、この服も乾かさねばならんのう。ほれ坊や、やる事やったらいちいち個室から抜け出すでないわそなたもこっちに入れ」

「何でまた……」

「個室ごとに気温と湿度は自由に調整できるらしいからの。思いっきり湿度を下げてガンガンに暖房かければ乾燥機の代わりくらいにはなるばい」

「キサマはSDGsを何だと思ってんだ」

とはいえこのままだと凍えて死にそうなのは事実なのでご一緒するしかなさそうだが。

上条《かみじょう》は天の神様的なものに一応謝っておきつつ、悪魔のお姉さんの誘いに乗っかる。

「何だこの甘ったるい匂い。さっきの湿布じゃねえ、エアコンのフィルターになんかある……？」

「ぶっぶー。正解はわらわのおっぱいの谷間です、生乾きの下着より地肌の方がたくさんミルク味のフェロモンが滲《にじ》み出《で》ちゃうのかもしれん」

「……、」

「たゆんたゆんで違った意味でも童貞を殺す感じになってしまってすまんのう坊や？」

いちいち何度もザクザク深掘りすんなよそこ……ッ!!　と上条《かみじょう》は距離五〇センチの位置で片《かた》

目《め》を瞑《つむ》っているお姉さんから全力で目《め》を逸《そ》らす。基本はやっぱり振り回したい系の年上美人なのか、足をあぐらに変更してけらけら笑うボロニイサキュバスは上機嫌だ。

しかしこれからどうする?

正直ボロニイサキュバスがどれくらい回復したのかは謎だらけだが、全力全開でもあれだけ派手にやられたのだ。しかも今のアラディアは手負いの獣モードで変なブーストがかかっているらしい。上条《かみじょう》は即座にパワーアップなんかできないし、危険と分かっていて何度もボロニイサキュバスを差し向けるのも流石《さすが》に薄情過ぎる。

そうなると、だ。上条《かみじょう》は小さな声で、

「……インデックス達と合流しよう」

「魔道書図書館?」

「インデックスにオティヌス。あの辺がいれば状況は変わるかも、『橋架結社《はしかけけっしゃ》』だの超絶者《ちょうぜつしゃ》だの色々言ってるけど、魔術関係なら専門家に話を聞くのが一番手っ取り早いのは事実なんだ」

分かるけど……と、何か今さらのように同じ個室で豊かなものを手で押し込むようにして胸のカップの辺りをぎゅむぎゅむ微調整しつつボロニイサキュバスは言葉を濁す。バニー系衣装のアレああやって収めるんだ、と上条《かみじょう》は赤面どうこうよりもう一周回ってちょっと感心した。

「言うのは簡単だけど、それ、具体的にどうするつもりぞ? この広いオープンワールド渋谷《しぶや》を走り回ってたまたま巡り合えるとは思えんしのう」

「となると、俺達は今カプセルホテルにいるよっていうサインを出すのが一番か？」

「それアラディア側に洩《も》れたら？　いつか始まる大戦争を今ここで起こしたいのかの、何の準備もなしに」

「じ、じゃあインデックスだけに分かるようこっそりしたサインを……」

「地味で目立たない囁《ささや》き声《ごえ》じゃ滅法広い渋谷《しぶや》の隅々まで届かんたい」

ああ言えばこう言う、であった。ただ事実だ。

サインは派手だとアラディア側にバレてしまうし、地味だとインデックスに届かないから意味がない。さてどうしたものかと上条《かみじょう》が首をひねった時だった。

「あ」

「っ？　な、何ぞ坊や？」

「気づいたんだ。俺は発見した……。そうだよ、広大な渋谷《しぶや》ではっきりとインデックスにサインを送り、なおかつ超絶の魔術師アラディアには絶対気づかれない方法が確かにある!!」

「なっ、それは⁉　つっつまりそいつはごくり⁉」

わなわな震える上条《かみじょう》は顔を上げた。

そして、カッ!!　と世紀末予言の真実を伝えるような真顔で提唱した。

「……そうだ俺達にはスマホがある」

「気づけよそれくらいッッッ!!!!!!」

悪魔のせくすぃーお姉さんからグーで頭のてっぺんをぶん殴られた。

スマホには雲川先輩《くもかわせんぱい》から大量のメッセージが投げ込まれていた。

2

「……、」

そして場末も場末なカプセルホテルまで来たインデックスは腕を組んでふくれっ面《つら》だった。

ていうかオティヌスも雲川芹亜《くもかわせりあ》も大体そんな感じだった。

呑気《のんき》なのはシスターさんの頭の上にいる三毛猫くらいのものだ。

おかしい。どうしてボロニイサキュバスが下着一丁なんてイカれた格好しているからって上条当麻《かみじょうとうま》に突き刺すような視線が集中するのだろう？　あと神《かみ》、なんかしれっと常識人サイドに居座っているけどアンタは大体似たような露出度だろうが。

服を乾かすためとはいえ、年上お姉さんの甘ったるいフェロモンでむんむんになった狭い個室でずっと一緒にいたからかもしれない。

もちろん正座のツンツン頭に申し開きの機会は与えられなかった。

「(……作戦の根幹がどうにかなってるけど。あってはならない、この布陣で私が美人であだるちーなオトナのお姉さん枠を外から奪われるなどと!)」

「(おいおいウルトラ激レアな神がすでにいるというのにちょっと乳が揺れる仕様の女悪魔が出てきた程度で伺うつつを抜かしているんだこの人間は?)」

口の中でぶつくさ言ってる人達の黒いオーラが半端《はんぱ》じゃなかった。片方とか普通に神だし、多分あれは耳に入れたら呪詛《じゅそ》で精神の均衡をやられる系だ。

「(しっかしメッセージアプリ一つで一度に何人も女を呼びつけるとかこの坊や無自覚にとんでもない事やっておるのう、スマホ初心者っぽいのに。しかもすでにわらわがいる場所へ平気でおかわり状態とか。カプセルホテルっつっても一応宿泊施設ばい。まったく天然で呼ぶ方も呼ぶ方ならのこのこ来る方も来る方……)」

「うるせえ黙れゲテモノ女」

雲川《くもかわ》とオティヌスがいつの間にか仲良くなっていた。

インデックスは何の話か気づいていないらしい。一人だけキョトンとしている。

流石《さすが》に全員はあの小さな箱には入れない。なので思い思いに通路部分へ出る。怪我人《けがにん》のボロニイサキュバスだけはカプセルホテルの下の段、その縁にベンチのように腰掛ける格好だ。上《かみ》条《じょう》もいったん個室から出ようとしたら、例のピンク尻尾を首に巻かれて手前に強く引かれて元の位置に戻された。激甘えっちなお姉さんの寂しがりおねだりで危うく(直で)昇天しかける。

何だか微妙にオティヌスがイライラした感じで、

「おい人間、人は追っ払って建物ごと占拠したのか？」

「そこの少年にそんな真似《まね》ができるとでも？　外はようやく午後の陽射《ひざ》しから夕暮れといったところだけど。客達は暗くなればじきに戻ってくるだろ。カプセルホテルはほとんどサウナと併設とはいえ、一応は宿泊施設だけど」

本題に入りたい。

インデックスやオティヌスといった専門家の目で見ると、超絶者《ちょうぜつしゃ》アラディアはどういう風に映るのだろう？

「アラディア、っていう個人が何なのかは知らないけど」

まだ不機嫌そうながら、シスターは通路側のベンチに腰掛けながらそう切り出してきた。

「『Aradia,or the Gospel of the Witches』っていう本なら知ってる」

「？」

「『アラディア、あるいは魔女の福音』」

日本語で言い直されると上条《かみじょう》の心臓に衝撃が来た。

アラディア。さらには魔女。

「だけどあれは、取材者の顔色を見ながら魔女の方がその場限りの即興で取材者好みのストーリーを展開していただけだったっていう説もあるんだけど」

暇そうな三毛猫を両手で抱き上げつつ、すみっこが好きらしい雲川《くもかわ》が四角い柱に寄り添いながら首をひねる。

「よくある路上の占いの手法で？」

「大体そんな感じかも。権威を放棄した身近な相談者からすれば、迷える人が今言って欲しい言葉を引き出すのって全ての基本みたいだし」

「まあ、魔女本人からすれば、話し上手で頭の賢いお医者様だと思って欲しいだろうがな」

上条《かみじょう》の上着をよじ登りながら、オティヌスがやや皮肉げに付け足していた。

しかし早速意味不明な情報だ。

ならアラディアとは、『橋架結社《はしかけけっしゃ》』の超絶者《ちょうぜつしゃ》とは一体何なのだ。

思わず上条《かみじょう》がすぐ隣、ボロニイサキュバスの方を見ると、下段の縁に腰掛ける悪魔のお姉さんはニヤニヤ笑っているだけだった。こっちが女悪魔を見ている事に気づくと何故《なぜ》か片目《かため》を瞑《つむ》り、左右の二の腕を使ってむぎゅっとおっぱい谷間強調を仕掛けてくる。……ただそういえば、こいつも『サキュバスだけの娼館《しょうかん》を運営した罪』なんていう、世界で最も馬鹿げた死刑判決文に自分の存在や行動の軸足を置いていたような。

彼女達と合流したと思《おぼ》しきアンナ＝シュプレンゲルも『世界最大の魔術結社「黄金」の創設者ウェストコット一人で捏造《ねつぞう》した文通の中にしか名前が出てこない説』が魔術サイドの中で飛び交っていた。この捏造説《ねつぞうせつ》は結局、アンナ本人が表舞台に直接顔を出して世界規模の災禍をばら撒《ま》いた事で否定されたとは思っていたのだが……まさか、まだ奥に『何か』あるのか？

　そして何より。

『橋架結社《はしかけけっしゃ》』の頂点に立つ少女、アリスとは？


「振り回されるなよ、人間」

　ようやく肩の定位置についた一五センチの神が、呆《あき》れたように息を吐いていた。おかげで耳元がちょっとくすぐったい。

「遠い過去、アラディアという女神が本当に存在したかどうかは、今どれだけ議論しても検証や証明まではできない。これは『橋架結社《はしかけけっしゃ》』なる組織全体についても同じ。となると最優先、ここで問題にすべきはひとまずアラディアと名乗る魔術師がここ日本の渋谷《しぶや》にいて、そいつが明確に超絶の術式で攻撃を加えてきている事実の方だ。あの女神が何であれ倒してしまえば脅威は取り除けるのだからな」

　まあ、確かに。

　ただこれ、上条《かみじょう》的《てき》には脇に置いておけないほど大きな問題ではあるのだが。

「使っているのが魔女術だとしたら、基本は天然の薬品系かな」

　ロッカーみたいにずらりと並んだ個室の外、共用通路のベンチに腰掛け左右の足をぱたぱた振りながら、インデックスは見方を変えて別の角度から切り込んでいく。

「治癒、占術、呪詛《じゅそ》、飛翔《ひしょう》、豊穣《ほうじょう》、こういう超常は薬草や鉱物からの派生として広がっていくはずなんだよ。そもそも深い森で暮らす巫女《みこ》、だからね」

「じゃあインデックス、あれは？　三倍ナントカ」

「実践魔女《ウィッカ》が扱う『三倍率の装塡《リロードスリータイムス》』だの？」

実年齢不明のお姉さんなボロニイサキュバスがにゃんにゃんと三毛猫にまとわりつかれていた。雲川《くもかわ》の手をすり抜けた猫はどうやら不規則に揺れている尻尾の先が気になるらしい、女悪魔の方は割と余裕ありそうな顔で腰掛けたまま尻尾を右に左に振って器用に猫パンチを避けている。

そして男子高校生にはちんぷんかんぷんな横文字の乱舞でも、インデックスにとっては価値のある情報だったらしい。

「……なるほど、それでアラディア。だとするとこれは魔女術とは言うけど、ギリシャとかケルトとか、特定の神話や宗教一本だけの基盤を持つ術式じゃないんだよ」

「お、おいインデックス？」

「これはもっと新しい、おまじない系。昔のものを掘り返した訳じゃなくて、十字教という文化が浸透してから新たに編纂《へんさん》された魔女術。それなら『三倍』だけじゃない。実践魔女《ウィッカ》独自のルールやタブーがあったはず。そこを逆手に取れば単純な実力の上下に関係なく……っと」

言いかけたインデックスの言葉が、途中で切れた。

カタカタカタ、と小さく揺れていた。

何が？

床。というかカプセルホテルの入っている雑居ビルそのものではないのか、これは!?

下段の縁に腰掛け、上条《かみじょう》の肩に頭を乗せると（テリトリーを侵害されたオティヌスから威嚇の声を浴びながら）どこかよそを見て、ボロニイサキュバスが囁《ささや》いた。

「……来たぜよ、手負いのアラディアが」

3

陽が暮れた。

空は黒。流石《さすが》は一二月だ、日没の時間が早くなると冬という単語は一気に存在感を高める。

とはいえ今日は年末の三一日。渋谷《しぶや》はむしろ夜になってからが本番だろう。

「……、」

水着ベースの衣装の上から半透明のレインコートを着込んだ少女。コミカルなお化けかクリオネのように見える眼帯少女は、ぼんやりスペイン坂《ざか》の風景を眺めていた。

ひらりと大きな布が揺れる。

やはりスクランブル交差点を目指しているのか、一〇歳くらいの小さな女の子が魔女の格好をしてトコトコ街を歩いていた。かわいー、と呑気《のんき》な声が飛んでいるが、よくよく見るとこの年末にがっつりへそ出し。足とか普通に裸足《はだし》だ。下手したら凍死レベルの変則ビキニだが、あれは何か、地肌に保温ジェルでも分厚く塗っているんだろうか？

「魔女……」

ついさっきも心臓に悪い経験をしたばかりだ。

目の前のニュースに反応してクセでスマホに伸びた手の動きがわずかに固まる。ただ、『さっき』と比べるといくらか布が安っぽかった。留め具も本物の純金という感じがしない。型紙データを参考にリモートミシンを使って全自動で高速裁縫してくれる、衣装プリンタか何かを使ったのかもしれない。ここ最近増えてきたホワイトスプリング系だと、ネット注文と組み合わせれば注文から配達まで三〇分かからないサービスもある。

(でもあれ衣装慣れしてない一般の子が選ぶような有名なキャラだっけ？　……ていうか、キャラなんだっけ、い、いや？？？　いやまあ、ネットに上がってるニュース系の動画でも参考にして、もう有志の手で型紙データが組み上げられて公開されているのかも)

その時だった。一歩後ろに下がったお化けちゃんは魔女とぶつかりそうになった。

ただし今度は女子高生くらいだ。

「？」

（うっ⁉）

一瞬遅れて、気づいた。

増えている。なんか、足首まである大きなウィンプルや変則ビキニで着飾る魔女が風景の中で増えている。五人、一〇人、いやもっと……？　じわじわと、白い砂浜を踏んだらその奥から黒い油が滲《にじ》んでくるように、その数は少しずつ確実に増えていく。安っぽい金属の擦《こす》れ合《あ》う鈴に似た音が人混みのざわざわを上から塗り潰していくようだった。

彼女達はこちらなんて見ていなかった。

ただ、畳んだ布を両手で恭《うやうや》しく抱えているだけだ。どういう意味があるのか、衣類の上には束にしたルーズリーフが白紙のまま置いてある。

彼女達は口の中で小さく呟《つぶや》いている。

秘密、という言葉を強く意識させる禁忌で冒瀆的《ぼうとくてき》な、甘い響き。

「聖魔女様のお導きの通りに、、、、、」

何故《なぜ》か、だ。

その囁《ささや》きを耳にした途端、じわりとお化けちゃんの頭の奥から何かが滲《にじ》んできた。

忘れようとしていたはずの何か。でもこれまで積み上げてきた人生の土台の方にあって、今さらここだけ器用に抜き取る事のできない、見えない胸の傷。

……彼女は動画サイトで活動している投稿グループの一人だ。常に数字を気にしているが、それは自分との戦いだけとも限らない。

ライバルはいたのだ。

迂闊《うかつ》にも万引き動画なんかに手を出して、よそに引っ越してそれっきりだが。

友達、だったはずだ。だけど互いの動画アカウントの端についている登録者数のせいで、良くも悪くも彼女達はいつでも競い合っていた。そしてお化けちゃんが頭一個抜きん出なければ、本名も知らない友達は追い詰められて万引き動画なんて挑戦しなかったかもしれなかった。

怖かった。

罪悪感に追い着かれるのが。

だから一層のめり込んだ。地に足のつかない格好をしてネットの前で持《も》て囃《はや》されていれば、カラフルな色彩は現実を忘れさせてくれるはずだった。それで大人に負けないほどのお金を稼げば誰にも文句は言わせないはずだった。

なのに、振り払えない。拭い取れない。逃げ切れない。

練習用の水着ベースの衣装に半透明のレインコート。こんな安っぽい、ぺらぺらの衣装ではダメだ。神秘性の後押しもないビニールと合成繊維の塊では粘つくような現実感を振り切れない。重い、苦しい、とにかく息苦しくて身動きが取れなくなる。

どうすれば良い？

これ以上何をしたら後ろからべとべと追いかけてくる現実を振り切れる？

「聖魔女様のお、お、お、お導きの通りに」

「あ」

答えがあった。

魔女は増える。増えていく。

こんなのはハロウィンの仮装や動画投稿と同じだ。一人でないなら怖くない。

ぞろぞろ。

ぞろぞろぞろぞろぞろぞろぞろぞろぞろぞろぞろ。

ぞろぞろぞろぞろぞろぞろぞろぞろぞろぞろぞろぞろぞろぞろぞろぞろぞろぞろ、と。

全方位からだった。あらゆる道のあらゆる方向からやってきた魔女達が景色を埋め尽くしていく。周囲ではあまりの光景に押し殺したような短い悲鳴が上がるものの、誰も彼も、もはや金縛りのように圧倒されてスマホのレンズを向ける事もできない。

そのはずだった。

だけどお化けちゃんは、すでに恐怖心どころか違和感すら覚えない。むしろ体を包むのは安心感。ユーザー数の多さは認識の一般化を進め、新参者が手を出すためのハードルを下げてくれる。ネットも動画もみんなそうだ。一定の数さえ超えれば大衆化され、市民権を獲得する。

みんな同じなんだ。

だからもう大丈夫。

「聖魔女様のお導きの通りに」

向こうも何かを感知したのか魔女の一人から差し出された畳んだ布とルーズリーフの束を、自然と手に取っていた。

うっすらと笑ってお化けちゃんはこう呟《つぶや》いた。

招待を受け、新しい扉を開ける秘密のキーワードを。

「聖魔女様のお導きの通りに」

一方。

渋谷《しぶや》駅《えき》と融合した超高層複合施設・渋谷《しぶや》スクランブルスクイズでは、だ。

「ふん、ふふん、ふん、ふん」

四六階の特別展望フロア。ガラス張りの夜景に寄り添うようにして、超絶者《ちょうぜつしゃ》アラディアは広い屋内で両手を上に挙げ、ゆっくりと伸びをしていた。

ぱちぱちんっ、という金属の弾《はじ》ける音と共に変則ビキニの留め具が外れていく。一糸《いっし》纏《まと》わぬ裸身をさらしているのは緑の木々に対して、であった。……ただし人工物で塗り固められた渋《しぶ》

谷《や》だと、期間限定で設営された植物園くらいしかないが。

ロングの銀髪が、その存在感を増す。

元来魔女は月の光を浴びて、深い深い森の中でひっそりと生きていくものだ。いったん己の思考からノイズを消して状況を再起動するなら、月光浴か森林浴のどちらかに限る。

(星が見えないくらいは覚悟していたけど、ヤバい。月の光までぼんやり滲《にじ》むとはね……)

だからこれは、せめてもの慰めだ。

両手を目一杯広げて作り物の緑の夜気を浴びていくアラディア。

一糸《いっし》纏《まと》わぬ裸身をさらしたまま四六階の展望フロアをゆっくりと横断していく夜と月を支配する魔女達の女神は、ふと何かに気づいてマガジンラックから無料のパンフレットを抜き取った。意味のある行動ではない。そもそも今は肩の力を抜いて思考の偏りを消し去る作業中だ。

ここ最近は『こういうの』も繁華街に溢《あふ》れるようになってきたらしい。

『超機動少女《マジカルパワード》カナミンと一緒に緑を増やして温暖化をやっつけよう！　キャンペーン開催。お花の種は無料配布中です。一人一人の力が、みんなの鉢植えがこの星を救う!!』

「ふふっ……」

パンフレットに描かれた原色だらけの魔法少女を見て、アラディアは思わず笑ってしまった。

失笑、ではない。

(……深き森に寄り添い、身近な人の相談者であれ、か)

特に学術的根拠を持たない、小さな子供向けに作られた学園都市発のエンターテイメント作品。だが古い羊皮紙にまとめられた得体の知れない『魔女を糾弾する専門書』よりも、こちらの方がよほど魔女の本質を射貫《いぬ》いているというのもなかなかの皮肉だ。

縦長のパンフレットを手の中で弄んだまま、アラディアは横目でよそへ視線を投げる。

大きな布があった。

アラディアのものではない。夜と月を支配する魔女達の女神に傅《かしず》き、少しでもその恩恵に与《あず》かろうとすがる少女達のものだ。今も魔女としての完成形、『生きる見本』たるアラディアの歩幅から吐息の一つにまで意識を割いて、躍起になって白紙のルーズリーフに気づいた事を書き込んでいる。びっしりと。

影の書、と呼ぶ。三倍の法則に縛られた新たな時代の魔女達は、この道に入るとまず先達から白紙の紙束を授けられる。新参者は自分が死ぬまで手に入れた知識をそこに書き足し続け、自分だけの魔道書を完成させていく訳だ。

少女達は頭を上げる事もなく筆記を続け、そして、ただただ呟《つぶや》いている。

「「「聖魔女様のお導きの通りに」」」

大仰だが、実はキーワードに意味なんかない。

流行語やネットスラングと同じだ。

何でも良いから秘密の合言葉を共有する事で一体感を生み、同時に意味を読み解けない者への優越が生まれる。知る者だけで世界を切り離し、拘束力のない緩やかなコミュニティが出来上がる。ただしこれは、できれば歴史や伝統を感じさせる重たい言葉の方がのめり込みやすい。そういった言葉を繰り返す事で目には見えない絆《きずな》を錯覚させ、自分は何か大きなものの一員となって守られていると思わせる。中世の――つまりはいったん十字教が広く普及してから、何故《なぜ》か先祖返りしてしまった――サロンで横行したサバトのやり口だ。

自分も知りたい。

という、ありふれた欲にかこつけて無音で侵蝕《しんしょく》を進める、知識の毒。

実際、多くの集会では悪魔(という事にされてしまった存在)を呼んで『から』具体的に何かをさせる段階より、呼び出す『まで』の方が膨大で煩雑な手順を山ほど踏ませる。何故《なぜ》か？結局得体の知れない準備期間が一番面白いし、手を動かして作業している間は安心できるからだ。片思いの恋を叶《かな》えるまでと同じ、と言ってしまうのは流石《さすが》に少々ロマンチック過ぎるか。

「ふむ」

ＳＮＳのインフルエンサーだの動画サイトのナントカチューバーだの、人の世はこうしている今も加速度的に変貌と進化を繰り返しているが、結局、心の本質はそう変わらない。アラディアからすれば、世界なんて丸ごと生きている化石だ。

「「聖魔女様のお導きの通りに」」

本当の自分なんか誰にも知られず活躍したい。

「『聖魔女様のお導きの通りに』」

自分ではない自分になりたい。

「『聖魔女様のお導きの通りに』」

失敗も敗北も嫌だ。

「『聖魔女様のお導きの通りに』」

みんなの前で恥なんかかきたくない。

「『聖魔女様のお導きの通りに』」

素人《しろうと》の自分でも気軽に手は出せる。

「『聖魔女様のお導きの通りに』」

けど、他の誰にも真似《まね》のできない技術が欲しい。

「『聖魔女様のお導きの通りに』」

そして努力はいらない。

「『聖魔女様のお導きの通りに』」

物知りに頭なんか下げたくない。

「『聖魔女様のお導きの通りに』」

ちょっとの工夫で『そう』なりたい。

（……これはまた『隙間』の多い街ね。まあ、ニューヨークよりはマシかもだけど）

だから身近な少女達は巨大権力と結びついた神話や宗教にはすがらない。若い感性をフル稼《か》働《どう》させて共通の流行語やネットスラングで結びついているとはいえ、根本的に全員バラバラの生き方をしているのだから当然だ。わがままで身勝手、どこまでも自分のために。己の欲を原動力とするその有り様は、幸せになるより先にまず統一した生き方を要求する、言ってみれば大昔から系統の完成している教えを守れと迫るあらゆる神話や宗教とは肌が合わない。

魔女とは元来そういうモノだ。サバトとはその集まりだ。

そういった欲望に具体的な形状と知識を与えて場を仕切るのが、超絶者《ちょうぜつしゃ》アラディアだ。

魔女達の集会、サバトの中央にて両腕を広げ。

裸身の偶像は高らかに歌った。

「それじゃ、第二ラウンドと行きましょうか？」

シンプルにやろう。

一人で決着がつかないなら、一〇万人の魔女で獲物を圧殺すれば良い。

4

ズズン……ッッッ!!!!!!　と。

カプセルホテルのある雑居ビル全体が激しく震動した。

ひゃっ、と声を上げて女悪魔が横からしがみついてきた。上条《かみじょう》も個室の一個から顔だけ出して辺りを見回すが、『ほとんどサウナやお風呂《ふろ》の一部』らしいこのカプセルホテルには窓がない。

「なんか始まったけどどうする⁉」

「坊や一人ならわらわが抱えて屋上から飛び立つけど、三人も四人も猫ちゃんまでいる中じゃ厳しいけん。あと生きるためとはいえにゃんこ見捨てるのは流石《さすが》に心が寒い」

私達は罪の意識もなくフツーに見捨てる気か……とおっぱい先輩とおっぱい神がジト目でおっぱい女悪魔を睨《にら》んでいた。

メンタルが劣化ウランより硬いのか、ボックス状の寝台、その下段の縁から腰を浮かせたボロニイサキュバスは上条《かみじょう》だけ見て片目《かため》を瞑《つむ》ると、

「そんな訳でまずは現状把握と情報収集ぞ。戦闘、籠城《ろうじょう》、あるいは逃走。アラディアの手の内を読んで臨機応変に行動するかの」

「……分かったもう考えなしってまとめてくれ」

カプセルホテル個室で大変環境に優しくないエアコンの使い方をしたおかげか、どうやら二人の服は完全に乾いたようだ。

アラディアはコンクリの外壁くらいなら普通に破壊して侵入してくる。ボロニイサキュバス側も初《しょ》っ端《ぱな》から『坊や一人だったら抱えて飛んで逃げる』といった話をしていたし、この雑居ビルに立てこもる選択肢は並べていても実質除外と考えているはずだ。

とにかく外の様子を見たい。こんな時代でもしれっと残っていた喫煙所を見つけると、そこの壁だけ透明なウィンドウになっていた。

覗《のぞ》いて、上条《かみじょう》は絶句した。


わあっっっ!!!!!! と。

歩道も車道も関係なく地上を埋め尽くしているのは、魔女、魔女、魔女、魔女!!


「何だ、これ……?」

まるで暴動だった。満員電車みたいな密度でひしめいているのは、足首まで届く巨大なウィンプルと変則ビキニの組み合わせ。一瞬、増殖でもしたのかと思った上条《かみじょう》だったが、よくよく観察してみると事情が違う事が分かってくる。

「……アラディアめ、さては『布教』でも始めたかの」

「ふきょ」

背丈が違う、髪型が違う、年齢もバラバラだ。アラディアと同じ魔女の格好をしているが、この寒空の下で柔肌をさらしているのはおそらく渋谷《しぶや》を行き交っていた普通の人々だ。路駐の車の屋根や広い道路をまたぐ青い案内板の支柱にまで魔女達が足を乗せているのが分かる。

「「……女様―――き……りに」」

距離はあり。

「「聖魔女……お導……通りに」」

間に分厚い強化ガラスがある。

「「聖魔女様のお導きの通りに」」

にも拘《かかわ》らず、何かがビリビリと震えていた。

「「聖魔女様のお導きの通りにッッッ!!!!!!」」

強化ガラスでもビル全体でもなく、大地全体が震えているのだ。

地震計に影響を与えるかもしれないほどの恐るべき合唱。上条《かみじょう》はもう、絶句もしていられなかった。怖い。見ているだけで思考は空白に抉《えぐ》れていくけど、空回りなんぞで貴重な時間を無駄にしたら死ぬと本能が言っている。

「何だ……あれ？」

「魔女は決して表に立たず、水面下からじわじわと勢力を広げて家、街、国、コミュニティ全体を音もなく蝕《むしば》んでいくものなんだよ」

真下を見るのに便利なのかベンチの上に立ってさらに爪先立ちでインデックスが言った。

ボロニイサキュバスは体の調子を確かめるようにその場で体を曲げてストレッチしたり薄いピンクの翼を片方ずつ開閉させたりしながら、

「アラディアくらいの化け物が本気出せば、負のカリスマ性だけでご覧の通り。魔女の根城《カヴン》の出来上がりぞ。右向け右で流行に乗っかる感受性の強い渋谷《しぶや》の若者だと、むしろ浸透速度は滅法速くなるかもしれんたい」

「負のカリスマ性……？　というと、あれは集団のカルト化か」

雲川芹亜《くもかわせりあ》が呻《うめ》くように言う。

ここから見えるのは一面だけだが、おそらくビルの周りはみんな『こう』だろう。上条達《かみじょうたち》は完全に囲まれているし、建物全体が不気味に震動しているのだから、すでにあちこち壁に穴を空けられて一部の魔女達は屋内へ侵入してきているはずだ。

これではまるでジャングルの中で湿気にやられたおんぼろ小屋へ逃げ込んで、必死にグンタイアリの猛威から逃れようとしているようだ。

「あの、確認するけど」

「何ぞ？」

「あれは全部、アラディアなのか？　言い換えるっ、アラディアと同じ事ができるのか!?」

「そもそもあの女は夜と月を支配する、魔女達の女神ぞ？　秘密裏に行われるサバトに降臨して、十字架の迫害から助けを求める女性達に必要な知識を授けてきた存在ずら。『そのもの』にはなれなくても、アラディアから一時的に『分け与える』くらいは朝飯前ぞ」

「ぐっ、具体的には!?」

「実践魔女仕込み《ウィッツカじこ》の『三倍率の装填《リロードスリータイムス》』くらいなら普通に使ってくる」

どばっと上条《かみじょう》の額から汗が噴き出した。

全身のストレッチを終えて体温高めになったボロニイサキュバスはちょっと上条《かみじょう》の反応を楽しむような顔つきで横から甘くしなだれかかって、

「『魔神』や『聖人』、それにアリスなんぞの例外を除けばどんな術式であれ魔術はキホン知識じゃけん、ヤツは自前の奥義を無償で授ける事については一切躊躇しない大盤振る舞いの女神様だからの。イマドキだと知識の蓄積は紙のノートなのかスマホのメモ機能なのかは知らんがの。まあ三倍関係は自滅のリスクもデカい諸刃《もろは》の剣《つるぎ》ぞ、正直アラディア本人ほど使いこなせるかはセンスと経験次第……というか一発目、初めての体験を生き残って『直で悪い事をすれば三倍で返る』タブーの線引き感覚を掴《つか》めるかどうかぞ」

だとしたら最悪も最悪だ。中心にいるアラディア一人さえ退けるだけで精一杯だった。手負い、つまり甘えや油断を一切捨てた魔女達の女神は地上を埋め尽くすほどの大軍勢を調達して着実に戦力強化し、対してこちらは負傷したボロニイサキュバスが湿布や鎮痛剤で痛みを散らした程度。インデックスやオティヌスは知識面では助かるけど、直接的な暴力は頼めない。学校の先輩である雲川芹亜《くもかわせりあ》なんて言わずもがなだ。

上条《かみじょう》の右手にはあらゆる異能を打ち消す幻想殺し《イマジンブレイカー》が宿っている。

だけどあの一万人だか一〇万人だかの魔女の軍勢相手に、実質体を張って戦えるのは上条《かみじょう》一人。この状態で一体何をどこまでやれる？　あんな物量、異能どうこう以前に二本の足で押し寄せてきただけで物理的に圧殺されてしまう。

「なぁ先輩。インデックスでも良いけど。ドリーム成分抜きにして、ぶっちゃけ女の子の平均体重ってどれくらいなの。四〇キロ？　それとも五〇キロとか？」

「「「……、」」」

何故《なぜ》かこの場の全員から同時に睨《にら》まれた。割と存在そのものが突き抜けちゃってるオティヌスやボロニイサキュバスにまで。

ただし今回ばかりは上条《かみじょう》にデリカシーがないのではなく、

「外は大人も子供もいるようだからいったん全体の平均を取ろう、女性一人分の体重がざっくり四〇キロとして最大一〇万人だとすると……」

「はぁ。四〇〇〇トンだな、人間」

「ありえないって信じたいけど、冗談じゃないぞ。集団で潰れて死ぬ事さえ惜しまなければ生身の体の洪水で小さな雑居ビルなんて根元からダイレクトにへし折れるんじゃねえのか……？」

が、

「気にしなくても大丈夫ぞ」

この期に及んで、だ。

上条《かみじょう》は信じられなかった。ボロニイサキュバスはうっすらと笑っていたのだ。

「……最悪は最悪じゃけん、それでも想像できる範囲でのハコの底。つまりは予想通りぞ。底さえ抜けなきゃ怖くない。アラディアはああ見えて根がマジメで、だからこそ爆発しやすい面倒な娘だからの。まあこれは知的に道を踏み外す魔女の第一条件とも言えるけど。追い詰められるとエキセントリックな離れ業は捨てて、かえって基本の積み重ねでミスのない堅実な物量を用意して安心したがる。ふはっ。公務員としては成功するけど、賭け事としてはじり貧で負けていく性格かの。そしてわらわ達は今、退屈な書類仕事をしておる訳じゃない」

言いながら、だ。ボロニイサキュバスは窓から離れた。いいや、厳密には反対側の壁にある機器を鏃《やじり》のような尻尾の先で突き刺したのだ。

火災報知器だった。

赤の色彩を尾の先で貫いたボロニイサキュバスは、艶《なま》めかしいボディラインを蠕動《ぜんどう》させるようにいったん限界まで息を吸い込むと、目一杯背中の翼を広げてこう叫ぶ。

「粉塵《ふんじん》ぞ!! ビルの壁崩しておるっ、あの連中もう何でもありだのッッッ!!!!!! 早く逃げないとやられるぞ。それから何が入ってるか説明できん粉は目に見えなくてもうっすら漂っておるのを吸っただけで害になるからの、自分で感じられるほどくらくらきてたらもうやられておる証拠ぞお!!」

火災報知器のけたたましいベルに上条《かみじょう》の心臓がまた強く締めつけられる。

しかし、流石《さすが》に意味が分からなかった。

「お前何してっ……」

「ああもちろん、単なるブラフぞ?」

ボロニイサキュバスはにたりと笑って、

「ただし、昔っから魔女の天敵は魔女狩りと相場が決まっておるからの。その正体は心理学で説明のつく集団ヒステリーじゃけん、データさえ十分に揃《そろ》っておればフローチャートを指でなぞるだけで簡単に起こせる」

「カルト化に対して集団ヒステリーをぶつける!? それじゃどれだけ死ぬと思っている!」

目《め》を剝《む》いたのは雲川芹亜《くもかわせりあ》だった。

ボロニイサキュバスはあっさり頷《うなず》くと、

「いいかえ？　善良な市民の密告から始まる魔女狩りは、言ってみれば史上最大の隣人トラブルぞ。原因は知らん。だけどとにかくイライラする、調子が悪い、何かのせいだ。そしてご近所の誰かが怪しい。こういう時、人間なんてとりあえず手の届く場所にある原因を特定して排除する事で心の安定を得たがるものたい。それなら、この渋谷《しぶや》において最も目に留まり耳《みみ》に障《さわ》る異分子は？　……言うまでもなくアラディアが指揮する魔女達だの」

ばさり、という空気を叩《たた》く音があった。両手をおへその下で合わせた悪魔の背中で、薄いピンク色のコウモリ状の翼が左右へ大きく広がる音だ。

「……そしてわらわの魔術は前に見せたはずだのう？　『コールドミストレス』は、あらゆる快の信号を苦痛に転換する。ただし度合いを調整すれば、ちくちくイライラ、狙った人間の意識の水面下で原因不明の不調を訴えさせる事ができる。最初は戸惑う、だけど回避不能ばい。紅茶を飲んだり飼い犬をもふもふしたり、いくら癒やしを求めて鎮静化を促しても全部逆効果。こうなると人間の頭は小さなイライラに支配される。病気、天候、事故、不況。目には見えん巨大なモノの輪郭を摑《つか》む事もできぬ人間どもが手近な標的を憎んで平穏を求めようとする流れは誰にも止められなくなる訳ぞ」

なるほど、と呟《つぶや》いたのは上条《かみじょう》の肩に乗るオティヌスだった。

「ただしそれは、聞く者がいての話だろう？　カプセルホテルを含むこの雑居ビル内には元から一般人がいない。汚染すべき対象がいなければ魔女狩りの軍勢は作れん」

「だの」

あっさりとボロニイサキュバスは頷《うなず》いて。

言う。

「でも『コールドミストレス』の範囲がこのビルの中だけだなんて、誰が言ったかの？」

ドォアッッッ!!!!!!と。

新たなうねりがあった。

ぎょっとした上条《かみじょう》が慌ててウィンドウの方を振り返ると、呑《の》まれていた。統一された魔女達の集会に、外から何か、泥水みたいなものが雪崩《なだ》れ込《こ》んできている。

「とうまっ、下、何か起きてる！」

「火災報知器のベルやガラス越しに地上まで響かせた粉塵《ふんじん》の話は、この渋谷《しぶや》に一滴の雫《しずく》を落とすためのイグニッションぞ。薄く広く人々の間で伝わっていく『不快の種』なら何でも良い。……後は『コールドミストレス』の具体的な不快感がいくらでも人のイライラを増幅させ、彼らは不確定なウワサを漁《あさ》って自分の置かれた不安定な状況に原因や理由を求め始めるずら。手の届く範囲にいる異物、集団の敵さえ叩《たた》けば全部治ると信じていく。魔女狩りそのものぞ」

いいや、それは人間の頭だ。

黒、茶髪、金、赤毛。あるいは緑やピンクといった明らかに染めたものまで。ありとあらゆる髪の毛を持つものが、一つの塊となって魔女達の軍勢へ摑《つか》みかかっているのだ。こちらは男性も女性もない。決まった服装もない。より雑多で、統率されてなく、だからこそ数と勢いだけで言えば新たな勢力の方が大きい。

聞こえる。

大地を揺さぶるほどの震動が、強化ガラスを貫いて上条《かみじょう》の耳まで。

『勝手に来たよそ者がルールを守らないから私達の渋谷《しぶや》が悪者扱いされるのよ……っ』

『らうばうるせえ頭痛てえんだ何してんだテメェらばばばあ!!』

『警察だ！　無届けの集会活動は禁止するっ、迷惑かけるならさっさと散れえ!!』

街を揺さぶる震動。爆弾とかガス爆発とかではなく、人の声である方が上条《かみじょう》はむしろ怖い。

超絶者《ちょうぜつしゃ》ボロニイサキュバスの術式『コールドミストレス』。

この分だと効果範囲は渋谷《しぶや》全域《ぜんいき》か、あるいはその外まで……？

あのアリスに対抗できるかもしれない力、とはよく言ったものだ。ピンポイントで個人を狙い撃つ必要性さえ感じなければ、ここまで大雑把で広範囲に及ぶ攻撃ができてしまうのか。

くすくすと、妖艶《ようえん》な悪魔は尻尾をくねらせながら嘲りの笑みを浮かべていた。

「一〇万人の魔女だと？　馬鹿言えアラディァア、今日は一年ラストの三一日ぞ。……一、〇万くらい、いいじゃ少数派じゃけん。年末カウントダウンの渋谷《しぶや》に今、日本全国からどれだけの人が集まっておると考えておるのかのう。あるいは、海外まで含めたら？」

外は。

下は今、どうなっている？

どっちがどっちを圧倒しているのだ。あるいはそこに、流血などの可能性は？

「……そして魔術は負けるばい、当たり前の群衆に。護衛、仲間、奴隷、親友。『橋架結社《はしかけけつしや》』に属する超絶者《ちようぜつしや》によって求める形は違っていても、わらわ達とて結局は人の世が恋しい存在だしの。アレイスターが科学偏重に世界の常識を操作したとはいえ、それがこの時代ぞ。人間は、より扱いやすくて目に見えるものにすがりたがる。誰だって口先だけなら何とでも言えるけん、だけど沈みゆく船でとっさに摑《つか》むのはありがたいお札《ふだ》か、あるいは石油から作った救命胴衣か。気紛《きまぐ》れで真意を読むのも一苦労な神様なんぞに頼らない」

「ボロニイサキュバスっ⁉」

「あっはは、確かにわらわはあらゆる冤罪《えんざい》を憎む女悪魔だの。魔女狩りは歴史に名を残す究極の冤罪《えんざい》の見本市、しかも騒動の中心たる超常の悪魔本人を叩くのではなく八つ当たり的に疑われた人間を叩《たた》きまくって未完成な社会を無理矢理安定させようとする最低最悪な生《い》け贄《にえ》の儀式ぞ。そいつは見ておっても楽しいもんじゃないばい、これぱっかりはほんとにのう」

その大きな翼でお上品に口元を隠し、ボロニイサキュバスは気軽に笑っていた。

あるいは、数にものを言わせて自分の命を狙う魔女達まで心配している少年を見て、守るべきものの範囲を改めて線引きしていくように。

「……だけどアラディアの甘言に振り回されて安易な救いに流され、自分の弱い心を正当化して、見ず知らずの坊や達を攻撃しようとした『にわかの魔女達』に限って言えば、元から悪人ぞ？　ふざけんなよ暴動の罪人ども、顔の見えん不特定多数に紛れれば今日だけは何奪っても罪に問われんとでも思ったのかえ。扇動に乗っただけだから拳を振り上げた自分は被害者とでも？　そもそも咎《とが》なき者へ寄ってたかってありもしない有罪判決を押しつけるのが冤罪《えんざい》の定義ぞ。わらわが助けたいのはそなたみたいな巻き込まれ体質で根っからのお人好《ひとよ》し限定たい。見下げ果てた悪党まで誰彼構わず救済するほど悪魔も大安売りはしないがの？」

「けどっ、これじゃあ……。やめろこんな逆転劇は誰も望んでない!!」

「ハハッ！　そこでそんな顔してくれるそなただからこそ、悪魔のお姉さんも放っておけずに手を貸したくなる。悪いが表の連中にそこまで魅力はないのう。他人の心配は間違いなく人が自ら発明した最大規模の美徳じゃけんど、弱い者ならみんな心が奇麗とは限らんからの？」

ガラスの砕ける音があった。

悪魔の薄いピンクの尻尾が一本鞭《いっぽんむち》のように空気を引き裂き、空間を横《よこ》に薙《な》いだのだ。

鋭い破片の雨が外側へ膨らみ、ゾッとする勢いで飛び散っていく。

悪魔でさえ悪人は救済しない、と言い切ったボロニイサキュバスは、はるか下の地上で魔女達の身に何が起きているかなんて気《き》に留《と》めてもいないのだろう。

超絶者《ちょうぜつしゃ》は超絶者《ちょうぜつしゃ》。

アリス＝アナザーバイブルの時にも見ていて危なっかしいほどの人助けに巻き込まれたはずだ。あるいはアンナ＝シュプレンゲルが起こした数々の悪行だって、無軌道で気紛《きまぐ》れという意味では共通するかもしれない。つまり本人の性質が善玉か悪玉かの問題ではない。もっと前の段階で、『橋架結社《はしかけけつしゃ》』の超絶者《ちょうぜつしゃ》と接触して共に行動するのであれば善意に基づく気紛れな暴力が飛んでくるリスクをきちんと考えるべきだった!!

ばさりと翼を大きく羽ばたかせ、妖しい肢体が一線を越えて、夜空へ飛び出していく。

「待てよっ、魔女狩り？　おいボロニイサキュバスっ、彼らを止めろッ！　これだけやっておいて逃げる気か、騒ぎを食い止めるスイッチ持ってるのはお前だけなんだ!!」

「はっはっはーッ！　ではこの辺でお別れぞ少年観光客。真面目で爆発しやすいアラディアは予想外のトラブルに弱い、アドリブ利《き》かない娘の鼻っ柱ぶん殴るなら鎧《よろい》の剝がれた今だしの。それでは諸君。超絶者《ちょうぜつしゃ》は同じ超絶者《ちょうぜつしゃ》がケリをつけてやるけん。そなたは安心して若い子達の中で揉《も》みくちゃになって早く学園都市に帰るが良いぞ、分厚い壁で囲まれたあそこまでは渋谷《しぶや》の暴動も届かないだろうからの一☆」

たわ言に振り回されている場合ではない。とっさに上条《かみじょう》は思い切り手を伸ばしたが、

「ダメだ少年っ!!」

後ろから思い切り雲川《くもかわ》に両手で腰を抱かれて後ろに体重をかけられた。

勢いが死に、指先がギリギリで揺れる尻尾の先を摑《つか》み損《そこ》ねる。

ただしとっさのアシストがなければ上条《かみじょう》は勢い余って砕けたウィンドウの縁から地上へ落下していただろう。

ゴッ!! と空気を叩《たた》く重たい音と共に、ボロニイサキュバスは夜空へ消えてしまった。

「くそっ!!」

「とうま!」

雲川《くもかわ》の手で後ろに引き倒された上条《かみじょう》へ、インデックスが声を飛ばしてきた。

どうすれば良い？　と暗に告げている。

決まっている。ボロニイサキュバスにはこれまで散々助けてもらった。冗談抜きに、彼女がいなければ三度目の正直で上条《かみじょう》はアラディアに殺されてそれっきりだっただろう。でも、だからって渋谷《しぶや》の無関係な人々を巻き込んで盾に使い捨てるなんて話は放置できない。

こちらも追うしかない。

魔女達《アラディア》と魔女狩り《ボロニイサキュバス》。

両方を止めなければ、冗談抜きに渋谷《しぶや》は一月一日午前〇時《カウントダウン》を待たずに壊滅してしまう!!

5

最悪だった。

アラディアやボロニイサキュバスを追うには表を移動しなければならないのだが、それだけの人混みの中で誰にも見られずに移動するなんて到底不可能だ。

と上条《かみじょう》は思っていたのだが、

「……あれ？」

非常階段を下りて裏口のドアをそっと開けると、すぐそこまで人でぎゅうぎゅうだった。ただ意外と誰もこっちを見ていない。

「アラディアとやらは、上条当麻《かみじょうとうま》を殺せと命令したかもしれない」

小さく呟《つぶや》いたのは肩のオティヌスだった。

「でもあの女はスマホやデジカメでお前の顔をいちいち撮影していたか？　写真資料なしの口頭命令だけだとしたら、意外とやり過ごせるかもしれないぞ」

上条《かみじょう》の服が乾いていたのも助かった。今は些細《ささい》な悪目立ちも避けたい。

「とはいえ、彼らも文明の利器は使えるけど。年末の三一日ならどこもかしこもスマホで撮影会だっただろう。ＳＮＳの端に映った顔からでも少しずつ特定が進むかもしれない。一〇〇％

の安全はないから気をつけろよ、少年」

というか、だ。

正確には、それどころではない、というのではないか。これは。

「あるるるうううううううううぇぇァあああああああああああああああああ!!」

「きゃあ!?　こいつ、『衣装』引っ張るなっ」

「頑張ってるの、あたしは毎日きちんと頑張ってる！　なのにどうしていつまで経《た》ってもお金が増えないの……？　誰かがっ、きっと誰かが目には見えない所であたしの努力を台なしにしているからだあッッッ!!!!!!」

なんか、勝手にガッツンガッツンやっている。

大きな眼帯にウィンプルや変則ビキニを着ているのは、駅前で見かけた動画サイトのお化けちゃんか？　正直、胸のない子だとアラディアのあの衣装は隙間が多くて、逆に危うい。そいつに両手で摑《つか》んだパイプ椅子を振り回して全身で殴りかかっているのは、そうだあれは確か、日焼けした肌にキャミソールの名前も分からんデリヘルちゃん？？？

なんかたゆんたゆんとは最もかけ離れた太い金属音が連続している。

（……宅配バイトで一回会ってるけど、名前とか電話番号とかのやり取りがなくて良かった。お互い知ってるのは八ケタの使い捨てＩＤだけだしな）

「こいついい加減にっ、ぎゃあ!?」

バヂンっ!! という青白い色の閃光《せんこう》があらぬ方向へ吹き荒れた。

雷? 今のは自前のルーズリーフの束をめくって何かを指先でなぞっていた眼帯お化けちゃんの方が『三倍率の装填《リロードスリータイムス》』で反撃しようとしてしくじったらしい。

……そう、恐ろしいのは魔術を使えるはずの魔女側が何の超常も使えない魔女狩り側に押されている点だ。三倍関係は自滅のリスクも大きい、とボロニイサキュバスが言っていたから扱いにくい術式だし、激しい混乱下、自分の手足も満足に動かせないぎゅうぎゅうの人混みでは魔術の手順を踏むのも大変なのだろうが、それにしたって。

「あくまでもチャンスがあればプラスの超常に手を伸ばしたいくらいの魔女側と、マイナスの不安を打ち消さないと絶対に気が済まない魔女狩り側の違いだな」

上条《かみじょう》の肩にいるオティヌスが半ば呆《あき》れたように騒ぎを眺めていた。

戦争と詐術と魔術の神は言う。

「死が怖い群衆は死を引き離すためなら死を恐れない行動を取る。客観的に見れば完全に矛盾しているが、暴動や戦争の渦中《かちゅう》ではよくある理屈だ。人は、極限を超えると自分の足で地雷を踏んで砲弾や火炎放射器の向かい風に正面から突っ込んでいく。十分な物量さえあればそれはそれで敵陣を崩してしまうんだ。遠足気分の越境作戦じゃない。本当に国が倒れるか否《いな》かの正面衝突においては、当たり前の理性が残っている方が気圧《けお》されて負けるのさ」

「そんな……」

「その感性で正しい。そして戦争は個々人の忍耐や良識ではなく、そういう人の普通だの基準だのをまとめてどうかさせる行いだ。だからそもそもすべきではないんだよ、こんな事」

そしてのんびり見ている場合ではなかった。

展開された地獄は一つではない。

珍しく、インデックスの頭の上に乗ってる三毛猫まで警戒の低い唸《うな》りを発していた。

というのも、

「くそっ、こっちなんか血まみれじゃねえか！」

「少年、これは暴徒達の衝突じゃないけど。さっきの悪魔？　とやらが高所からばら撒《ま》いたガラス片の方だ」

分厚いコートにタイトスカートのスーツを重ねた雲川《くもかわ》が指差した方から、鉄錆《てつさび》の匂いがする。

雑居ビルの根元では複数の少女達が冷たい歩道に転がっていた。やはり魔女側。呻《うめ》き声《ごえ》に鉄《てつ》錆臭《さびくさ》い匂いが混じる。どうやらまともに透明な刃の雨を浴びたらしいが、周りはこの混乱だ。誰も手当てをしようとは考えていないらしい。

とはいえ上条《かみじょう》にできるのは、目立ったガラス片を抜いて適当な布で傷口を縛ってやるくらいしかない。細かい破片の有無すら確かめられないし、たとえ命は救っても肌についた傷痕の方はどうだろう……？　はっきり言える事なんか何もなかった。

「うっ……」

「しゃべるな、血は止まった。ひとまず大丈夫だから！」

「ありがとう……。……後は、上条当麻《かみじょうとうま》を見つければ……」

「っ」

写真などがないためか、この子は目の前の人間が誰か気づいていないらしい。

そもそも彼女達は何をするために集まったのか。もしも魔女達が誰にも邪魔されず順当に行動していたら自分やインデックス達はどうなっていたのか。……というか、雑居ビル周辺にいる誰が上条当麻か判別がつかないなら、アラディアの要求を満たすため高校生くらいの男達へ手当たり次第に魔術の乱射もありえたのでは？

「（少年っ、そろそろまずいけど！）」

「（ダメです先輩、救急車は絶対呼ばないと！）」

「（さっきそこで宅配バイトの話をしている女の子達を見かけたけど。料理の受け渡しは使い捨てIDを使うだけだが、コンビニで換金する際には名前のやり取りをしていたからな。だから早く逃げ……ええい待てっ、このお人好《ひとよ》しバカ!!）」

自身の思考を放棄して超絶者《ちようぜつしや》に帰依《きえ》してしまった、実に一〇万人もの魔女達から今も命を狙われている事実を上条《かみじよう》は首を横に振って頭の中から必死に追い払う。

ボロニイサキュバスのようにはいかない。

悪人だから気にしない、なんて理屈が通るか。

雑に止血だけ済ませると上条《かみじょう》はおじいちゃんスマホで救急車を呼ぼうとするが、緊急回線なのに通話が繋《つな》がらない。普通の呼び出し音が聞こえず、短い電子音が三回くらい続いたと思ったらいきなり途切れてしまう。

「嘘《うそ》だろ一一九だぞ、何でこの回線がパンクしてんだ……？」

「人間、街中がこんな感じになっているからだろ。アラディアとボロニイサキュバス。超絶《ちょうぜつ》者《しゃ》とやらを止めない限り、仮に救急車を呼べたとしてもここまで辿《たど》り着けるか分からんぞ。連中、もう歩道も車道も路駐の車の上まで区別なしみたいだしな」

こうなると、専門家に救護を求めるためにも騒ぎを止めないといけない。

とにかくアラディアとボロニイサキュバスだ。

緊急枠の一一〇や一一九すら通じないという事は、普通のネットなんか論外だろう。

「ＳＮＳが使えない、というのは少年の身元がはっきりするまでの時間を稼げるという意味ではプラスに働くかもしれないけど」

「……、」

「分かった降参するけど。少年、何でも言う事聞くから頼むそんな目で私を見ないでくれ」

今自分はどんな顔をしていたんだろう？　何故《なぜ》かパーフェクト先輩が気まずそうに両手を挙げていた。下から覗《のぞ》き込《こ》んでも目を合わせてくれない。

肩のオティヌスは白い息を吐いて、

「……私と人間は世界を敵に回してデンマークを逃げ回った時など派手に顔をさらしているからな。一般のネットが繋《つな》がらない今なら動画サイトなんかで気軽に見比べられる状況ではないだろうが、それでも記憶力の良いヤツならいきなり特定してくるリスクはあるぞ」

「人間検索は少しずつ狭まってる？」

「むしろバレていないのが不思議なくらいの状況だ」

ただのラッキー、というのは不幸体質の上条《かみじょう》の場合はありえない。むしろここから思わぬ事故に巻き込まれないように気を配るべきだ。

ともあれ、これだとSNS上の目撃騒ぎを書き込みの時間ごとに、常に最新の写真を追って超絶者《ちょうぜつしゃ》どもがいる場所を特定していく……なんて真似《まね》もできそうにない。

「渋谷《しぶや》は広いぞ……。あの二人、どっちに行ったと思う？」

「超絶者《ちょうぜつしゃ》はそこそこ以上の使い手ではあるが、『人払い』などで身を隠す素振りすら見せない馬鹿者だ。素直に騒ぎが大きい方を目指せよ人間。それが最短だ」

「分かったオティヌス。インデックスっ。先輩も早く！」

つまり、暴動の一番危険な場所へ自分から飛び込めと神は仰《おっしゃ》られている。正直、インデックスや雲川《くもかわ》にはどこか頑丈な屋内に避難してもらいたいくらいだが、では具体的にどこなら安全かと聞かれると答えようがない。

身を低くして、騒ぎでごった返す人混みを移動する上条達《かみじょうたち》。間近の掴《つか》み合《あ》いは見ているだけで心臓が縮むが、割り込んで止めようとした手を雲川《くもかわ》に掴《つか》まれた。無言で首を横に振られる。

普通のラーメン屋さんがもう怖い。

こんな騒ぎじゃどこから火の手が上がるか分かったものではない。

写真がないから顔こそバレていないが、実に一〇万人もの魔女達が最優先で狙っているのはアラディアの敵、上条当麻《かみじょうとうま》。対する魔女狩り側だって特に彼を守る理由を持っていない。下手に目立って素性がバレてしまえば、双方の争いが激化して移動もできなくなってしまう。

「(……軽蔑して良いけど。魔女だか何だか知らんが今は下を向いて目立たずやり過ごせっ)」

「(……けど先輩!)」

「(……君の存在が周囲に気づかれて場が大きく動いたら、今君が守ろうとしている個人なんか平気な顔して二つの勢力に踏み潰されるぞ。これは比喩じゃない、本当に生きている人間が足で踏んで潰される。暴動で一番怖いのは得体のしれない超常なんかじゃない、やっている当人さえ自覚のない圧殺だけど!!)」

正直、火事が起きていないのが逆に不思議なくらいの乱闘騒ぎだ。

そんな中、インデックスがぽつりと呟《つぶや》いた。

「……アラディア、か」

「？」

魔女狩り側を刺激する強い言葉なんだからあまり迂闊《うかつ》に口に出してほしくないが、ひとまず彼らは魔女の衣装にだけ劇的に反応しているようだ。(頭の上に三毛猫までのっけた)割と突飛な格好のインデックスは目の前で素通りされている。

つまり、逆に言えば共通のトレードマークだけで味方の判定をしている魔女側からいつ摑《つか》みかかられるか予想できない状態だが。

「とうま、実践魔女《ウイッカ》っていつ頃現れたものだと思う?」

今名前を出すのはやめろっ、とかえって肩の上のオティヌスの方が慌てて止めている。

上条《かみじよう》は眉をひそめて、

「いつって……そりゃ本当に本物の魔女なんだろ。だったら絵本ができるより大昔の話だから」

「違うよ、正解は西暦一九五四年。まあきちんと整えた教本が公開される前からプロトタイプの魔女達はいたかもしれないけど、公式発表年は五四年になっているの」

ギョッとした。

……何だそれは? もう第二次世界大戦も終わっているではないか。『熊の脂肪』を使った膏薬《こうやく》の話では、大戦中にイギリスの魔女達がドイツ軍を押し返すために国家そのものを呪う儀式を行った、という説明だったのに……。

やや呆然《ぼうぜん》としながらも、上条《かみじよう》はこう呟《つぶや》いていた。

「教本、っていうのは?」

「白紙の魔道書『影の書』に自分で学んだ内容を書き込んでいくのが魔女達のやり方なんだけど、きちんとした『原典《オリジン》』まで昇華するのは稀《まれ》だから。そういった独学知識の種子、ガードナーが発表したのも魔女の真実を伝えるという報告書の体裁を取っていたしね」

上条《かみじょう》は絵本や童話にはそれほど詳しくないが、少なくとも魔女の出てくる絵本……例えばシンデレラ、人魚姫、ヘンゼルとグレーテルなんかはもっと昔からあったと思う。

それこそ。

一九五四年といったら、不思議の国のアリスだってすでに出ているはずだ。世界中の人々がそれまでホウキに乗って夜空を飛ぶ魔女のシルエットすら思い浮かべられなかった、なんて話はちょっとイメージできない。

しかし、インデックスはすらすらとこう続けた。転がって倒れたゴミ箱を避け、撒《ま》き散《ち》らされた路上のゴミに興味を持ちそうな三毛猫を頭の上に手を置いて軽く押さえながら、

「つまり十字教発生以前から存在した古代宗教の巫女《みこ》っていうけど、オリジナルじゃない。のちの時代に改めて整えた『復刻版』なの。クロウリーとも交流のあったジェラルド＝ガードナーっていう魔術研究家が古今東西、十字教にねじ曲げられた古代の神話や宗教を掘り返し、魔女が悪者にされる前からあった原文を丁寧に復元させたもの……ってされているんだけど」

「じゃあその改めて？　発掘された『完全版の魔女』が、アラディアだっていうのか？」

「それも違うと思う」

インデックスがきっぱりと否定した。

最先端な渋谷《しぶや》の夜景を否定するように、遠くの方でお神輿《みこし》みたいなものが上下に揺れていた。上条《かみじょう》は何気なく目をやり、正体が一〇人乗りくらいのデカいバンだと分かって息が詰まる。窓には金網、てっぺんでは赤色灯が光っているのを見るに、一般車ではなく年越しカウントダウンの警護に来た警察関係。しかもやっているのは超常を使う魔女側ではなさそう。元々パニックから生じた集団だ、もう魔女狩り側は衣装とかどうでも良くなっている。

上条《かみじょう》の肩にいるオティヌスもそっと白い息を吐いて、

「……ジェラルド＝ガードナーは魔女の復元に際し、いくつか偏りがあるという指摘もある。まあ、この手の懐疑派は同じ魔術サイドの中であっても仲良くできずにとにかく口が悪いものと相場は決まっているのだが、完全な復刻と謳《うた》う割にはガードナー好みの男女の儀式を勝手に追加している、という文句も出たしな。分かるか青少年？　多くの魔女達が集まって夜な夜なこっそり行う男女の儀式だ」

「うっ……」

リアクションに困った上条《かみじょう》が思わず目《め》を逸《そ》らして呻《うめ》いたらオティヌスと雲川《くもかわ》から同時に睨《にら》まれた。赤点、とお年頃な少女達の顔にでっかく書いてある。女の子が自分から振っておいてっ、じゃあ今のは一体何が正解だったというのだ⁉

唯一事態に気づいていない子は自分の顎に人差し指をやって、

「中でも一番大きな話がこれだね。『アラディア、あるいは魔女の福音』」

？

上条《かみじょう》は眉をひそめた。確か本の題名とかいう話で、前にも聞いた言葉の並びだった。もちろんアラディアという名前のインパクトも引っ掛かる。

「正統なイタリアの魔女から取材した伝説の報告書……とされているけど、前にも言った通りアラディアっていう名前の女神はどこの神話にも登場しないんだよ。ルシファーとディアナの娘、なんて大仰な出自も含めて、全部魔女側が取材者の顔色を見ながら即興で組み立てた作り話だったって説が濃厚なの」

「何だそりゃ？　じゃあ何か、根拠はなかったのか？」

「多分」

言ったインデックスの首の後ろを上条《かみじょう》は掌《てのひら》で押さえて身を低くさせる。紙吹雪のようにひらひらとそこらじゅうで舞い、インデックスの頭の上で三毛猫が軽くパンチを繰り出している先にあるものは本物の紙幣だった。一体どこから出てきたのかはわざわざ見たくもない。

そして考え事に没頭しているインデックスは周囲に対して色々と無防備過ぎる。

「だけど問題の報告書を手にしたガードナーは内容を信じて、実践魔女の術式にアラディアの伝説をそのまま組み込んでしまったんだよ。それもかなり根っこの、取り外しできない所で」

「……、」

確か。

世界最大の魔術結社『黄金』の創設経緯にも、アンナ＝シュプレンゲルという文通の中にしか存在しない、捏造《ねつぞう》された女性魔術師が組み込まれていなかったか……？　ウェストコットの自作自演説についてはアンナ本人が出てきたから一度は否定されたはずなのだが、こうなるとどうも雲行きが怪しい。

びびびびびーっ!!　というジュースの自販機かATMと思《おぼ》しき機械的な警報音をインデックスは耳にしながら、

「そういう意味では、アラディアは今となっては『あらゆる魔女達《ウイッカ》の女神』で正解ではあるとは思う。経緯はややこしいけれど、今日では実践魔女《ウイッカ》に関わる者なら誰でもアラディア由来の学説から生じる恩恵は受け取っている訳だし。魔女一人一人が書いたルーズリーフ『影の書』を指でなぞればきちんと魔術は使えるはずなんだよ」

では、アラディア『本人』を名乗っているあの女の意図は何なのだ？　恩恵を受け取るだけならその他大勢の魔女で構わなかったはずなのに。

そもそも全部捏造《ねつぞう》なのか。

あるいはあまりに存在が大き過ぎて、人々の方こそ正しく書き記す事ができなかったのか。

ガカかっ!!　と間近の落雷みたいな勢いで閃光《せんこう》が夜空に解き放たれた。渋谷《しぶや》ＰＥＬＫＯの屋根の辺りが削り取られるように焼き切れていくのがここからでも分かる。実践魔女《ウイッカ》の

『三倍率の装填《リロードスリータイムス》』。だけどやっぱり『暴発』だろう。きちんと制御されていたら、今頃地上で（言っても一般人の暴徒である）魔女狩り側の群衆がまとめてすり潰されている。

きゃあああっ‼　という甲高い悲鳴が群衆の向こうから響いた。

また魔術の暴発だ。

善と悪は自でも他でもない漠然とした『空気』の傾きで裁定されるのだったか。はっきり言って、これはアラディアにしか制御のできない魔術じゃないのか？　当たり前に使える女神が秘儀を配布しているとして、周りが一〇〇％吸収できるかどうかの保証は特にない。

大型のディスカウントストアや百貨店なんかも結構怖い。調理器具や工具系が沸騰した暴徒達に略奪されたら流血のレベルが跳ね上がりかねない。

反射で頭を低くしながら、雲川芹亜《くもかわせりあ》が小さく呟《つぶや》いた。

「……目的地は一番の騒ぎだろう？　もう近いけど」

「何だ？　結局駅の周りを一周回ってスクランブル交差点にでも戻ってきたのか？？？」

この暴動の中では真《ま》っ直《す》ぐ最短コースなんか進めない。転がった車両に、放置自転車を積み上げたバリケードなんかで塞がれた道などを避けて進めば自然と迷走していくものだろうが……果たして本当に偶然だろうか？　そういえば、ボロニイサキュバスが渋谷《しぶや》上空《じょうくう》を逃げ回った時も『一周回って近場に逃げ込む』をやっていたが。

一周回る、囲む、潜る。そこに魔術的な意味があるのか。

もしくは『橋架結社《はしかけけつしや》』の間に広まる共通の認識、つまりは追われている時につい出てくるクセのようなものなのか。

（……アリスのヤツはどうだったっけ？）

学園都市の暗闇をさまよい歩いたあの日。アリスとはいったん別れてもたびたび不自然に向こうから合流してくる事はあった気もするが、ではあの子が具体的にどんなコースを歩いていたか、と聞かれると流石《さすが》にはっきりとしない。

考えるが、答えは出せそうになかった。

『それ』が見えたからだ。

スクランブル交差点の中央。

魔女と魔女狩りの群衆に囲まれている超絶者《ちようぜつしや》二人。

取り囲む群衆。

複数方向から強く浴びせかけられる車のヘッドライト。いくつもの方向へ同時に伸びる影。首都《しゆと》東京全体《とうきようぜんたい》から一つの区を丸ごと切り取るほどの暴徒達で溢《あふ》れ返《かえ》り、逃げ遅れて乗り捨てる羽目になったドーナツ屋台のキッチンカーや真っ赤な消防車の屋根の上にまで人々が上がっているような状況にも拘《かかわ》らず、だ。

いっそ、美しかった。

渋谷全域《しぶやぜんいき》の都市機能すら奪うほどの暴動、その中心点。なのに二人を邪魔する者はおらず、暴徒達から遠巻きに確保されたスクランブル交差点はそういう国際試合のように調和と格式を醸《かも》し出《だ》していたのだ。たった二人で、数十万からそれ以上の人々を威圧して遠ざける。それが現実にできる。

恐るべき魔術でも、同じ人間かと疑うような強靭《きょうじん》さでもない。

あるいはこれこそが『橋架結社《はしかけけっしゃ》』の超絶者《ちょうぜつしゃ》、その本質なのかもしれない。

場《ば》を歪《ゆが》ませる。

空気を丸ごと支配する。

それほどまでの、圧倒的なカリスマ性。善か悪か。法律に反しているかどうかなんて関係ない、彼女達こそが景色を、正義を、世界を構築する真の柱なのだと声高に宣言できる。そんな存在。だからこその超絶。

横目でこちらを確認するアラディア。足元から己の影を一つ伸ばす魔女は甘いお菓子を前にした小さな子供のように目を爛々《らんらん》と輝かせた。妖艶《ようえん》な変則ビキニには似合わない表情だが、事実、超絶者《ちょうぜつしゃ》の彼女にとって上条当麻《かみじょうとうま》などその程度の力関係でしかないのだろう。こちらがどれだけの死力を尽くしても。

だからその言葉も、少年に向けられたものではなかった。

「来たわよ、彼？」

「だの」

薄いピンクの翼を広げるボロニイサキュバスの方は、苦笑だった。ヘッドライトのせいで複数の影を花のように広げる女悪魔は白い息を吐いて、

「……わらわがせっかく騒動の外に逃がしてやったというのに、わざわざ自分から中心の中心まで戻ってくるだなんて、ほんとしょうもない坊やだの。ただ、まあ、だからこそ守ってやりたくなるのかもしれないけど」

「良いのか？」

「ああ。これで良い」

そうして、ボロニイサキュバスとアラディアの二人は同時に動く。

でも、ちょっと待て。

上条当麻《かみじょうとうま》の胸の真ん中で、何か強烈な違和感がごりりと自己主張してくる。今、この二人はなんて言った？　ボロニイサキュバスはアラディアと戦うため、無責任に渋谷《しぶや》の人達を暴徒化した上で勝手に逃げ出した。そのはずだ。それで間違っていない。なのに何か、この構図に強烈な違和感を覚えてしまう。

そもそもだ。

ボロニイサキュバスは最初から一貫して逃げ回っていたはずだ。

アラディアと一対一で勝てるなら、そんな選択肢を選び続ける必要はなかったのでは？

呆気《あっけ》なかった。

これまで分厚く纏《まと》っていた『伝説』が嘘《うそ》のよう。

両者は交差する事さえ許されなかった。ただボロニイサキュバスの体が錐揉《きりも》み状《じょう》に吹っ飛ばされて、アスファルトの上へと叩《たた》きつけられていく。翼も体と地面で挟み、折り曲げてしまう。

実践魔女《ウィッカ》の術式、『三倍率の装填《リロードスリータイムス》』。

しかし上条《かみじょう》は、傍《はた》で見《み》ていたのに具体的に何が起きたか理解できなかった。光も音も、分かりやすいものなんか何もない。やはり本家本元、アラディアが使うと威力が違う。

魔術を使って善行を積めばそれは巡り巡って三倍になって必ず返ってくる。

きっと、アラディアからすれば渋谷《しぶや》をこんな風にして、布教を進め、一〇万人もの魔女達を作り出した事自体が『善なる行動』と判断されるように場を整えていたのだろう。

一〇万人を魔女に変え、その全員が起こした事象。

渋谷《しぶや》の騒乱。

その全てが。

集束され、三倍に膨らんで、ボロニイサキュバスへと一斉に襲いかかったのだ。

「……わたくしには勝てない事くらい、最初から分かっていたはずよ」

掌《てのひら》を向けたまま、アラディアはロングの銀髪を左右に広げてうっすらと嗤《わら》ってすらいた。

これすらも、魔女の世界では善なる正義なのか。

「最適に効率良く生きて繁殖していくための指向性、あらゆる快の信号を激痛に変えて拒否させる『コールドミストレス』。確かにあの暴君アリスを条件や相性で食い止めかねないヤバい力を持っているけど、最初から後悔や憎しみといったネガティブな感情だけで行動すれば貴女《あなた》は『変換のきっかけ』を失うってば。……つまり貴女《あなた》の術式は、快楽や安らぎを求めなければ直接的な致命傷になどなり得ない」

「……、――――」

「なのにそれでもわたくしに正面から勝負を挑むだなんて。悪魔のくせに勝算を無視した神の奇跡にすがるのはダブルスタンダードだけど、ボロニイサキュバス？」

女悪魔は、まともに起き上がる事もできない。

だからきっと、アラディアの唇を塞ぐ事もできなかったのだろう。

真実が暴露された。

「そこの彼は、そんなになるまで守るべき価値のあるものなの？」

「あ」

上条《かみじょう》は、呻《うめ》く。

気づく、べ、き、だっ、た。

確かに渋谷全域《しぶやぜんいき》は大混乱に見舞われた。物は壊され、血も流された。だけど数十万からそれ以上の規模の暴動が起きているのに、不思議と死者は一人も見ていない。何故《なぜ》そうなったのか。

そうなるように指示した存在がいたからだ。

「……浅はかね。どうせ、わたくしと揉《も》めている間に彼を手の届かない場所に雲隠れさせるつもりだったんでしょう？　でもそれも、間抜けな標的自身が真意に気づかずこちらへのこのこやってきた時点で完全に破綻した。貴女は信用されな、か、っ、た。もう諦めるべき間抜けに、曲がりなりにも『橋架結社《はしかけけっしゃ》』の超絶者《ちょうぜつしゃ》ともあろう者が一体何をこだわっていたのやら」

カプセルホテルで高所からガラスを割ったのは、確かに真下の少女達に流血をもたらした。でも、もしもそれがなかったら？　万全で一〇万人が雑居ビルに体当たりした場合、どれだけの人間が押し潰され命を落としていたか。あの流血があったから、誰もが怯《ひる》んでくれたのだ。

「あ、あ」

気づく、べ、き、だっ、た。

ここから先は一人で戦う。そう言って飛び立ったボロニイサキュバスだけど、彼女は本当に無責任だったのか？　もしそうならアラディアと戦ったりしないで、黙って渋谷《しぶや》から離れて安全を確保する事だってできたはずだったのに。
魔女と魔女狩り。一見すれば超絶者《ちょうぜつしゃ》二人は真っ向からぶつかり合って渋谷全域《しぶやぜんいき》をメチャクチャにしているように思えるが、いつでも先に仕掛けているのはアラディア側で、ボロニイサキュバス側はその対応に追われていた。どうやっても主導権を握れない、あれだけの力を持ったアラディアはいつでも『奇襲』を仕掛けてくる。だから、ボロニイサキュバスは窓から飛び立ったのだ。普通に地べたを走る上条達《かみじょうたち》には辿《たど》れない方法を取る事で、彼らを極限の戦闘に巻き込ませないようにするために。

「あああああああ」

本当に、もっと早く気づかなければいけなかった‼

つまり最初から最後までボロニイサキュバスの行動は一貫していた！　理由もないのに上《かみ》条《じょう》を助け、冤罪《えんざい》の発生を許せず、自分の体を投げてでもそうした人達を助けようとしていた‼　ああそうだ、魔女狩りは冤罪《えんざい》という大きなくくりの一部だと言っていたはずだ。そんなのは絶対に許さないと。ならボロニイサキュバスは、アラディアに傅《かしず》く魔女達の命だって守ろうとするに決まっているじゃないか‼‼‼

「ああ‼‼‼」

もう、全力で駆け寄るしかなかった。

ズタボロにされ、自分の足で立つ事もできなくなったボロニイサキュバスの前で身《み》を屈《かが》め、必死に抱き寄せる。

「やだやだ……」

弱々しい声があった。

ボロニイサキュバスの体は異様に冷たかった。何かが抜け落ちていた。

「……坊やには、けふっ、あんまり格好悪い所は見せたくなかったんだがのう」

「そんな訳あるか……」

嚙《か》み締《し》めた。

何もできない。上条《かみじょう》にはこう叫ぶしかなかった。

「これが格好悪い訳あるか!!　ちくしょうがあ!!!!!!」

何かが上条《かみじょう》の衣服に染《し》みて、貫き、少年の地肌を濡《ぬ》らしていく。

ボロニイサキュバスの血だ。

とっさに手を伸ばそうとして、しかし雲川《くもかわ》の手が虚空《こくう》を泳いだ。

「まずいぞ少年、その傷は……」

「ああ、分かってます!!」

溢《あふ》れていて、止まらない。内出血に留《とど》まっていない。明らかにまともな傷ではない。普段からケンカ慣れしている上条《かみじよう》でも、底の見えない事態を前に足がすくんでしまう。このままだったらボロニイサキュバスは本当に命を落とす。

もう、腕の中のボロニイサキュバスは意識がなかった。

放っておいたら命まで。

とっさに、名前が出てこなかった。

だけど最初の最初から、この事件では極めて強大な『名前』がもう一つあったはず。

「っ、そうだ。『旧《ふる》き善《よ》きマリア』!!」

「そこを頼るか、人間……」

「だって他に手はない!!」

上条《かみじよう》はボロニイサキュバスを抱き寄せたまま、夜空に向かって叫んだ。

どこにいるかなんて知らない。

だけど、もう、すがるしかなかった。

「どうせどこかにいるんだろ。こいつを、ボロニイサキュバスを助けてやってくれ!! 頼むよ……っ。アンタは背骨も胴体もぶち抜かれた俺を助けてくれただろ。赤の他人の、『橋架結社《はしかけけつしや》』からしたら厄介事を抱えた俺でも! 今度は敵じゃない、アンタと同じ『橋架結社《はしかけけつしや》』の超絶《ちようぜつ》者《しや》なんだ!! むしろ、そうしない理由はないはずだr

「……無理ですよ」

ふっ、と。

あまりにも唐突に、嘆く上条《かみじょう》のすぐ隣に誰かが立っていた。『あの』オティヌスすら対応に遅れて息《いき》を呑《の》んでいる。

「っ？」

足首まで広がる長い長い金髪に、ゆったりとしたロングのワンピースを着た女性。

特にお腹《なか》の辺りにゆとりを持たせているのは……あるいはそれが、マタニティ系のブランドだからか。雑に体に巻いた太いベルトでは、ガラガラという太い金属音が連鎖していた。まるで鐘の音のようだが、違う。スイス辺りの高級そうな十徳ナイフ、取っ手を畳める携帯鍋、コンロにもなる小さなバーナー、ホットサンドメーカー。どういう意味があるのか、キャンプ系のキッチングッズが互いにぶつかり合っている。……変なアザラシのマスコットがついた刃物のせいで、全体の印象は家庭的というよりは口裂け女のお仲間っぽいが。

大きな帽子の鍔《つば》で目元を隠したまま、ぼそぼそと艶《なま》めかしい唇《くちびる》が蠢《うごめ》く。上条《かみじょう》には肉声と区別はつかないが、これもボロニイサキュバス同様の共通トーンとかいうのだろうか。

「その子は最初に言っていたはずです。ママ様の『復活』は、決して万能ではないと。厳密に言えば、『復活の調合法』はすでに死亡した人間の傷を全て塞ぎ、対象の肉体を心停止ゼロ秒状態まで戻すという退屈でありふれた奇跡です。どれだけ丁寧に肉体を修繕したところで、中身の血が足りなければ心肺蘇生《しんぱいそせい》の条件は成立しません。新鮮な肉の塊が、再びゆっくりと腐敗していくだけなのですから」

意味が分からなかった。

確かにボロニイサキュバスはあちこち怪我《けが》をしている。お腹《なか》に内出血もあった。だけど、胴体を貫かれたり破かれたりした上条《かみじょう》だって『復活』できたのだ。ボロニイサキュバスは、別に噴水みたいに派手な出血をしている訳ではないのに……。

答えを言ったのは、アラディアの方だった。

「仕方がないわ、流石《さすが》にあの即死状態じゃ彼は覚えていないでしょう。忘れたという以前に、正常に記憶を行うだけの余裕と機能がなかったはずよ」

「何だ……？　何を言っている？」

「そうですね。そして彼が知らないのは、この子は意図してあなたには伝えなかったのでしょう。無意味ですが、利のない贅肉《ぜいにく》は思いやりのある選択だとママ様は評価いたします」

「何を知っているんだ!?　テメェら!!」

『旧《ふる》き善《よ》きマリア』の動きはピタリと止まり、アラディアは肩をすくめた。

口火を切ったのは、アラディアの方だった。

ボロニイサキュバスが隠し続けてきた真実を暴露する事自体に、『旧《ふる》き善《よ》きマリア』は沈黙の空気をもって軽く非難しているようだった。

「貴方《あなた》は何度も命を落としている。わたくしの手で、直接胴を破壊されて」

「それが……」

「おかしいと思わなかったの？　胴体がそれだけ大きく破れたら大量の血が失われるわ。『旧《ふる》き善《よ》きマリア』の出番がないよう、わたくしが最初からそう計算して貴方《あなた》を殺したんだから当然よね。なのに何故貴方《なぜあなた》は不自然に『復活』できたのかしら？　それも、二回も続けて」

考え、そして上条《かみじょう》は視線を振った。

下に。

今自分が抱き締めている、異様に冷たい肌の恩人《コールドミストレス》に。

左の肘、その内側に違和感があった。少年がボロニイサキュバスの腕を覆うアームカバーをずらしてみると、小さな針の痕を押さえる特殊な絆創膏《ばんそうこう》が見える。

もう隠せないと思ったのだろう。

『旧《ふる》き善《よ》きマリア』が断言した。

「この子はあなたに輸血をしていた」

「……、」

「あなたを助けるために、足りない分だけ自分の血を消費したのです。一度目は背骨と胃、二回目は肝臓を破裂させる大量出血を、それぞれ補うために」

己の奥歯がメキメキと異様な音を立てる。

憎い。

悔しい。

何が不幸だ、何が超絶者達《ちょうぜつしゃたち》の戦いに巻き込まれただ。本当に死の底まで引きずり込んでいたのは、どっちがどっちを、だったのだ⁉　自分自身の愚かしさを上条当麻《かみじょうとうま》は呪いたい‼

「どうして……」

震えた。

その激情に逆らわず、上条《かみじょう》は強く抱き寄せた女悪魔の耳元で叫んでいた。

「どうして一言も言わなかったんだ、お前ええええッッ‼‼‼」

返事なんて呟《つぶや》き一つなかった。

ただ、瞳を閉じて細い手足を投げ出すボロニイサキュバスの体は弛緩《しかん》していた。もう意識すらない。……限界を超えれば、こうなる体だったのだ。上条《かみじょう》の中では超絶者《ちょうぜつしゃ》の定義は未《いま》だにはっきりしない、ひょっとしたら相手はもう人間とは呼べないのかもしれない。それでも気づいてやらなければならなかった。こんな結果を見過ごしてしまう前に‼

ヒントくらいあったはずだ。

だって究極的に言えばボロニイサキュバス達『橋架結社《はしかけけっしゃ》』の超絶者達《ちょうぜつしゃたち》は死ぬのが怖いから、我を抑えてでもお互いに会議を重ねていって、そんな中、笑顔でいきなり全部ぶっ壊しかねない無軌道なアリスに脅《おび》えていたという話を聞いていたはずなんだから‼

『旧《ふる》き善《よ》きマリア』は告げる。真実を。

「……その分、ボロニイサキュバスの体から血が失われているのは当然でしょう？　故に、ママ様の『復活』はその子には使えません。すでにリミットを超過しています。その子は今まで動けていた方が不思議なくらいなのです」

『旧《ふる》き善《よ》きマリア』は静かに言った。

的確に、そして残酷に。

「でもそれも、ここで終結です。三度目の正直。これで今度こそ、彼女はもう動けません」

いつでもへらへらと笑って、自分の肌を見せてまで少年をからかって。

だけどそれだって、上条当麻《かみじょうとうま》が事態に勘付くのを避けるための、必死の演技だった。

嚙《か》み締《し》める。

恩人、という言葉の意味を強く強く嚙《か》み締《し》める。

最初からボロニイサキュバスには戦う理由なんかなかった。ただただ、本当にアラディアら『橋架結社《はしかけけつしゃ》』の殺害派から命を狙われた上条《かみじょう》にお節介をするためだけにここまでやってきたのだ。黙っていれば縁もゆかりもない見知らぬ少年が即死すると分かって、それだけで。

できないなら諦めてしまえば良かった。上条《かみじょう》が死んだらそこで失敗だったと判断すれば何も起きなかった。勝ち目がなければ切り上げて帰ってしまえば自分だけは助かった。だけど、ボロニイサキュバスは決してそうしなかった。自分の血を分け与え、こんな危険な状況で貴重な復活のチャンスを危機感ゼロの馬鹿野郎のために何度も何度も切り売りして、安全策なんか全部捨てて勝てない戦いに挑んでまで、何の縁もないちっぽけな少年を守り抜こうとした。

あらゆる冤罪《えんざい》を許さない。

咎《とが》なき人が理不尽に苦しめられていく世界に変化をもたらしたい。

本当に。本当の本当に、たったそれだけで。

「……ふざけんなよ……」

何ができる？　殺害派に救出派、『橋架結社《はしかけけっしゃ》』というくくりすら今はどうでも良い。ここまで追い込まれた状況で、上条当麻《かみじょうとうま》は文字通り命の恩人であるボロニイサキュバスのために一体何ができる⁉　そうして、考えて、少年の震えが止まった。

やるべき事。

一点、己の進むべき道を見据えた。

「……『旧《ふる》き善《よ》きマリア』」

「何ですか？」

「血液さえあれば、お前の『復活』はまだ使えるんだな？　失った血さえどうにかなるのなら」

「いいえ」

きっぱりと拒絶された。

なけなしの闘争心をかき集めるための、わずかな可能性さえ。

「悪魔から人間に血を移す事はできても、その逆はできません。血液型を持つ人間では彼女を助ける事はできないでしょう。これは、世界の誰にも不可能です」

……そうだ。普通の血で良《い》いならボロニイサキュバス自身が適当な病院から輸血のキットを拝借して『チャージ』すれば復活のチャンスを取り戻せるのだ。でも彼女はそうしていない。

何をしても助けられない。

もう、命を投げ出して戦う権利すらない。

上条《かみじょう》の目の前が真っ暗になりそうになった、その時だった。

「意外と知識が偏っているというか、先入観から抜け出せないようだけど。超絶者《ちょうぜつしゃ》とやら」

呟《つぶや》いたのは雲川芹亜《くもかわせりあ》だった。

いつでもパーフェクトでいてくれる先輩は、まだ諦めていない。

心をズタボロにされた上条《かみじょう》のために挑み続けてくれているのだ。

「血液型を持つ人間では彼女を助ける事はできない。それなら、血液型のない透明な液体を血管に注入してそこのそいつの血圧を安定させる分にはセーフ、と考えて良いのか？」

大きな帽子の超絶者《ちょうぜつしゃ》は直立したまま音もなく首《くび》を傾《かし》げ、そのまま数秒。

音もなく口元に浮かぶのは、わずかな笑み。『あの』超絶者《ちょうぜつしゃ》が誰かを認めたのだ。

「……なるほど、面白い着眼点です」

「確認するけど。例えば生理食塩水、リンゲル液、鉄分配合溶液、もっと言えば人工血漿《じんこうけっしょう》など、こうした人間に由来しない完全人工物の輸液であれば間に合わせであってもボロニイサキュバスを助ける事はできるのか？　いいか、ここだけは適当に流すなよ。こちらはそこの少年の未来がかかっている‼」

「そのやり方なら、問題はないでしょう。ようは方法に関係なく血圧を安定させ、蘇生可能《そせいかのう》条件《じようけん》さえ持続できればママ様は過不足なく『復活』させてみせます」

「ならそれで決まりだけど。少年、君もだ‼」

少年の背中を掌《てのひら》で一度大きく叩《たた》くと、雲川《くもかわ》はボロニイサキュバスのお腹《なか》の傷とは関係のない太股《ふともも》をその辺の紐《ひも》で縛り始める。高級そうなコートやスーツが赤く汚れようが気にしていない。一体何をしているのかと思ったら、足の先まで回る血液を塞ぐ事で頭や心臓など主要臓器に回る血液を少しでも増やそうとしているらしい。つまり血の総量とは関係なく血圧を上昇させる誤魔化し策の一つ。戦闘機パイロットの耐Gスーツと理屈は同じだ。一歩間違えれば両足の壊《え》死《し》を引き起こしかねないが、雲川《くもかわ》の手つきに迷いはなかった。

だけどそれも、時間を延ばすための間に合わせだ。

根本的な解決にはならない。

『旧《ふる》き善《よ》きマリア』は大きな帽子の鍔《つば》で目線を隠しつつ、決死の作業をちらりと見ながら、

「ただこの騒ぎの中では、通報しても救急車は来られないでしょう。病院の機能自体もパンクしているはずです。自力で病院まで辿《たど》り着《つ》いても医者達は応急手当てを始められません」

「具体的なリミットは」

上条《かみじょう》が短く尋ねると、冷徹なくらい滑らかに答えが返ってくる。

「その子が命を落とす前に、という条件でしたらおそらく二〇分以内に輸液の処置を始めなければ間に合いません」

「分かった……」

救命の条件を誤魔化せ。

運命だろうが神様だろうがすり抜けろ。

もう一度だけ強くボロニイサキュバスを抱き締めると、上条《かみじょう》はそっと力を抜く。

「……先輩、一番近くて大きな病院は？　できれば緊急外来を受け入れる総合病院が良い」

「今から検索して探す。通話やSNSなんかは軒並みパンク状態だけど、GPSサービスはまた区分が違うようだからな。学園都市の衛星が使えるキャリアで助かったけど」

「インデックス……。先輩と協力してこの宇宙レベルの極限バカを運んでやってくれ、頼む。救急車を待つよりそっちの方が早そうだ」

「良いけど、とうまは？」

それは質問ではない。もう分かっているような口振りだった。

二〇分以内に暴動が治まって渋谷全体《しぶやぜんたい》が正常化しなければ、ボロニイサキュバスの処置は始められない。その場合、彼女の心臓は止まって本当にそれっきりだ。

でも、逆に言えば。

たった二〇分で渋谷全域《しぶやぜんいき》に広がる暴動を止める事ができれば、今からでも。

「『旧《ふる》き善《よ》きマリア』」

「……良《い》いのですか、ママ様が向こうに行っても？　『橋架結社《はしかけけつしや》』の超絶者同士《ちようぜつしやどうし》。透明な器の中に小さな宇宙を創りあらゆる調合法を駆使するママ様と、夜と月に祝福された太古の森の魔女術を極めたアラディアを衝突させれば、まだ順当で現実的な勝算も見えてくるはずですが」

「そっちこそ。思わせぶりに出てきてここまでデカい口利《き》いておいて、今さらやっぱり助けられませんでしたは通用しねえぞ……」

大きな帽子で目元を隠す女性は、しかし何かを見定め、少年を吟味しているようだった。

ありふれた、何の変哲もない、どこにでもいる高校生の覚悟と決意を。

そして『旧《ふる》き善《よ》きマリア』は小さく頷《うなず》いてくれた。

互いに余計な無駄口は不要だ。

「お任せを」

「なら、こっちも任せろ」

大切な人を、そっと預ける。

ざりっ‼ と。そして上条当麻《かみじようとうま》は靴底で路面を擦《こす》り、己の敵と向かい合った。

スクランブル交差点、その中央。

いつでも攻撃を加えられたはずなのに、その超絶者《ちようぜつしや》は成り行きを見守っていた。元よりアラディアの標的は上条当麻《かみじようとうま》だけだ。ボロニイサキュバスと対立したのは予想外だったはずだし、殺害派と救出派で一時的に衝突しているとはいっても『橋架結社《はしかけけつしや》』同士、助かるならそちらの方がありがたいのだろう。だからここから離脱していくボロニイサキュバスや雲川達《くもかわたち》へわざわざ追撃はしないはずだ。善悪や人格的な話とは関係なく、単純にやる意味がない。

だけど一方で、魔女達の暴動は停止させない。

アラディアの優先順位は、仲間の『救出』よりも危険分子の『殺害』だ。

それが。

どうしても、上条当麻《かみじようとうま》には許せない。

右の拳は痛いほどに握り締められていた。そうすべき理由が目の前にあった。

進め。

踏み出せ、こちらから。一歩でも前に。

「……アラディア、夜と月を支配する魔女達の女神。『橋架結社《はしかけけつしや》』の超絶者《ちようぜつしや》」

「話は決まった？」

「だが二〇分で幻想《テメエ》を丸ごと全部ぶっ殺す。二〇分だ。渋谷《しぶや》を埋め尽くす魔女達の騒ぎは、この二〇分で完全に決定的に終わらせてやる‼‼‼」

行間　二

紅蓮《ぐれん》の炎《ほのお》が夜空を焼き焦がしていた。

呼吸をするたびに肺の奥まで潜り込んでくる黒い煤《すす》は、それだけで寿命を削りにかかる。

迷信の残る森の奥だった。

焼き尽くされていた。小さなログハウスも、脇に付け足したガレージも、これで寒い冬も安心だと笑って自慢していた薪の置き場も。

この小さな老婆が何をしたのだろう。

あるいは、森に生きる者として小鳥を手懐《てなず》ける術《すべ》を知っていたから？　あるいは、窓辺に留まる黒猫が不憫《ふびん》で追い払う事ができなかったから？　あるいは、人里離れて一人でひっそりと暮らしていたから？　あるいは、ずっと前から生きてきたから語って聞かせる昔話に事欠かなかったから？

それらの、どれとどれを組み合わせたら。

得体のしれない伝染病が蔓延《まんえん》したのはこいつのせいだ、なんていう結論に結びつけられるのだ。

「もう、いい……」

ぽろぽろと、崩れていく。

抱き寄せた端から黒いものがこぼれていく。

ひび割れた唇からこぼれるのは、美しく、尊く、そして諦めに満ちた言葉。

臆する事なく巨大な十字架を掲げる者達は、世界の片隅でこんな事が起きている事など知らないだろう。二〇億人以上も信徒がいるのだから、その一％が暴走したくらいで全部の責任を押しつけられては困ると迷惑がるだろう。

でも、起きている。

現実にこうなって、そして、起きてしまった問題は『数字の計上から除外するべき、ほんの小さな誤差』として常に切り捨てられている。

どこに目や口がついているのかも分からないくらい炭化してしまった命は、それでも最後の力を振り絞ってこう囁《ささや》いていた。

「だからお願い、次の人は……きちんと助けてあげて」

黒い木々のカーテン。そこからわずか五〇メートルも進まない内に見えてくるハイウェイ。車で移動するドライバーに向けて、巨大な広告看板が立っていた。

そこには確かにこうあった。

『グラップルの最新スマホ・ミリフォン15ハイエンド。この秋いよいよデビューです!!』

……ああ、なくしてみせるとも。

見知らぬ亡骸《なきがら》を抱き寄せて、髪も頬も黒い煤《すす》だらけになって。夜と月を支配する魔女達の女神は吼《ほ》える。

まだ自分の役割は終わっていない。

『こんな時代』になっても世界なんか何も変わらない。

誰かが明確に変えようと思わない限り、漠然となんか変わってくれない。

すでに魔女達の時代は終わったのだから救済のメカニズムも撤廃して良いだろう。そんな話にはならない。

だからアラディアは今も世界にわだかまる本当の矛盾と理不尽に向かって吼《ほ》えるのだ。

絶対に、あらゆる魔女を救ってみせるとも。

ただの魔女ではない。
そういう女神になると、己の胸に誓ったのだから。

第四章　ただの人間で何が悪い　Save_the_Stray_Devil.

1

二〇分。

あと二〇分で超絶者《ちようぜつしや》アラディアを倒して渋谷《しぶや》を解放しなければ、ボロニイサキュバスは病院に辿《たど》り着《つ》いても助からない。

逆に言えば。上条当麻《かみじようとうま》がここで終わらせられれば、まだ。

逃げ遅れて乗り捨てるしかなくなったドーナツ屋台のキッチンカーや真っ赤な消防車の屋根の上にまで暴徒達が身を乗り上げている、そんなスクランブル交差点のど真ん中で、だ。

「善き行いは善き結果を返す、それも三重に重ねて」

一つしかない影を引きずり、魔女達の女神が嗤《わら》う。

ロングの銀髪と巨大なウィンプルが左右に大きく広がっていく。

くるりと、こちらに向けた人差し指を一周軽く回して、

「ボロニイサキュバスの撃破、それは渋谷《しぶや》を魔女狩りの暴徒達から解放するための善行とみなされる。故に『三倍率の装填《リロードスリータイムス》』はわたくしに益をもたらす形で発動するわ。さあ浴びるように思う存分喰《く》らえ、元凶。三つに束ねた善なる魔術を!!」

ゴンッッッ!!!!!! という爆音が発生した。

アラディアの手の先から放たれた莫大《ばくだい》な閃光《せんこう》……ではない。

真正面から。

上条当麻《かみじようとうま》の右拳がその一撃を吹き飛ばした破壊音だった。

「……ボロニイサキュバスが傷ついて倒れた方が良かった、だって？」

むしろ、確信があった。

己の拳を前に突き出しながら、具体的な戦略とは別の次元で上条《かみじよう》は吼《ほ》えていた。

「そんなくそったれの幻想、即座にぶっ殺すに決まってんだろうがッッ!!!!!!」

これが合図となった。

むしろ上条《かみじよう》の方から前に体重を傾け、一気に走り出す。

スクランブル交差点を囲むように、老若男女《ろうにやくなんによ》が溢《あふ》れていた。本来なら上条《かみじよう》なんて一〇万人の魔女達に押し潰されて死んでいたはずだ。その過程で多くの魔女達も巻き添えになったはずだ。

でも、そうなっていない。

瀕死《ひんし》になって、あんなに体が冷たくなって、自分の足で立てなくなっても。

まだ、ボロニイサキュバスは渋谷全域《しぶやぜんいき》に展開した微弱な『コールドミストレス』を解いていない。魔女狩り側の人達が魔女を押さえてくれるから、上条当麻《かみじょうとうま》は自由に動ける。今この瞬間だけ、何かの奇跡のように。

脅《おび》えている暇があったら、戦え。

報いろ。

本当の本当に初対面だったはずだ。こっちの人間性なんか何も知らなかったはずだ。なのに何の罪もないと言ってくれた人の信頼に応えて、力に変えろ！　それは手前勝手な理屈で善だの悪だのころころ切り替える魔女の甘言よりも、はるかに大きな結果をもたらすはずだ!!

「おおアッ!!」

懐《ふところ》まで、踏み込む。

アラディアはしなやかな右手をよそに振った。ピッ、と二本の指で摘《つま》んだのは夜風に舞う菓子パンの空き袋だ。つまりはゴミ拾いという名の目に見える善行。魔女達の女神からすれば、自分の足で一歩後ろへ下がるよりも先に、いったんは断ち切られた『装填』の連鎖を再び仕込もうとしたのだろう。

そうすべきと、こちらから行動を促すに至った。

アラディアは飛び道具を自在に使う。しかもボロニイサキュバスの話では魔女達の女神は空中戦も得意だという。それならヤツが変幻自在の手札を広げる前に拳の射程内まで飛び込めた事は、掛け値なしの千載一遇なはずだ。

上条《かみじょう》が整えた状況じゃない。これもやはり、ボロニイサキュバスのお膳立て。

そもそもどちらも自由に飛べる超絶者《ちょうぜつしゃ》二人が誰でも辿《たど》り着《つ》けるスクランブル交差点で睨《にら》み合《あ》っていた事自体、おそらく双方共にある程度のダメージを蓄積させていたからだ。

無駄にはしない。

絶対に。

上条当麻《かみじょうとうま》にできるのは、この拳をヤツの顔面へ思い切り叩《たた》き込《こ》む事だけだ‼

「風を」

「い、」

「ッ⁉」

パンッ‼　という乾いた音と共に拳の軌道が逸《そ》れる。

アラディアは指を二本、唇に当てていた。笛か何かのように。爆発に似た暴風を生み出す魔術は前に見ている。

しかし一方で、

幻想殺し《イマジンブレイカー》は確かにあらゆる魔術を打ち砕く。

（こいつ……）

膨大な数で圧殺してくる事態はあった。

オティヌスのように打ち消しの限界を超えて右腕をへし折りにかかる魔術だって。

でもこれは違う。あくまでも、ルーズリーフの束に自前の知識を溜《た》め込《こ》む配下の魔女達にもできるレベルの技術で、だ。

(……打ち消される事『すら』利用して、俺の拳のねじ曲げに使ってきた⁉)

まるで分厚い水槽越しに撃った弾丸の軌道が不規則に逸《そ》れていくように、であった。自ら砕かれていく事で、ほんのわずかに上条《かみじょう》の拳が揺らいでしまう。

しかもここで終わらない。

「『衝突』は回避された」

振り抜いた拳のすぐ横、己の手首よりも近くまですり寄ったアラディアはそっと上条《かみじょう》の胸板に掌《てのひら》を添えて、

「わたくしって優しいわね？　じゃあこの善行をもって三倍で返すよ」

「ッ⁉」

ドンッッッ‼‼‼　と。単純に衝突時のエネルギーの三倍。上条《かみじょう》の拳をはるかに凌駕《りょうが》する衝撃が、上条当麻《かみじょうとうま》の全身を骨格レベルで砕きにかかる。

とっさに、だった。

身をひねって直撃だけは避ける。風になびいた上着が鉛の砲弾でも浴びたように引き千切られる。まともに喰《く》らったら肋骨《ろっこつ》なんか全部ぐしゃぐしゃになって内臓に突き刺さったはずだ。

しかし、

「終わらないわ」

「この野郎……ッ!!」

『衝突』は回避された。ふふっ、善行なんて同じ事の繰り返しでも持《も》て囃《はや》されるってば。当たっても、外しても、わたくしの『三倍率の装填《リロードスリータイムス》』にはプラスの連鎖が働いてくれるの」

直撃すれば致命傷レベル。

しかも外したら外したで、三倍の三倍の三倍の……と延々リスクが跳ね上がっていく。たった一回、夜風に舞う菓子パンの空き袋を拾うのを許してしまっただけでこの猛威だ。

生き残るための方法は一つ。

「なら雪球が膨らむ流れを断ち切る!!」

「だと思った」

心を読まれたような一言だった。

ぎくりと体を強張《こわば》らせる暇すらなかった。上条《かみじょう》はすでに拳を振り始めている。

アラディアは、むしろ緩やかに両手を広げて目の前の敵を迎え入れていた。そのまま彼女は裸足《はだし》の指先で軽く地面《じめん》を叩《たた》いていた。

まるで見えない風船でも潰して割るような動き。

ばんっっっ!!!!!!と。爆弾でも炸裂《さくれつ》したようだった。アラディアを中心として三六〇度、全方位へ分厚い風の壁が広がっていく。

対処はできない。アラディアを中心にしてドーナツ状に展開される衝撃波に触れ、不可視のボディブローに上条《かみじょう》の体がくの字に折れる。呼吸が詰まると同時に、そのまま真後ろへ数メートルもノーバウンドで吹き飛ばされた。誘導されたとはいえ、上条《かみじょう》は自らの全体重をかけて前のめりに殴りかかっていたにも拘《かかわ》らず、だ。

「かはっ、がうば!! あがはあ⁉」

硬く冷たい横断歩道から起き上がれない。

詰まった呼吸を何とかするのに精一杯な上条《かみじょう》の耳に、妖しい声が滑り込んできた。

「威力の総量自体は確実に三倍化が進んでいるはずなんだけど、ヤバいわね。一点集中ではなく均等にばら撒《ま》くと、かえって個々の殺傷力は減じてしまう感じ？」

はっ、はっ……と上条《かみじょう》の浅い息が続く。

いい加減に、アラディアが何を言いたいのかが分かってきたからだ。

夜と月を支配する魔女達の女神は細い顎にやった指先を離すと、緩やかに両手を広げ、ひび割れたスクランブル交差点の中心でうっすらと嗤《わら》っていた。

夜景にぼやけた月明かりの下で、そのまま言った。

「……でも一撃で無慈悲に殺さなかったわたくしってつまり優しい魔女よね？ じゃあこの善

行をもって、三倍で返すわ」

2

どこもかしこもひどい騒ぎだった。

おざなりにハンカチを押し当てて止血の真似事《まねごと》をしても血が止まらない女、ボロニイサキュバスを雲川芹亜《くもかわせりあ》とインデックスの二人がかりで抱えていても風景から浮かないくらいには、どこもかしこも暴力が溢《あふ》れている。

(ああもう。血圧が不安定な状況だと、こういう、地球の重力で両足側に血《ち》が溜《た》まるような体勢にするのも問題なんだが……)

「う」

背中で呻《うめ》き声《ごえ》があった。

ボロニイサキュバス。だが意識が戻った訳ではないのだろう、その唇からこぼれたのはあくまでもうわ言だ。壊れた傘のようにピンク色の翼を左右非対称で半開きにしている瀕死《ひんし》の女悪魔は、生死の境で特濃の悪夢でも見ているようだった。

そう。こんな時まで、だ。

奇妙に己の声を崩しながら、

「……早く逃げろ、坊や……。キキキキュル。っづ、アラディアのヤツが、来るからの……」

（くそっ。どうあっても助けるしかないけど、これは!!）

雲川《くもかわ》は怪我人《けがにん》を背負ったまま手の先だけでスマホを操り、

「ええい、緊急外来ありの総合病院なんて簡単に言ってくれるが近場だとどこだ……？」

「あれは？　セントロイド総合病院って矢印看板があるんだよ！」

「遠すぎるけど！　スクランブル交差点から一キロあるかないかって感じだが、普段とは勝手が違うんだ。この暴動の中だと一〇〇メートル進むのにどれだけかかると思っている!?」

どああ!!　とスタジアム球場のような怒号の洪水が飛んできた。

近い。

ぐったりしたボロニイサキュバスを背負ったまま体を小さくして、分厚いコートに女教師風のタイトスカートのスーツを重ね着した雲川《くもかわ》は手元のスマホに目をやって舌打ちした。

「……駅の反対側は丸ごと人で呑《の》まれたな。あっち側には十字架マーク系の大きな病院があったはずなんだけど」

「眼科、皮膚科……」

「後は歯医者か？　その程度だと輸血代わりの薬液が大量にあるとは思えないけど。くそ、地図アプリのアイコン表示でも、雑居ビルの一室程度の診療所は除外した方が良いか？」

言い合う二人の傍《そば》に寄り添いながら、マタニティなロングワンピースと大きな帽子の女はそっと言葉を差し込んだ。

「あれを」

「っ？」

反応したのはインデックスではなく雲川《くもかわ》だ。

クラブ関係の毒々しいネオン看板、そのすぐ下。

路上に救急車が放置されていた。運転席、助手席はもちろん後部のドアまで真上に大きく開け放たれている。誰もいなかった。急患すらいないのなら、おそらく『行き』の途中で車道側にまで溢《あふ》れた暴徒達に囲まれて救急車を乗り捨てなければならなかったのだろう。

後ろからボロニイサキュバスを支えつつ、頭に三毛猫をのっけたままインデックスはパッと顔を明るくして、

「救急車知ってる！　あの車なら怪我人《けがにん》を手当てする道具があるかもしれないんだよ！」

「どうだかな……。どうにも、そういう匂いがしないけど」

怪しみながらも、おんぶをしたまま雲川《くもかわ》は救急車に近づいていく。

「ゆえきー？　はなさそうなんだよ……」

「生理食塩水やリンゲル液は……ないな。傷口を洗うのは消毒液だけか。くそっ、普通の輸血じゃ逆に役に立たないんだけど、こいつの場合」

運転手も救急隊員もいないのは、それだけ危険が迫っていたのだろう。運転席のドアは開い

たままで、グローブボックスも不自然に開いている。

「……救急車の登録証から車載無線から色々引っこ抜かれているな」

まずは一通り調べてぶつぶつ呟《つぶや》きながら、雲川芹亜《くもかわせりあ》はあさっての方向を見た。

そしてにたりと笑う。

「ただ、これは案外チャンスかも」

「？」

雲川《くもかわ》の先導で全員が向かったのは、近くにあるコインパーキングだった。おそらく駐車スペースを確保できないクラブ関係が占有してしまっているのだろう、車中泊上等で寝袋を放り込んだ四角い軽自動車や音響設備満載の四駆ばっかりだ。そんな中、不自然なくらい巨大なトレーラーがある。後ろのコンテナまで回ると、雲川《くもかわ》は小さな声で『旧《ふる》き善《よ》きマリア』へ提案する。

「(……『お前達』が何をやっているか具体的な話は知らないけど。ただ一つ、結論としてこういう事ができるかどうかの話だけしたい)」

「何か？」

「(中に二人。戦闘ができるなら扉の向こうを制圧しろ、頼む)」

一秒も必要なかった。

ぼーっと立っている『旧《ふる》き善《よ》きマリア』が何をしたかも不明のまま。見た目武器っぽい、太いベルトで提げたキャンプ系キッチングッズに触れたりもしない。

ただいきなり細長いコンテナの中からド派手な爆発音が数回響いたと思ったら、金属製の両開きの扉がくの字に折れて片方こちら側へ回転しながら吹っ飛んできた。慌てて雲川《くもかわ》とインデックスは左右に回避する。千切れた鉄扉は向かいに停《と》めてある乗用車のボンネットに深々と突き刺さり、車両盗難防止ブザーがそこらじゅうに撒《ま》き散《ち》らされる。

一人、直立したまま『旧《ふる》き善《よ》きマリア』は大きな帽子ごと首だけ小さく傾《かし》げて、

「終わりましたが？」

「私が悪かったッ！　確かに、静かに制圧しろって言いそびれたけど。でもこれくらいは察してほしかった‼」

「ここはなに？」

インデックスが中を覗《のぞ》き込《こ》む。首《くび》を傾《かし》げたから頭の三毛猫が落ちそうになって慌てている。

コンテナ内部では、白衣を着た男とセクシー看護師ちゃんが倒れたまま動かない。中では明らかに何かとんでもない事が起きたはずなのに、不思議と標的以外の調度品は一切傷がなかった。

当然ながら、コートも靴も脱がない。コンテナへ身を乗り上げた雲川《くもかわ》は倒れた男をまたごうとして、自分がスカートであるのを思い出して脇に避けつつ土足で奥へ。壁も天井も分厚いビニールシートで覆われ、コンテナの中心には歯医者さんみたいな可動式の椅子が置いてある。

そしてその周りに展開されているのは、数々の医療機器。

雲川《くもかわ》は半ば呆《あき》れつつも、

「……おそらく闇医者の巣だ。救急車の車載無線は警察消防関係の特別仕様。あるいは、電話が通じないこの状況で警察辺りに助けを求めたくて持っていく輩《やから》もいるかもな。だが救急車の登録証は使い道がない。偽造用のお手本以外にわざわざこいつを持っていく理由なんかないだろ、価値の分かる人間が近くにいると思ったけど」

「やみいしゃ。何でこのとれーらって分かったの？　あちこちいっぱい建物はあるのに」

「こういう裏社会丸出しのアングラ連中は大体みんな金属コンテナが好きだから。学園都市にも色々あったぞ、コンテナラボや住居。『暗部』のお仕事ジャンキーどもにとってはプライベートとの区別なんてなかったかもしれないけど」

雲川《くもかわ》は呆《あき》れたように肩をすくめてから、本題に入る。

「とにかく拒絶反応が出なければ何でも良い、輸液に使えるキットはどこだ？　ここにあるのは外科系だ。接骨、指紋潰しに顔面整形、逃亡犯相手に虫歯や盲腸まで担当するなら、傷口を洗浄するためにも絶対に確保してあるはずなんだけど」

『旧《ふる》き善《よ》きマリア』が直立したままコメントしてきた。

淡々と、でもなんかフレンドリーに。

「急がなくても構いませんよ。時間よりも確実な準備や作業の方が優先です、血圧の条件さえ満たされるのであれば一定期間内の死体に輸液してもママ様の『復活』の条件は満たされますし。何ならボロニイサキュバスについてはいったん死亡の確認を取ってからで

「ちょっと黙れお前」

「……、」

本当に黙った。

人をおちょくっているというか、これもまた優越の表れかもしれないが、意外と律儀《りちぎ》に言う事を聞いてくれる超絶者《ちょうぜつしゃ》だ。そういうリアクションされるとこっちが悪者みたいになるではないか、と雲川《くもかわ》はちょっとだけ居心地が悪くなる。

可動式の椅子を限界まで寝かせてからボロニイサキュバスを安置すると、雲川《くもかわ》は壁際《かべぎわ》へ向かった。冷蔵庫を開けると、液体の入った分厚いビニールパックがいくつも並んでいる。

「あったあった」

「？？？　それがゆえきー？　全然赤くないんだけど」

「血じゃなくても良い。厳密に言えば失血性ショックは血圧の急激な変化によって引き起こされる現象だけど。もちろん、酸素や栄養の運搬もできる成分があった方がありがたいが」

雲川《くもかわ》は半透明で、やや黄色がかった液体の入ったパックを取り出す。在庫が一個しかないのはやはり適当な闇医者だからか。二四時間体制で急患に備える総合病院のようにはいかない。

「鉄分配合溶液。極端な血圧低下を防ぐだけなら拒絶反応を起こさない液体は全部使えるけど。そこのそいつ、肘の静脈を探すぞ。とにかく肌をエタノールで拭いたらすぐn

パン!! と。

火薬の破裂音と共に雲川芹亜《くもかわせりあ》の言葉が途切れた。

闇医者の拳銃だった。

雲川《くもかわ》は顔の右半分を掌《てのひら》で押さえ、あらん限りの力で叫ぶ。

「『旧《ふる》き善《よ》きマリア』! ちゃんとやれッ!!」

「はあ(……ちゃんと制圧はしたのになー。紛らわしいのです、殺してほしいならママ様にきっちり殺せとおねだりしてくだされぼよろしいものを)」

「早くっ、あと絶対殺すな!!」

水っぽい音が炸裂《さくれつ》し、プラスチック系の拳銃が砕け、床から起き上がろうとする無駄な抵抗が終わった。呻《うめ》き声《ごえ》はあるから闇医者は一応生きている……ようだ。人体がねじれているというか、半端《はんぱ》にスリッパで叩《たた》かれて死ぬに死ねない悲惨なゴキブリっぽくなっている気もするが。

(……まったく、マリアって名前のヤツは大体みんなトラブルメーカーばっかりなのか? うちの妹もアドリブばっかりというか割と色々度外視な女だけど)

インデックスは雲川《くもかわ》が片手で覆った顔を見て、

「だっ、大丈夫なの、それ?」

「ああ。飛び散ったのは私の脳みそじゃなくて手元のパッケージだけど」

だが雲川《くもかわ》の表情は優れない。液体の詰まったパックを吹き飛ばされてしまったので、結局治療はできそうにない。食塩、鉄分、電解質なんかを詰めた溶液なら台所用品でも作れるが、それが血管に入れても大丈夫なレベルで殺菌消毒できるかと言われたらかなり怪しい。

つまり、どこかから代わりを調達してくる必要がある。

きちんと密封され品質保証されたプロ仕様を。

「くそっ、結局はまともな医療施設を頼るしかないか。ここから一番近くの病院は、ああもう、画面に液体がくっつく！　ええと」

「セントロイド総合病院より近場でなんだよ」

分かってる、と雲川《くもかわ》は呟《つぶや》く。

他には十字架マーク系の大きな病院があるのだが、そちらでは大規模な暴動騒ぎがあったはずだ。怪我人《けがにん》を背負ったまま正面突破はできないだろう。

「……急激な血圧低下を抑えて命を救える機材一式がありそうなのはここだけど」

「？」

横から画面を覗《のぞ》き込《こ》んだインデックスはそのまま首をひねっていた。気持ちは分からなくもないが、今頼れそうなのは『ここ』しかない。

サービスについてはそれこそピンキリ。下手したら日焼けサロンに毛が生えた程度のものでしかないかもしれない。だが渋谷《しぶや》の駅前なら、あるいは牛丼屋より多く展開している施設だ。

問題はこの暴動下で開いているかどうかだ。最悪、ガラスのドアくらいなら打撃で破ってしまっても構わないが、それで従業員といらないトラブルを起こすのもアレだし。

雲川《くもかわ》はチラリと超絶者《ちょうぜつしゃ》に目をやって、

(……大変便利なチート系とはいえ、あまりこいつに頼り過ぎるのもな。拳銃まで持ってる胡散臭《うさんくさ》い闇医者と違って善良な人々はできればこんな風にぴくぴくさせたくないし)

「何か?」

「何でもないけど」

「(……ママ様はちゃんと言われた通りに死なせなかったのにな｜。約束を守ってそんな化け物を見る系の目を向けられるのは流石《さすが》に心外なのです、化け物とか)」

「反抗期の娘に構ってほしい寂しがり屋なのか全世界レベルで謎のママキャラ。今はとにかく試せる手は全部試そう。ここは渋谷《しぶや》だぞ、それも年末の三一日。暴動さえ治まればどこのビルだって扉は開けてくれるはずだけど」

いじけたように三毛猫のおでこを指先でつついて癒やしを求める超絶者《ちょうぜつしゃ》に言って、雲川《くもかわ》がもう一度ボロニイサキュバスを背負った時だった。

ふと彼女が言った。

「……そういえば、あの小さいのはどこだ?」

3

スピンした。

閃光《せんこう》は身をひねって避けたはずなのに、服の端に何か引っ掛けた。

ド派手な閃光《せんこう》と共に上条《かみじょう》の体が空中を舞い、アスファルトの上に叩《たた》きつけられる。そのまま何度もスクランブル交差点の路面を転がって、暴徒達の中に取り残されていたドーナツ屋台のキッチンカー、その側面に背中から思い切りぶつかる。

「があっ!!」

それでもオティヌスが上条《かみじょう》の耳を引っ張ってタイミングを教えてくれなければ、回避もままならなかっただろう。だが衣服の端をわずかに引っかけただけでこの大惨事。腰にねじれたような鈍い痛みがあり、起き上がろうとしても右足がびくびく痙攣《けいれん》するだけで応答してくれない。

「人間!!」

「だりっ、だいじょう……がうあっ……」

ぱんっ、と少し離れた場所で軽い音があった。

アラディアは形の良い胸の前で両手の掌《てのひら》を合わせていた。もちろん何か意味のある動きなのだろう、魔術的に見れば。

「貴方《あなた》は無事に生き延びた、わたくしの決断によって。これって素晴らしい善行よね？」

「……、」

超絶者《ちょうぜつしゃ》アラディア。隙が見えない。すでに小さな雪球は、致命的なレベルまで膨らんでしまったのか？　雪山の麓《ふもと》で待ち構えたところで、どう考えても押さえ込めない規模にまで。

長い銀髪と大きなウィンプルを夜風になびかせ、魔女達の女神が歌う。

「ならば世界よ、位相と位相が生み出す火花の瞬《また》きよ。この善行を三倍にして恩恵をいただきましょうか。善き魔女に害されるいわれはないのだから」

「人間」

と、その時だった。

あれだけのスピンでも上条《かみじょう》の衣服にしがみついていたオティヌスが、耳元で囁《ささや》いてきた。

魔術と戦争と詐術の神が。

「……魔道書図書館の言葉を思い出せ」

「？」

「実践魔女《ウィッカ》の『三倍率の装填《リロードスリータイムス》』。まあやり方次第ではいきなり個人で魔術サイド全体くらいは圧倒しかねん術式だが、アラディアの超常は言葉の魔術じゃない。魔道書図書館は言っていたはずだぞ。あらゆる魔女の術式は植物や鉱石から抽出した天然の『薬品』を起点としていて、治癒、占術、飛翔《ひしょう》、豊穣《ほうじょう》、暗殺、魔女が振るうあらゆる超常はそこからの応用に過ぎないと」

「ちょっと待った……」

「シナモン、ガーリック、バニラ、ジンジャー、カカオ、ラベンダー……。魔女が扱う薬草だからといって、必ずしも得体の知れない毒薬ばかりじゃない。それは案外身近にあって、だからこそ人間、我々は目の前にあるモノを見過ごしている可能性がある」

だとすると屁理屈《へりくつ》的な善悪の判定だけじゃない。もっと具体的な、占い師の水晶球とか、魔女のホウキとか、魔術を使うための専門の道具……つまりは霊装が存在する？　そう、アラディアだって自分の口から隠しもしないで散々言っていたではないか。三倍率の『装塡』と。つまり、弾丸を込めて使うための『武器本体』は別にあるという事か⁉

ギュン‼　と上条《かみじょう》の頭の一点に血が集まる。

幻想殺し《イマジンブレイカー》の正しい矛先は一体どこだ？

金属の車体に体を預けて満足に起き上がる事もできないまま、それでも必死に観察する。アラディアの霊装は具体的に何だ。足首まである大きなウィンプル？　キンキンとうるさい純金の留め具？　おへそ丸出しの変則ビキニ？　足まわりは裸足《はだし》だからひとまず除外として……と

そこまで視線をさまよわせた時、アラディア側に動きがあった。

「さあ」

形の良い胸の前で合わせていた掌《てのひら》と掌《てのひら》を、ゆっくりと離しただけ。

だけどたった一センチの隙間を埋めるように、目を潰すほどの閃光《せんこう》が内包される。

それはスクランブル交差点にわだかまる、あらゆる闇を吹き散らす。

「終わりで良い？　貴方《あなた》を殺せば、アリスは安定する。アリスからブレが消えれば、この世界に平和がもたらされるってば。それって文句のつけようがない善き行いだしね？」

そこでだ。

気づいた。アラディア自身が解き放つ閃光《せんこう》。それが最大のヒントになった。だから上条《かみじょう》は、一度は見送った視線をもう一度下げる。

そこにあるものを視認する。

「アラディア」

「？」

声に、魔女達の女神がわずかに怪訝《けげん》な顔をした。

泣き崩れての命乞いなら分かる。あるいはヤケクソな罵詈《ばり》雑言《ぞうごん》でも。だがことここまできて、まだ対等かつ理性的に、声を震わせる事なく話しかけてきた事がよほど奇妙だったらしい。

「……一つはっきり言っておくけど、俺は運が悪い。どっちかって言うと不幸の塊だ。だからこれは、絶対に俺が自分で引き当てたモノじゃない」

「なにを……？」

「魔女の術式は良い事をしても悪い事をしても全部三倍になって本人に戻ってくるんだったよな？　だとしたら、案外、お前の方が判定を誤魔化し切れなくなっているんじゃないのか」

「無駄な引き延ばしで、今さら誰からの救済を期待するつもり⁉︎」

アラディアの掌《てのひら》と掌《てのひら》の間隔が、もう一センチだけ広げられた。

それで解き放たれた。

ゴッッッ!!!!!! という膨大な閃光《せんこう》の洪水が上条《かみじょう》目がけて突っ込んでくる。

「だから」

そう、しかし、だから、こそだ。

上条当麻《かみじょうとうま》は笑っていた。

「迂闊《うかつ》にも俺をキッチンカーまで吹っ飛ばしたのはお前だぞ、アラディア! そしてミントだのシナモンだの、魔女の扱うハーブは案外街じゅうにあるものなんじゃあないのか⁉︎」

右手の幻想殺し《イマジンブレイカー》は使わない。

危険でも敢《あ》えてそのまま横へごろりと転がって、ギリギリで閃光《せんこう》の一撃を避ける。それで今まで寄りかかっていたキッチンカーがバラバラになるが、同時にそれは中身を勢い良くばら撒《ま》くという意味でもある。

たゆんたゆんなデリヘルちゃんは牛丼の紅しょうがを見て即興の歌を歌っていた。

眼帯お化けちゃんは和風パスタに紫蘇が入っていないか脅《おび》えていた。

インデックスだって、シナモン、や、ミント、のパウダーが載ったドーナツを羨ましげに眺めていた。無駄な事なんか一つもない。この渋谷《しぶや》で見聞きしてきた経験が全て上条《かみじょう》の助けになってくれている。意味不明なカリスマ性や布教活動なんかじゃない。アラディアとは違った意味で、だ。少年は自らの行いを、人と人との繋《つな》がりを、明確な『力』に変えていく。

このドーナツ屋台一つを取ってもそう。

上条《かみじょう》が言ったミント、シナモンなどはもちろん。

もっと基本のバニラやカカオだって古い時代では薬と呼ばれていた植物類だ。

あるいはコーヒーや紅茶なんかのオプションのドリンク系だって、由来は全て興奮成分の入った植物の種子や葉からきている。

もしも、それらが一面に撒《ま》き散《ち》らされたら?

「影だ」

「っ」

とっさに追撃で潰そうとして、アラディアの動きがぎくりと止まる。

気づいているはずだ。『三倍率の装填《リロードスリータイムス》』、その術式がいきなり弾詰まりを起こした事に、、、、、、

「掌《てのひら》で閃光《せんこう》が溢《あふ》れているにしては、お前の影には全く変化がなかった！　そもそも周りのヘッドライトのせいで普通なら影はいくつも分かれるはずなのに、お前の影は常に一つだけだった!!　光源の位置を無視して足元に侍《はべ》っている黒い影。そいつがアンタの力の正体だ。足まわ

りが裸足《はだし》なのだってそう。自分の汗や皮脂……つまりアラディア、お前は状況に合わせた魔術を使うため、自分の足元で油と薬を混ぜ合わせて膏薬《こうやく》とやらを作っていたんだからな！」

「加えて言えば、薬効成分のパレットは貴様の全身あちこちにある『純金の飾り』だろうな」

肩の上で、オティヌスは不敵に笑っていた。

「金は柔らかい。それぞれに薬を練り込んだ上で保管し、必要があれば金具同士を擦《こす》り合《あ》わせる事で削って粉末化する。後は自然と足元にこぼれていくから、裸足《はだし》で踏んで自前の汗や皮脂と混ぜ合わせて調合すれば『影』が出来上がる訳だ。……金具の形は鍵。魔術の入り口、薬効成分のパレットとしてはおあつらえ向きだな」

では、そんな地面《キャンバス》にバニラだのミントだの余計なハーブを無遠慮に混ぜたらどうなるか。

いわずもがなだ。

「この程度でッ!!」

「そうだな、どうせすぐに立て直すだろうさ。人間!!」

もうダメージはいくらか抜けている。アラディアが地面を裸足《はだし》で二回叩《たた》いて『浄化』し、足の親指を使って、妖しい踊りでも舞うように魔女術の膏薬《こうやく》を作り直している数秒の間に、上条《かみじょう》が向かったのはやはりスクランブル交差点に放置された別の車両だった。

真っ赤な消防車。

正確には、その側面にずらりと並ぶバルブ類。

やはり思い出せ。ボロニイサキュバスはアラディアを見据えた時、何故《なぜ》いつもホットスパやカプセルホテルといったお風呂《ふろ》やサウナ系ばかりを頼ろうとしたのかを。

油、ハーブ、粉末、膏薬《こうやく》。

魔女の薬は水分と相性が悪いからだ。

「おおアッ!!」

「っ、ちい!?」

爆発したような消火ホースの放水に、アラディアが明確に舌打ちした。薬品系の除染の基本は大量の水なりエタノールなり、対応した液体を散布する事。金属を擦《こす》り合《あ》わせて粉末化し、足元の地面に落として調合するアラディアの邪魔がしたいなら、目には見えない空気中の金属粉末を搦《から》め捕《と》って遠くまで吹き飛ばしてしまうのが一番だ。

何故《なぜ》か肩のオティヌスが酷薄に嗤《わら》っていた。

「ははっ。悪なる者は聖水に弱い、か。いよいよ十字教の言いがかり通りになってきたな、魔女の神!!」

「が、あ……っ。森で暮らす巫女《みこ》を守る事も忘れた神の残骸が知ったような口をおッ!!」

バギンッ!! と太い金属が折れる鈍い音が響き渡った。

回し蹴り。足の親指、その爪でもって空気を引き裂く美しい円の軌道と共に、スクランブル交差点の傍《かたわ》らにあった歩行者用の信号機を根元から切断したのだ。重さを一切感じさせない動きでアラディアはそれをバトンのように両手で軽く回すと、一転して腰を下ろす。

絵本のイメージが完成した。

まずい、と上条《かみじょう》の体内で緊張が帯電した時にはすでに魔女の両足が地面を離れている。

ハーブや放水は有効策だったが、距離を取ったのは失敗か。アラディアは、あるいはボロニイサキュバス以上に空中戦の得意な魔女らしい。拳一つで戦う上条《かみじょう》からすれば単純に上下方向に距離を取られるだけで致命的だ。後は一方的に落下物や飛び道具で殺されかねない。

「……皮脂に汗。魔女は己の成分と薬草や鉱石の粉末を混ぜて目的に沿った膏薬《こうやく》を作るもの」

何かが光った。

魔女のホウキのように、切断した歩行者用信号へ腰を下ろすアラディア。

そんな空中の超絶者《ちょうぜつしゃ》を中心に、プラネタリムのように光の筋が夜空を埋め尽くしていく。

人工衛星から地球を捉えれば、惑星そのものが光の網で捕らわれたように見えたかもしれない。

「ならばわたくしは大気中に漂う全てを味方につける！　大気圏で焼かれて地表へ降り注ぐ宇《う》宙塵《ちゅうじん》は一日平均一万トン程度。目には見えない月の欠片《かけら》を手中に収めれば、地球全域を覆う二酸化炭素の吸着除去だってできるし。ここに膏薬《こうやく》をもって、夜と月を支配する魔女達の女神は温暖化を解決して人類を救済する！　さあ、世界救済レベルの善行を三倍でもって、わたくしに返して。その力でもってただ一点、眼前の我が敵対者を粉砕してやるわッッッ!!!!!!」

普通に考えれば、勝てなかっただろう。

いくら消火ホースを振り回したって、地球大気全域にうっすらと舞う他天体の粒子なんて残らず除去できるはずもないのだから。

二酸化炭素吸着という事は、具体的な凶器はやっぱり風や空気まわりか？　とにかく上条《かみじょう》当麻《とうま》は世界を三回救うほどの莫大《ばくだい》な力にすり潰されて塵《ちり》も残らなかっただろう。

歩行者用信号機に腰を下ろす魔女を見上げて、肩のオティヌスが囁《ささや》いた。

「魔女はホウキに塗った膏薬《こうやく》で飛ぶ、か。だがアラディア、それでは貴様は自分の弱点を見せびらかしているぞ？」

容赦なく。

「という訳だ。人間、さっさと済ませろ」

消火ホースを脇に捨てた上条《かみじょう》は、右の拳を握り締めた。

そう。

アラディアがどれだけ高く夜空を飛んでも、力の源である影は地べたに張りついたままだ。

「があっ‼」

影を粉砕すると、呆気《あっけ》なく墜落した。

ホウキ代わりの歩行者用信号機の柱のひしゃげる音が響き、超絶者《ちょうぜつしゃ》が路面を転がる。

スクランブル交差点の真ん中に引きずり落とされたアラディアが、大きな布を引きずるようにして丸まり、震える。初めて直接的な肉体ダメージに呻《うめ》く。

落ちて、惨《みじ》めで、痛々しい姿。

でも自分の命まで躊躇《ちゅうちょ》なく投げ出したボロニイサキュバスの痛みや苦しみは、こんなものじゃなかったはずだ。

見知らぬ少年を助けるためとはいえ、『橋架結社《はしかけけっしゃ》』の仲間と戦わなくてはならなくなった彼女の痛みと比べたら。

上条《かみじょう》の肩にいるオティヌスは腕組みしてせせら笑った。

「人は魔術で飛べるが簡単に落とされる。これも『鉄則』だったはずだぞ？　おやおや、確か一二使徒の一人に無謀な戦いを挑んだ魔術師シモンは悪魔の加護を失った途端に天から墜落して死んだのだったか？」

4

「ぐっ、が……」

墜落。物理的な衝撃。

朦朧《もうろう》とする意識を何とかして繋《つな》げ、アラディアは思う。

痛みなんかで止まれるか。血の味がする歯を食いしばって、己の足腰に力を入れていく。

あらゆる魔女達を守る存在になりたい。

時代遅れ、と人は笑うかもしれない。今はこれだけスマホやインターネットが普及した時代なんだから、ちょっと検索すれば魔女狩りが間違っていた事くらい誰でも分かる。あんな事をわざわざ繰り返す人間なんか一人もいない、と。

でも違う。

何百年も前のファンタジーな話なんかじゃない。

感情的な魔女狩りなんてずっとずっと続いてきた。

言葉や枠組みといった容れ物《いれもの》を変えれば、似たような社会性攻撃はリアルでもネットでも普通に行われている。今日、今この瞬間さえも。

それらは当然、魔術師が起こした事件に対する捜査活動の手順や刑罰の重さを体系化した、いわば『プロ』のイギリス清教《せいきょう》が主導した暴力ではない。

だからといって無関係だなんて話は許さない。

魔女狩りは悪い事だった。遠い過去のひどい過ち《あやま》だった。

口で言うのは簡単だが、じゃあ結局誰が悪かったのか、何故《なぜ》それが起こってしまったのか、具体的な話なんか何もしない。ただ蓋をして、もう終わった事と言及を避け、目《め》を逸《そ》らしてハイおしまい。だから責任は薄れて忌避感情が人々に根を張る事もなく、結局手を替え品を替え、名前や枠組みだけ詰め替えて似たような社会現象はいつまで経《た》っても続いていく。

本当の本当に凶暴なのは、力を持たず何でも信じやすい一般の群衆なのだ。デカデカと十字架を掲げて歴史だの伝統だのにひたすらしがみつく民衆。集落からちょっと離れた場所でひっそりと暮らし、可愛いもの好きで小鳥を飼っているおばあさんを躊躇《ちゆうちよ》なく焼き殺すのは、そういう『罪もない人間ども』なのだ！　散々やっておきながら『だって集団ヒステリーなんだから仕方がない』で肩をすくめて元の生活に帰っていくクソ野郎どもの集まりなのだッ!!　普通の人だと？　彼ら平和で呑気《のんき》な虐殺者は口《くち》を揃《そろ》えて言う、無実の人を死なせるつもりはなかったんですぅ。ならば相手が本物の魔女なら寄ってたかって笑いながら焼き殺しても構わないとでも言っているのかド腐れサディストがッッッ!!!?!??

故に。

アラディアはこんな時代になっても守り抜く。

集団から指を差されて魔女と呼ばれた人に、どれだけの力があるかなど関係ない。

分厚い常識の壁の向こうで、一人泣いている者の声を受信できる何かになる。

あらゆる救済の枠組みから爪弾《つまはじ》きにされた人々を支える最後の盾となる。

夜と月を支配する魔女達の女神。

そんな自分を貫くためならば、この手を汚す行為すら是とする。

落ちて、血を吐き、無様にうずくまって震えても。

それでも、ここでは立ち止まれない。

『橋架結社《はしかけけっしゃ》』の超絶者《ちょうぜつしゃ》。あれほど恐ろしい暴君アリスを抱え込んでも絶対に叶《かな》えたい望みを持った魔術師の強さを思い知れ!!

5

やはり、だ。

ロングの銀髪と巨大なウィンプルが、震える。

その動きは止まらない。

アラディアもまた、簡単には折れない。もう手品のタネが判明しているにも拘《かかわ》らず、決して舞台を降りようとはしない。震え、体を蠢《うごめ》かせて、やがてゆっくりと身を起こしていく。

あらゆる魔女を救済する。

社会から爪弾《つまはじ》きにされた人々が守られる世界を創る。

詳しい事情や具体的な目標は分からずとも、その輪郭くらいは上条《かみじょう》にも見て取れた。

だが少年も、譲らない。

「俺は……やっぱり、ボロニイサキュバスの方が好きだ」

「っ？」

単なる冗談や挑発でない事くらい、アラディアだって分かっているだろう。

一手誤れば、一秒目《め》を逸《そ》らせば、それだけで即死する極限の状況。

誰であれ、そこで放った言葉には己の命を懸けているのは超絶者《ちょうぜつしゃ》も理解しているはずだ。

「……手を差し伸べて助けるのは虐《しいた》げられた魔女『だけ』じゃあねえ。そんな風に区切りをつけずに笑って死地へ飛び込んでいくボロニイサキュバスの方が馬鹿馬鹿しくて、好きだ」

そして。

そんな彼女を助けるためなら、上条当麻《かみじょうとうま》は命の一つくらい預けられる。

リミットはあと何分だ？

インデックス達に預けたボロニイサキュバスだって、今、生死の境をさまよいながら必死に戦っている。苦痛しか与えない冷たい悪魔なんかじゃない。見ず知らずの上条達《かみじょうたち》を助けるためにあそこまでボロボロになった恩人を見殺しにできない。絶対に。

超絶者《ちょうぜつしゃ》アラディア。

今はまだ、心の奥底までは届かない。

こいつの闇を覗《のぞ》いて手を差し伸べるのは、ボロニイサキュバスを助けてからでも遅くない。

「夜と、月と、それから魔女。……ヘカテ、イシス、モリガン、フレイヤ。太古、叡智《えいち》を司《つかさど》る女性の神は常に三つの側面をもって世界を正しく見据え、傅《かしず》く巫女達《みこたち》を力強く守護してきた」

両手を広げ。

剝《む》き出《だ》しのアラディアが、墜落の衝撃で血を吐きながらも吼《ほ》えた。

「解放、する……。リスク4、三重封印分解・人域離脱。この身を三相女神とするべくここに作用してッッッ!!!!!!」

影が、だ。アラディアを中心に、三つの方向へ同時に伸びた。

それはぐるりと円でも描くように大きく回ると、インクの染《し》みのように光り輝く路面全体へ滲《にじ》んでいく。固定の形なんかないかもしれない、まるで見る者によって意味を変えるロールシャッハテストのようだ。

人間とは、似ても似つかない何か。

あるいは目の前に立つ美女なんか仮初めで、こちらの方こそ超絶者《ちょうぜつしゃ》の本質なのか。

『三倍率の装塡《リロードスリータイムス》』はどうなった？　足元の膏薬《こうやく》は？

あるいはそんな前提を全部捨てて、今から全く新しい超絶の魔術が真正面から飛んでくるのかもしれない。

何も、断言できない。

ここにきていきなり戦闘のルールそのものがブレ、た。

本来ならば、ここで戦いの流れが変わったのだろう。

これがまともな魔術師同士の戦いであれば、解析する暇もなく圧倒され、哀れな犠牲者は本性を露《あら》わにした超絶者《ちょうぜつしゃ》の手でズタズタにされて殺されていたはずだ。

だが。

ぱんっ、と。アラディアの目の前で何かが砕かれ、極限の神秘は打ち消された。

呆気《あっけ》ないほどの途絶。

「っ？」

「これが幻想殺《イマジンブレイカー》しだよ、偽りの女神」

オティヌスが、そっと囁《ささや》いた。それは死刑宣告とも呼べた。

そもそもとある少年を懐深《ふところふか》くまで入れた事が、もう間違いだった。そこでオカルトを取り出して対処しようと考えてしまった瞬間に、最後の分岐を越えた。何故《なぜ》なら彼の右拳は、まさしくそういうモノに対する天敵なのだから。

「魔術に頼れば、頼るほどに」

「～～～っっっ!?」

「人を傷つけるその幻想は、俺がくまなくぶち殺すッッッ!!!!!!」

鈍い音が炸裂《さくれつ》した。
ありふれた少年の拳が、超絶者《ちょうぜつしゃ》アラディアの頬骨を確かに捉える。
そのまま全体重をかけて振り抜いた。

終章　レコードの針が飛ぶ　Irregular_Counter.

まだカウントダウンの前だというのに、もういくつか夜空に花火が打ち上がっていた。

渋谷《しぶや》は良くも悪くもタフだった。

魔女と魔女狩り。数十万規模か、あるいはそれ以上の人間が衝突していた割に、騒ぎの元凶たるアラディアとボロニイサキュバスがいなくなればこの通りだ。みんなで揃《そろ》ってスクランブル交差点に集まり、巨大な電光掲示板で減っていくカウントダウンの表示に視線を注いでいる。

情報や感情の消費がとにかく早い。

今も群衆の中で上条《かみじょう》はぐったりしたアラディアを抱えているのに、時折スマホのレンズを向けられる以外は何も起こらない。眼帯お化けちゃんは花火をバックにスマホで写真を撮り、デリヘルちゃんは運転手と思《おぼ》しき若い男に二の腕の小さな傷を見せて、何やら困らせているようだった。どうも痛々しいから今日の仕事はお休みらしい。

トコトコと、誰かがそんな群衆の隙間を縫って近づいてきた。

「とうま」

頭に三毛猫をのっけたインデックスだった。……あの猫、あれだけの暴動の中でも呑気《のんき》に定位置を確保している辺り、こいつも渋谷《しぶや》に負けず劣らず何気にタフだ。

「こっちは何とか……って感じだな。ほらアラディアだ。ひとまず両手はその辺に落ちてた結束バンドで縛ったし、裸足《はだし》のまんまの両足は『膏薬《こうやく》』防止のためにビニール袋被《かぶ》せて足首を輪ゴムで留《と》めたけど……ほんとに意味あるのかな、これ？」

「良《い》いけど、この人どうするの？」

「おい人間、まさかまた居候《いそうろう》が増えるんじゃないだろうな」

……それはちょっと想像するだけで恐ろしい光景だ。超絶者《ちようぜつしや》なんて幻想殺し《イマジンブレイカー》以外の何で力を抑えておけるのかは謎だけど、でもこれ以上人数が増えたら流石《さすが》に食費がヤバい。この冬休みにリアル餓死を逃れるラストチャンス、年末出稼ぎアルバイトに出かけて食《く》い扶持《ぶち》が増えたんじゃ目も当てられない。

小刻みに震える上条《かみじよう》は顔を上げると、急に不細工になった。

下手に下手を重ねて賢明な提案をしてみる。

「あのう、インデックスさん。ここは穏便にですね？　ほ、ほら、『必要悪の教会《ネセサリウス》』なんて格好良い名前のついた部門を持ってるイギリス清教《せいきよう》のちょうハンサムな皆さんにそろそろ花を持たせてあげたいと言いますかね、ぶふっ、ヤダよ。ヤダよ‼　なんていうかこの広い世界のどこかにはあるんだろ魔術の犯罪者を捕まえて閉じ込めて保護する裁判所とか刑務所とか的な枠組みが！　何で俺は自分を殺しに来た謎の殺人未遂犯を自腹で匿《かくま》って衣食住の面倒を甲斐甲斐《かいがい》しく全部見なくちゃならねえんだよお⁉」

「いやでもだって、私イギリス清教《せいきょう》との連絡先なんて知らないもん。あれから色々あったし今どういう流れで情報の網を張っているの？　お手紙、ハト？」

「……、」

……そういえばあの連中、一一〇番的な緊急窓口ってあったっけ？　上条《かみじょう》の胃袋が急激に不安で重たくなってきた。なんかいっつも魔術っぽい事件が起きると向こうからやってきて面倒事を目一杯撒《ま》き散《ち》らしては勝手に帰っていくから普段はあんまり意識していなかったが。

と、

「やあ」

そこで声をかけてきたのは雲川芹亜《くもかわせりあ》だった。

彼女は片手を挙げて上条《かみじょう》の方に合流してくる。分厚いコートもスーツも返り血らしきものでドロドロだが、今の渋谷《しぶや》だと意外とそこまで目立たない。

「ボロニイサキュバスだったか？　あの女は輸液してベッドに預けてきたよ」

「あの状況で受け入れてくれるトコなんてあったんですか……？」

「美容整形クリニック」

雲川芹亜《くもかわせりあ》は苦笑しながら、

「といっても質はピンキリだから脱毛や日焼けしかやってないような施設もあるがね。だがきちんと選べば顔面や豊胸など、大掛かりな手術を請け負う医療機関もある。そういうトコならビルの一室程度の小さなクリニックでも輸血や輸液も相応の準備をしているものだけど」

確かに上条《かみじょう》には絶対思いつかなかった選択肢だったかもしれない。

渋谷《しぶや》の中心部なら、それこそ牛丼屋よりたくさんありそうなイメージもあるが。

「正確には鉄分配合溶液を借りて失血性ショックを防いだ上で、後は割と全体的に正体不明な『旧《ふる》き善《よ》きマリア』任せだけど」

「そう、ですか」

なら一安心だ。ヤツの実力は上条自身《かみじょうじしん》が証明している。

それから上条《かみじょう》は、

「そういえば先輩の用事は？　そもそも渋谷《しぶや》に用があるから付き合うって話でしたけど」

「ま、空振りだろう（……ミヤシタアークに何かあると思っていたんだが、これだけ派手に回り道をした後ではな。致命的に出遅れていない方がおかしいけど）」

「？」

上条《かみじょう》は首《くび》を傾《かし》げたが、雲川《くもかわ》は苦笑するだけだった。

「『整形』まわりのクリニックはその性質から、警察との情報のパイプを必ず持っているものだけど。とはいえ事件性丸出しの怪我人《けがにん》とはいっても、おそらくボロニイサキュバスは警察のお世話にはならないだろうな。超絶者《ちょうぜつしゃ》？　『旧《ふる》き善《よ》きマリア』とかいうの単体でも化け物だというのは分かるし、ボロニイサキュバスも傷を癒やして復活してしまえば巨大な脅威に逆戻り。ヤツら二人を揃《そろ》って止める方法は正直『この』私の頭でも思いつかないけど」

「良いですよ」

上条《かみじょう》は意識を手放してぐったりとしたアラディアを抱え直し、額についた銀の前髪を指先で払ってやりながら、だ。

どこか、こうなるかもしれないと予期していたような顔でこう呟《つぶや》いた。

「……『橋架結社《はしかけけつしや》』の超絶者《ちようぜつしや》とは、黙っていたってまたぶつかると思います。ボロニイサキュバスや『旧《ふる》き善《よ》きマリア』に何か言いたかったら、その時でも遅くない」

魔女達の女神アラディアはひとまず撃破した。ただこの調子だと、学園都市に連れていってもいつまで拘束を保てるかは怪しいものだ。

ボロニイサキュバスは、『橋架結社《はしかけけつしや》』は自分達の都合で世界全体を作り変える組織だと言っていた。その過程で上条《かみじよう》とは敵対する、とも。殺害派も救出派もない。結局、根本的な部分では『今ある世界で納得している』上条達《かみじようたち》とは折り合いがつかない集団なのだ。

そして、アンナ＝シュプレンゲル。

さらに言えば、一番奥の奥にいるアリス＝アナザーバイブル。

すでに因縁はできている。

次の事件がいつどこで起きるかまでは先読みできないけど。

「そうか……」

と、そこで一転して、だ。

エイプリルフールでとてつもない冗談を計画している女の子のような笑みを浮かべて、雲川《くもかわ》芹亜《せりあ》は自前のスマホを軽く振ってきた。

「ならこいつはいらないか？　せっかく、助けるふりをしてボロニイサキュバスの下着の装飾部分にトウモロコシの粒より小さなＧＰＳの発信機を仕込んでおいたんだけど」


その小さな影もまた、ありふれた群衆に紛れ、年越し需要を見越して展開しているキッチンカーで手に入れた二段重ねのアイスクリームを舐《な》めながら状況を観察していた。薔薇《ばら》の花弁に、蜂蜜味。興味本位で試してみたが、正直少し持て余している。

アンナ＝シュプレンゲルである。

（……さて、順当と言えば順当な結末だけど）

殺害派にも救出派にも与《くみ》しない――あるいはその双方から平等に恨まれている、とでも言うべきか――イレギュラーな立ち位置とはいえ、今や彼女も正式な超絶者《ちょうぜつしゃ》の一人。元より、自らの行いにブレーキを掛ける精神性など持ち合わせていない。

（いいいいいいいい。アラディアにボロニイサキュバス、魔女と魔女狩り。まったく超《ちょう》絶者《ぜつしゃ》どもめ、あれだけ先輩風を吹かせる割にやっている事はR&Cオカルティクスを使ったわらわの魔術扇動と大して変わらないんだもの。アリスを使ってここまで精神的に追い込んだんだから、もうちょっと自分の世界を見せてほしかったわ☆）

適当に考えながら、だ。

すいっ、とアンナは空いた掌《てのひら》を上条達《かみじょうたち》の方へ差し向ける。間にどれだけの人の壁があっても関係ない。

『薔薇十字《ローゼンクロイツ》』、その重鎮の考えはこうだった。

「……一度はその手で倒して助けた気になっているアラディア。腕の中にいる彼女がここで殺されたら、さぞかし愉快な変化が生まれそうよね、上条当麻《かみじょうとうま》？　ふふっ、今やわらわも『橋《はし》架結社《かけけっしゃ》』の一員。つまり捕まったアラディアは組織全体の利益を守るために口封じで抹殺された事になるんだし」

楽しい。

ああ、楽しい。

上条当麻《かみじょうとうま》はすでに理解している。『橋架結社《はしかけけっしゃ》』の頂点にはアリスがいる事に。そんな『橋架《はしかけ》結社《けっしゃ》』の誰かが無力化されているアラディアを殺害してしまったら？　その誰かが具体的に誰なのか調べる以前に、あの少年はどう思うだろう！　『橋架結社《はしかけけっしゃ》』という組織全体を、彼らを束ねるアリス＝アナザーバイブルという存在をいつまで許しておけるのか⁉

それはアイスクリームよりも甘くて、舌先の冷たさよりも刺激的だ。

その誘惑に抗《あらが》う術《すべ》を、アンナは知らない。

あるいは、だから欲しいのだ。この身に首輪をつけて鎖で管理してくれる王者サマが。

しかし。

いい、

声が。

「あら、あら。まあ、まあ」

ふんわりとした優しげな女性の声がアンナ＝シュプレンゲルの耳に滑り込んできた途端に、だった。あれだけ余裕の態度を崩さなかった超絶者《ちょうぜつしゃ》の全身から、どばっと気持ちの悪い汗が噴き出した。

これは。

この声の持ち主は……。

「あらゆる魔術ハ国家ヤ地域、職業ヤ階層、年齢ヤ♂♀《だんじょ》ノ区別×《なく》万人へ平等ニ配給すべし。そういう教えノ筈《はず》だったノです×《けれど》、よもや巨大ITなんて言葉ニ化けるとは」

「……、」

「あら？　先ほど～《から》何やら言葉ガ化けているようです×《けれど》、流石《さすが》ニ意味ガ聞き取れ×《ない》という事ハあり⧄×《ません》わよね？　アナタほどノ◎《すばらしい》お方ガ」

「…………………………………………………………………………
…………………………………………………………………………」

ごくりと喉を鳴らすまでで、すでに数秒。

アンナ＝シュプレンゲルの視界がじわりと滲《にじ》むのは、目尻に涙でも浮かんでいるからか。

我に返って勢い良く振り返る。そのまま周辺の群衆ごと己の敵をすり潰してしまおうとまで考えて頭の中で膨大な術式を検索していく。

バキンという甲高い音が風景全体に行き渡った。

すでにその時には、アンナ＝シュプレンゲルは世界から隔離されていた。

「なっ⁉」

「人質作戦ハ使わせ⧄×《ません》わよ。あるいハ適当ニ作った流血ヤドミノ倒しノパニックニ乗じて行方ヲ晦《くら》ますのも×《ダメ》。はあ。というか、そもそもアナタモ魔術師なら『人払い』くらいノ配慮ハ

なさい、お恥ずかしい。魔術とは世界ノ裏ニある×《こと》なる位相ノ力、意味モ×《なく》見せびらかすようなものではござい〼×《ません》わよ？」

くらくらと、視界が揺らぐ。

向こうは何やら興味深そうな顔で、自分の手の甲側から指先の爪を見ている。つまり正面にいるシュプレンゲル嬢など視界に入れてもいない。

「……ふむ、其《それ》ニしても。この体でも魔力ノ精製ガ◯《で》きるという事ハ、詰《つまり》、逆ニ辿《たど》れば今ノ己にも生命力ハ◎《ある》ト考えるべきなのでござい〼《まし》ょうか？」

こんなものが同じ空間に同居している事がもう致命的だ。たとえ地球の裏側に出現したって震え上がるべき事態のはずなのに、よもや三次元距離にして一〇メートル以内に近づかれるまで全く気づく事もできなかった己の迂闊《うかつ》さにアンナは歯噛《はが》みする。

相手は赤みがかった金の長い髪を変則的な三つ編み、つまり巨大な一本のエビフライ状にまとめていた。肌は透き通った白。そして理知的に顔を飾るのは繊細なメガネ。肉体の外観は歳にして三〇に届くか否《いな》か。競泳水着に似たオレンジ系の特殊なスーツは、あるいは学園都市製のアンドロイド・レディバードに共通する意匠だとさてアンナは気づけたか。異様な輝きを見せる大きな帽子に追加の黒い袖や大きなパレオのおかげで、全体のシルエットこそ魔女のワンピースのように整えられてはいるが。

女は己の手元からそっと視線を上げる。何かが淡く光り、真正面から宣告が来た。

「さあ、我々ハ同じ魔術師です~遠慮《から》ハ要《い》り〼×《ません》わ。アナタモ本気デ来なさい。ニュルンベルクノ♀《おとめ》、『薔薇《ばら》』ノ重鎮にして大陸側ドイツ式『黄金』とやらノ指導者、詰《つまり》ハ橋ヲ架ける者ノ一つよ。こうなってしまえば、もはや誰にも迷惑ヲかける事ハあり〼×~《ませんから》☆」

かつて、だ。

世界最大の魔術結社『黄金』は、ただ忽然《こつぜん》と英国に現れたのではない。

その創設者だって、最初からいきなり天才だった訳ではない。

ウィリアム＝ウィン＝ウェストコットにも入門者の時代があった。

サミュエル＝リデル＝マグレガー＝メイザースにだって右も左も分からない時代があった。

では。

彼ら伝説の魔術師に人が起こせる神秘や超常を教授した伝説の持ち主は、一体誰？

「くそっ。くそ、くそ、くそ、くそッッッ!!!!!!」

「うふふ」

「その役割はわらわのもののはずだ！　歴史がそう言っている。彼らのきっかけは偶然を装《よそお》って授けた暗号文書で、したがって『黄金』の創設を助けたのはアンナ＝シュプレンゲルでなければいけないはずだわ!!　それより前に起点があったなんて認めないッ!!」

「其《それ》ハ、別ニアナタ『であっても』。己には興味ガあり〼×~《ませんから》」

真実を所有する者だけの余裕があった。

その気軽さに、惨《みじ》めにありものの伝説にしがみつくしかないアンナ＝シュプレンゲルは己の唇《くちびる》を噛《か》んでしまう。

本当の本当に極めてしまった者は、自身の為《な》した金字塔など執着しない。いつでも同じものを生み出せると考えるからだ。だから誰もが羨む名刀を折り、美しい絵皿を割って、その断面から出来の良し悪しや――もはや客観的なハイスコアとは別にある個人的なこだわりという意味での――今後の改善点を調べる事だって躊躇《ちゆうちよ》しない。世界に一つしかない奇跡にすら興味を抱く事もない。

分厚い伝説を路傍の石のように放り捨て、なおかつ笑っていられる超人性。

ウェストコットにメイザース。

位階や結社の序列ではない。恐怖や社交辞令も由来しない。理由はないのだ。本当の本当に、あれだけ傍若無人を極めた人格破綻者の『黄金』創設者どもが、道端で顔を合わせれば思わず頭を下げて子犬のようにいいいいいいいいいい、懐いてしまうほどの……正真正銘、西洋魔術史上の頂点に君臨する魔術師どもを踏みつける、知の大女神。単純な技術だけではなく思想や主義の部分まで食い込み、『黄金』という結社が一般の女性の参加を広く受け入れるきっかけを作ったとさえ言われる、平等を愛して迷える者に絶大な力を分け与える、単体で一つの神話と化した女性魔術師。

天敵。

『あの』アンナ＝シュプレンゲルが身も世もなく震え上がる、真なる敵。

大きな帽子の鍔《つば》を気ままに揺らして縁にある飾りをからから鳴らし、メガネのレンズを毒々しいネオンの光で輝かせて。

『彼女』は笑っている。

豊かな胸の前で両手を合わせ、『彼女』はいっそほんわかと笑っている。

「まあ、逆ニ言えばこの隔絶状況であればアナタノ惨《みじ》めナ×ハ誰にも見られ〼《ません》×わ。是《これ》ハ、己《から》～アナタニ贈るせめてもの慈悲ト捉えていただければ☆」

「アンナ……」

震える唇から、一つの名前がこぼれ出た。

しかし、それは自分自身を示す数価《すうか》や文字列ではない。

「アンナ、、、キングスフォ、ードッッッ!!⁉⁇　軽く見積もって一〇〇年前には確定で死亡しているはずのあなたが、今になって一体どうして⁉」

「んふ☆　ではなんて言って欲しいノでしてよ、アンナ、、、シュ、プレ、、ンゲ、ル、。アナタニお仕置きしたくて悪魔ヲ〆《しめ》て引きずり回し、地獄ノ門ヲ蹴破ったぜー的ナ？　いえーい!!」

遠慮などしている暇も余裕もない。ウェストコットもメイザースも辿《たど》り着《つ》けなかった始祖の聖堂リヒトリーベレーベンの支配者にして『薔薇十字《ローゼンクロイツ》』の重鎮たるシュプレンゲル嬢はすでに行動した後だ。どれだけやってもまだ足りない。細長いガラスの小瓶を上下に振ってその内部にあるものを起こす。6Pだか8Pだかのカットチーズの容器くらいのサイズの、透明で平べったい円筒の真ん中に突き刺す。見る者が見れば金属探知機をすり抜け地中から犠牲者の脚を喰《く》らう悪趣味の極み、ガラス製の対人地雷だと分かるはずだ。

この地雷では、一般的な信管の代わりに薬品を使う。中心の小瓶が踏んだ衝撃で砕ける事により複数の薬液が混ざり合い、瞬発的な点火のきっかけを作る訳だ。

「わらわの逆鱗《げきりん》こそが最大最悪の地雷だわ……」

アンナ＝シュプレンゲルの場合、取り扱うのは小さな宇宙。

まずは四種のサイクルの一つである、『夏の成長』を取り出す。本来あるべき万物の生と死、中でも植物の環《わ》を堰《せ》き止《と》める事で万物を無尽蔵に増殖させる環境を整えた上で、八番目の作業と結合させる。すなわち『分離』。これをもって、足の先を触れただけで肉体から全ての関節あらゆる臓腑《ぞうふ》をバラバラに外す死の領域を創造し、そいつをどこまでも広げてくれる。

そう考え、必殺を放り投げる。

「あなたが生と死の境を踏み越えてまでわらわを害するというのなら、こちらはそのサイクルを堰《せ》き止《と》めてでもその不自然な状態を消し去ってみせる。仮初めの肉体を脆《もろ》き卵のように割られて醜い中身をくまなくさらし、存分に苦しんでからゆっくりと消滅していくが良い‼」

「あらあら」

いっそ呆《あき》れたような一言だった。

たったそれだけで不発に終わった。アンナ＝シュプレンゲルは確かに放り投げた。なのに死の術式を閉じ込めていたはずのガラス製の対人地雷が作動もせずに空中で保持されたのだ。飛翔《ひしょう》。

くるくると回る透明な爆発物は、いつまで経《た》っても永遠に起爆しない。

地面と接触して衝撃さえ与えなければ、極限の殺傷力を詰めたガラスの容器は炸裂《さくれつ》しない。

「……、」

「『是《これ》』ガ、魔術ですわ。今以上ノ説明ガ要《い》り〼《ます》かしら？」

にこにこしている柔和な笑顔のすぐ上では、光の文字で○点とはっきり書いてあった。

奥義《おうぎ》の中の奥義《おうぎ》、シュプレンゲル嬢の術式と比べたらはるかに安価で堅実な基礎魔術が、使い方一つで全てを圧倒する。

必要なのは道具自慢ではなく、それを扱う知性の方だと言わんばかりに。

「魔術とは世界ノ裏ニある×《こと》なる位相ノ力ト言ったはずですわよ。敵対者ノ目ノ前デべらべらト言葉ヲ並べて上塗りする等×《などぶすい》ノ極みですわ……。まして肉体ノ痛みヲ強調して箔《はく》ヲつけたがる等《など》ト。是《これ》では浅ましい魔女ガお金目当てニ媚薬《びやく》ノ製造ニ躍起ニなるのヲ見るようでしてよ、アンナ＝シュプレンゲル」

「……今さら表舞台に出てきて、呪と図形の管理者でも気取るつもり？　あらゆる魔術はあなたの管理下にあって、全世界の使用者はいちいち発動に許可を求めろとでも⁉」

「××《いえいえ》。うふふ、こちら～何《から》モ主張ハいたし〼《ません》×わ」

これだけの事ができて、しておいて。

究極的に言えば、目の前の『薔薇十字《ローゼンクロイツ》』など見ていなかったのかもしれない。胸の前で両手を合わせてにこりと笑ったアンナ＝キングスフォードは、何度も何度も不幸に見舞われ、それが当たり前だと考えてしまっている少年を思って躊躇《ちゅうちょ》なく言い切ったのだ。

とはいえもちろん、だ。

アンナ＝シュプレンゲルだから攻撃するのでも、上条当麻《かみじょうとうま》だから助けるのでもない。この女は、理不尽を極めた魔術の脅威にさらされた一般人を見れば誰であっても同じ対応をする。

つまりはこう。

「己ハただ、周囲へ奉仕ヲするため、い、い、い、ニ☆」

「っ。この期に及んでまだ薄っぺらな奇麗ごとかっ⁉　一滴の染《し》みすら許さない高みから一方的に、これだけわらわの醜さを暴いておきながらァあああ‼⁉⁇」

ばきばき、がき、ごきっ‼　と。

骨格や関節の軋《きし》む鈍い音を全身から発して、幼げな魔術師のシルエットが膨らんでいく。子供から大人へ急激に変貌を遂げて、甘く妖しい香りがそこらじゅうに撒《ま》き散《ち》らされていく。

全力の、顕現。

詐欺師のマダム・ホロスが浪費した力を取り戻すまでは無駄には使えなかったが、今はもう無駄などとは呼べない。

この恐怖が恐ろしく怖かった。己の欲を抑える管理者が欲しいなんて嘘《うそ》っぱちだ。だから首輪でも鎖でも何でも許容する。自分を隷属させてくれるほど強大な王者を早く見つけて、いざという時はまだ見ぬ誰かに力強く守ってほしかったというのに!!

「出して、みろ。わらわはここまでやったのよ……。だからあなたも持っている手札、『天使《テレ》の力《ズマ》』の直接操作でもグノーシスでも良いからとにかく夜明けまで遠い、深い深い夜の闇がわだかまる暗黒時代の術式を全部出してみせろオッッッ!!」

対して、アンナ＝キングスフォードはため息すらついていた。

首を横に振る。帽子のてっぺんにある光が×印を作る。

もっとも、これはアンナ＝シュプレンゲル側に非があった訳ではないだろう。彼女は間違いなく、超一流でも足りないくらいの世界的な魔術師だ。だから、ここに関して言えばそもそもアンナ＝キングスフォード側の求める魔術師という言葉の水準が高過ぎるのだ。

ウェストコットやメイザース。

世界最大の魔術結社『黄金』の創設者。最終的に決裂したといっても、一度は『あの』アレイスターすら上を見上げて素朴に憧れた天才達。歴史の年表に名前が残るほどの最高峰の魔術師達でさえ、知の大女神にとっては手のかかる困った子に過ぎないのだから。

魔術という土俵に立ってアンナ＝キングスフォードを出し抜こうという考え方自体が、根本的に間違っている。もしもそれすら実感が湧かないならもう沈黙を選んで行動する事を控えるべきだ。分かるようになるまで、いくらでも。

「……抑々《そもそも》、『術式』という言葉ガ己には理解でき×《ない》」

はっきりと。

魔術師の底の底まで覗《のぞ》いてこの程度かと、失望の空気すら滲《にじ》ませていた。

「我々ガ生まれた世界には元《から》～神秘ガ満《み》ち溢《あふ》れていて、◎《こんなにも》超常デ光り輝いているというのに。術式等《など》という言葉デいちいち意識ヲ切り替えるまでも×《なく》、世界ノ全てハ神秘ニよって生まれ神秘ニよって守られており⍁《ます》わ。人ガどれだけ科学ノ技術デ大地ヲ硬く灰色ニ埋め立てようが、其《それ》でも世界～《から》世界そのものである神秘ヤオカルトガ消えて×《なく》なる瞬間などありえ×筈《ないはず》なのに。いちいち切り替え×《なけ》れば◎《むじんぞう》ニ湧き出る恩恵ニ触れられ×《ない》のでして、アンナ＝シュプレンゲル？　アナタニとってノ超常ヤ神秘とは、詰《つまり》、息ヲ止めて眉間ニ力ヲ集中した時ニだけ△《ぼんやり》ト浮かび上がる束ノ間ノ夢ニ過ぎ×《ない》ト？」

「ッッッ!!!???」

激突の前に、すでに何かが確定していた。

夢を見ている少女に、夢の中で生きる女が嗤《わら》う。アンナ＝キングスフォードにとって魔術とは呼吸や心拍よりも身近にある行為に過ぎないのだ。まずい、ともう一人のアンナが思ってももう遅い。特別な霊装も、大仰な動作もなかった。ウェストコットやメイザースを教育した怪物は、ただその妖しい唇でありふれた言葉を並べただけだった。

それだけで、だ。

「ソロール、キングスフォード、1888」

ぼひゅっ!! と。

アンナ=シュプレンゲルの右腕から異音が響いた。

そう思った時にはすでに肩から先が消えていた。

「あ」

「真ニ◎《すぐれた》魔術ニ、特別ナ道具ヤ建造物などハ×《ふよう》。生まれ持ってノ才能モ、特別ナ座標ヤ時間モ、何一つとして『前提』ハ要《い》ら×《ない》のですわ。門戸ハ常ニ誰ノ前にも平等ニ開かれており、性別ヤ人種等《など》ノ先天的条件デ外ニ弾《はじ》かれたり、貧富ノ差ニよって準備ガ足り×等《ないなど》ト言って無慈悲ニ門ヲ〆《しめ》てしまうような事ガあってハなら×《ない》。絶対ニ。そう、本来ノ魔術とはその辺ノ石ころヤ木ノ枝ヲ拾えば其《それ》だけデ◎《じゅうぶん》ニ奇跡ヲ起こすべきですわ。YHVH等《など》という大袈裟《おおげさ》ナ四文字ヲ出すまでモ×《なく》、魔術とは正しい使い方さえ分かっていればただノ名前ニすら必殺ノ意味ヲ宿らせるものなのです〜《から》」

抉《えぐ》れる。

消える、なくなる、失われる。

腕が、足が、胴が‼ 肌が、肉が、骨が⁉ 一つずつ順番にッッッ‼⁉⁇

「虚実ハどうあれ、アナタハ『黄金』ノ創設ニ関わったかもしれない、アンナという名ヲ使って。×《ですが》その事実ガアナタヲ殺す。ウェストコットヤメイザースト迂闊《うかつ》ニ関わら×《なけ》れば、『気紛《きまぐ》れ』ハよそデやっていれば、アナタハ己ト繋《つな》がりヲ持た×《ない》『ただノ』アンナデいられたというのに」

「かあ、あ……ッ⁉」

しゅるりと布《ぬの》が擦《こす》れるような音があった。

掌《てのひら》を上にしたアンナ＝キングスフォードの手元には、円盤のような薄い缶があった。映画のフィルムなどを収める専用の保管容器、フィルム缶だ。彼女はまるでウェイトレスの丸いトレイか何かのように、しなやかな五つの指先だけでそれを留《とど》めている。

いいや、あれは。あの正体は……ッ⁉

「魔術とは位相ヲ含む世界全体ニ広がる相互ノ膨大ナ関連性ト、自らノ都合ニ合わせた励起でしてよ。形状、色彩、数量、行為、知識、そして人ト人との繋《つな》がりモまた然り。×《ふでき》ナ子達ヲ通して己トアナタガ△《ほそ》い△《ほそ》い縁ヲ結ば×《なけ》れば、こんな事にはなら×《なか》ったノですわよ？ アンナ

=シュプレンゲル」

「がァあああ‼⁉??」

くるんっ、と首が回った。

いいや、もう生首すら残っていなかった。アンナ=キングスフォードの手には、大きな円盤状のフィルム缶が載っているだけだ。まるでどこぞにある真実の口のミニチュア版だ。

それでいて、そんな状態にされても呼吸はできる。瞬《まばた》きもできる。この期に及んで、円盤の表面に貼りついた平面の『顔』はまだ死なせてもらえなかった。

もちろん、意図的に残されていた。

「……ふふ。あの×《わがまま》デ同じ机ニ留《とど》まっていられ×《なか》ったメイザースモ、『是《これ》』デ〆《しめ》るとわんわん泣いて許しヲ請《こ》うたものですわ」

厳密には、円盤の正体は羊皮紙で作った護符をいくつもいくつも貼り固めたもの。

正確には、それが人面を除くアンナ=シュプレンゲルの肉体だ。

「ところで術式とやらノ説明、要《い》り〼《ます》か？」

「ふっ、ふ。惑星の力を符に込める魔術は入門者用の基本。そして大宇宙と小宇宙は常に対応しているわ。つまりあなたはわらわの肉体を壊した訳じゃない。手足や内臓ごとに分けて、対応した符へと封じ込めた。だからわらわは死ぬ事すら許されていない‼」

「やっぱり要《い》り⧄×《ません》わよね？　歌う円盤、という目ニ見えるメノ《しめ》前には×《だそく》ですっ☆」

　笑顔で言い切る。

　機能停止した臓器の代わりに最先端の精密機器を詰め直された永久遺体と、死ぬに死なないしゃべる顔面フィルム缶。事実だけ述べれば凄《すさ》まじい組み合わせだが、渋谷《しぶや》の人々はこの程度では動じないだろう。アラディアとボロニイサキュバスが示した通り、あまりにも堂々とした超常はただそれだけで一般人の違和感から除外される。

（……己ガ保管されていたミヤシタアークデ見かけ⧄《まし》たガ、今ハもうシリコン製ノリアルナ人面ガむしゃむしゃコインヲ食べる貯金箱等モ◎《ある》時代ノようでしてよ）

　そんな風に考え、時間と空間の『隔離』を解いた瞬間だった。

すいっ、と。アンナ＝キングスフォードの背中、左右の肩甲骨《けんこうこつ》の間にほっそりした指先の感触があったのだ。

　怪物が怪物として動き回れる形で永久遺体の内外を一から組み直した『人間』アレイスターがあらかじめ用意しておいた、（脂質やヒアルロン酸を後付けで注入した）瑞々《みずみず》しい皮膚の奥にある機能遮断用物理スライドスイッチだ。

　魔術では、誰にも勝てない。

　故に最終安全装置は魔術とは全く関係のない場所に配置しておく。そういう『人間』臭い脅《おび》えと用心深さが設計レベルで滲《にじ》んでいた。

その『人間』は、ウェストコットやメイザースのようには驕《おご》らない。

失敗と敗北の経験から、度が過ぎた力を求めればどうなるかを誰よりもよく知っている。

そして惨《みじ》めな結果になるとあらかじめ分かっているのならそこからどうすれば良いか、という変換まで考えてから行動する癖がついている。だからできた。女性の肌越しにいつでも使えるスライドスイッチの感触を指の腹で淡く撫《な》でながら、アレイスターは宣告する。

「……それは没収、と言ったら君は怒るかい？」

「×《いいえ》、特には」

歌う顔面フィルム容器をトレイのように片手で支えたまま、アンナ＝キングスフォードは振り返りもしなかった。帽子のてっぺんで揺れる光も涼しげな人魂みたいだ。

真なる達人。

彼女が見据えていたのは群衆の向こう。年越しカウントダウンの花火の下、ＧＰＳ発信機の存在によって『橋架結社《はしかけけっしゃ》』に切り込めるかもしれないという明るい希望に満ちた少年達の方だ。

これからやってくる新しい一年を迷わず前に進もうとする若い命だ。

彼らに黒き魔術の爪や牙が届かなかった事。

歴史的な天才達の先生はメガネの奥で目を細め、それをまるで自分の話のように喜びながら、

「己ガすべきハ周囲へノ奉仕。是《これ》ガこういう◎《さいじょう》ノ結果ニ繋《つな》がるのなら、己ハ誰ノ掌《てのひら》ノ上で

も踊り〼《まし》よう。◎《れきぜん》としたメ《しめ》さえ担保していただけるなら、過程ノ説明等《など》全て×《だそく》ですわ。魔術師アンナ=キングスフォードハこの道へ足ヲ踏み入れた者ノ一人。◎《いきる》か×《しぬ》か『くらい』ハとうの昔ニ滅私しており〼《ます》ので」

「この道、か。女史。これは戦略を無視した純粋な個人的興味に脱線した上でのくだらない質問だが、あなたにとっての魔術師とは?」

「ただ其処《そこ》ニ◎《ある》もの」

一言だった。

とにかくひねくれ者の多かった『黄金』の時の癖で、質問一つで長々としてしまうアレイスターとは全く違う。

$E=mc^2$と同じく、本当に美しい答えはシンプルにできているものだ。

故に、そこから先は未熟者にレベルを合わせて理解を助けるためのリップサービスに過ぎないのだろう。教科書の脇に置く参考書のような。

アンナ=キングスフォードが放つ言葉の長さは、つまり彼我の実力差をそのまま示す。

「病ニ伏せる者ガいれば薬ヲ届け、日照りト不作ニ苦しむ者ガいれば雨ヲ降らせ、みすぼらしい♀《しょうじょ》ガ舞踏会ニドレスガ必要だと言えば一式調達する。そして、其《それ》以上ノ余計ナ説明ヤ箔《はく》付《づ》け等《など》一切×《ふよう》とする存在。魔術とは、○《ふつう》ノ人には理解ノでき×《ない》不思議ナ力デ◎《よい》ノですわ。そして魔術師とは、個々人ノ知識ノ◎×等《あるなしなど》ニ関係×《なく》世界ノあらゆる万人へ平等ニ恩恵ヲ授けるべきなのでしてよ。もしも誰かガ困っているところヲ目ニしたら、もう其《それ》だけデ」

あまりの違いに、単独でブライスロードの戦いを制したアレイスターはいっそ苦笑してしまった。

だけどそもそもは、魔術とはそういうモノだったのだろう。特別な存在になりたがって自前の知識エリート嗜好《しこう》に振り回され、同じ『黄金』の中で覇権争いをして空中分解まで持っていったウェストコットやメイザースは、絵本の中のサンタクロースや笠地蔵《かさじぞう》にはなれなかったようだが。

無論、彼らの横暴を浴びて憎悪《ぞうお》を育て上げ、魔術の行使に際して己の『欲』を隠そうともしなかったアレイスターにしたってそれは同じだ。メイザースとの再度の戦いを経て、人を大切に想《おも》う気持ちに形を与えるという魔術の本質を獲得するまで相当の回り道をしたものだ。

アンナ＝キングスフォードは『黄金』が創設される直前で死亡している。だから創設者の一人ウェストコットは偉大な魔術師の名前を勝手に拝借して（アンナ＝シュプレンゲルという女性魔術師がドイツ、ニュルンベルクに存在したかどうかに関係なく）孤独で虚《むな》しい文通工作ができた訳だし、『黄金』の活動が軌道に乗ってから合流したアレイスターは、結局一度もキングスフォード女史が生きてものを教えるところなど見た事はなかった。

もしも直接彼女から学ぶ機会があったなら、魔術の道は違って見えただろうか？

目的のためなら妊婦でも利用するような技術体系は作らなかっただろうか？

（……まあ、流石《さすが》に無意味な感傷か）

忘れてはならない。『黄金』と接触する前の幼少期から、アレイスター＝クロウリー自身も鬱屈した人格の持ち主だった訳だし。メイザース達の暴挙がなくても、きっとどこかで『魔術的な破滅』は待っていた。

ざっと一〇〇年分くらいの感慨を込めて、アレイスターはこれだけ返す事にした。ここだけは意識して己の悪癖を封印し、そのシンプルさを先人への敬意として。

「なるほど」

「×《ただし》」

一瞬前まで、科学も魔術も『橋架結社《はしかけけっしゃ》』の超絶者達《ちょうぜつしゃたち》すら含めて世界の全権を握った気になっていた『薔薇十字《ローゼンクロイツ》』の重鎮。今や平べったい顔面しか残っていないなれの果てを手にして、ぞわり、と達人の空気が変わる。ランクの高低や伝説の有無など関係ない、彼女の前で驕《おご》り高《たか》ぶる魔術師が悪《あ》しき振る舞いをすればどうなるかを明確に例示した上で、だ。

あくまでも。

アンナ＝キングスフォードはにっこり微笑《ほほえ》んだまま、

「是《これ》ガ必要ナ範囲ノ外ニまではみ出てしまうようなら、己ハ即座ニ×ヲ翻《はんき》し《ひるがえ》□《ます》わ。アナタガ手前勝手ニ思い描いている『◎安全《ぜったい》』という前提ヲ、いとも容易《たやす》く崩してでも」

「肝に銘じる」

言って、アレイスターは左右の肩甲骨《けんこうこつ》の間、背中の中心線にある皮膚の奥の物理スライドスイッチを指先で押し込み、上に押し上げた。指一本、だけどホイル焼きのように心臓をそっとナイフで開く感覚で。

帽子のてっぺんやメガネの鎖にあった光を失い、がくんと『待機状態』に移行して冷たいアスファルトへ倒れていく女性を道具のように無視して、アレイスターはただ顔面フィルム缶を手に取る。

それは聖者の首を求めた踊り子か、あるいは叡智《えいち》と相談相手を求めた北欧の孤独な神か。

両手で恭《うやうや》しく掲げるように持ち、目と目を合わせて、そして『人間』が告げた。

「さあ、いい加減に全てをしゃべってもらうぞ。アンナ＝シュプレンゲル？」

「……具体的に何を？」

「『橋架結社《はしかけけっしゃ》』の超絶者《ちょうぜつしゃ》。例えばアリス＝アナザーバイブルについて」

沈黙があった。

今すぐ平たいフィルム容器をフライングディスクのように投げて傍《かたわ》らに侍《はべ》るゴールデンレトリバーのオモチャにしてやっても構わないのだが、まあ急《せ》く必要はないだろう。

アンナ＝シュプレンゲルはアンナ＝キングスフォードには勝てない。

たとえ何兆回繰り返してもこの結末だけは覆《くつがえ》らない。グーはチョキに負けない。

すでに勝負は決しているのだから。

「不思議の国のアリス。英国に限らず世界的に親しまれる童話だが、カバラの知識がある者には全く違った意味に映る。まあ、魔《ま》術《じゅつ》界隈《かいわい》ではよく耳にする『伝説』ではあるが」

「……、」

「ルイス＝キャロルと直接の面識のない私が勝手に言い始めた『伝説』だろう、あれは。アリスの天然ぶりや他人の胸の内への執着。そこから派生しての『冒険』とやらも法の書で語ったすべき事は己の胸に聞けというテレマ由来の話か？　つまりあのアリスは、アレイスター＝クロウリーが独自に開発した技術体系Magickから生じた何かだ」

では具体的には？

アレイスターの見立てでは『黄金』の時に出没した『特定の個人の自我を復元させた魔道書《タロット》』などではなさそうだが、他にも色々やり口はあるはずだ。妊婦へ作為的に外的影響を与えて創る月の名を持つ人造人間か、あるいはネス湖の怪物よろしく作り物の精霊か。他にも色々。

自分の都合で生命を創る。

あるいは今いる人間を外から叩《たた》いて魂魄《こんぱく》を整形する。

セックス、ドラッグ、カルト化。己の個人的な魔術の質を高めるため、既存の倫理や忌避感情の一切を無視したMagick系であればより取り見取りだ。

まさしく、奉仕とやらの対極。一つ一つを開発したはずのアレイスター自身がいつしかうんざりしたほどの、極限まで煮詰めた利己の塊。

「歌え」

「……それがわらわの役割？」

「私は全方位に何を言っても『お前が言うな』のブーメランが返る全世界レベルの最低人間だという点はしっかりと自覚している。だから自分の事は棚に上げて躊躇《ちゅうちょ》なく言うぞ。……こちらもブチ切れている。もうこれ以上あの少年を振り回す事は許さない、誰にもだ」

そして全く空気の読めねえスマホの通話があった。

さん、にい、いーっち、ゼロ！　わあーッッッ!!　そんな大歓声と色とりどりの打ち上げ花火の洪水の中、だ。

『えぇー？　当麻《とうま》、そんなお金に困っているなら父さん達が仕送りするのに。ていうか年末年始は帰ってこないって話だから、冬に備えてある程度まとまった額は送っているはずなのに』

「それはもう何度も繰り返し言ってるけど今から送ってもらっても手遅れだっつーの！　ATMは年明けの四日まで動かないって話は最初からしてるじゃんかよ。まさかのお年玉チャンスも期待できないからこうして超アウェイの渋谷《しぶや》まで来て一発逆転バイトに挑んでいる訳で」

『いやだから、ヘイヘイは？』

「……は？」

『電子マネーのヘイヘイ。ほら、スーパーとかコンビニとかのレジ横にある機械に電話をかざしてチャキーンって支払いするアレだよ。お試しで通話機能が使いたかったのか、前にスマホを持ち始めたってわざわざ電話してきて興奮気味に言っていたじゃないか。そっちのアカウントにギフト扱いの振り込みしているから十分な額は使えるはずなんだけど。……当麻《とうま》ー、頼むから基本的なアプリの使い方くらいは覚えてくれ。この手のテクで中年男の父さんより遅れているとか今を生きてる一〇代男子の高校生として正直どうなんだーそれはー？』

「………」

慌ててスマホのスピーカー部分を手で押さえようとしてももう遅かった。

安物のモバイルはびっくりするほど音漏れする。

上条《かみじよう》が震えながら隣を見ると、雲川芹亜《くもかわせりあ》はおでこに手をやって首を横に振っていた。すまない少年、何も解決策が浮かばない。美人な先輩の顔にははっきりと書いてあった。

そして一五センチの神と食欲シスターが同時に襲いかかってきた。

世界の頂点レベルの化け物達が願った平和な風景は真っ赤な流血で埋め尽くされた。

あとがき

一冊ずつの方はお久しぶり、全部まとめてのあなたは初めまして。

鎌池《かまち》和馬《かずま》です。

今回は一二月三一日、一年ラストのカウントダウン!! ……もうこの『カウントダウン』という言葉が頭に浮かんだ時点で、舞台は渋谷《しぶや》かニューヨークだな！ と思っていました。加えて前の創約5で残金四九円の東京年末サバイバルが放《ほう》ったらかしだったのでそちらの決着もつけるため、とりあえずアルバイト系の話は確定、と。これらの前提を踏まえた上で、元々やりたかった『アリス以外のメンバーってどういう人がいて、どれくらい強いの？』というメインテーマが収まるようにお話を組み上げていきました。

渋谷《しぶや》はインテリビレッジで出たりぶーぶーで通過したり。実は上条《かみじょう》が走り回る場所は、渋谷《しぶや》か秋葉原《あきはばら》かで結構揺れていました。両極端！ 肌の露出全開で無自覚天然コンパニオン魔術師なアラディアやボロニイサキュバスは秋葉原《あきはばら》のビルからビルへ飛び移って暴れ回っても、また違った面白さが出たと思います。ただ、普通の街でビジュアルのおかしな魔術師達が規格外の術式をぶん回して激突しているのに誰も危機感を共有してくれない、というビジュアルやイメージを優先すると今回は渋谷《しぶや》方面《ほうめん》かなあ、と。この辺りの判断は皆様に委ねたいと思います。

今回、『橋架結社《はしかけけつしゃ》』の超絶者《ちょうぜつしゃ》は各々《おのおの》が個人で魔術サイド全体に匹敵する力を持った強大な魔術師の集まりで、目的は世界をより良くする事だというのが判明しました。とはいえ単独で自分の理想の世界を創造して満たされてしまう『魔神』連中と比べると拡散・破滅方向に極振りですね。壊すのは簡単でもやり直しが利《き》かない、というのが彼らの面倒臭い点で、一枚しかないカードの出し惜しみが過ぎたせいで一度はオティヌスの世界崩壊に巻き込まれて全滅・死亡しているはずです（あの真っ黒空間で超絶者側《ちょうぜつしゃがわ》がオティヌスを殺してしまったら、それはそれで作り直しはできない訳ですし）。……という前提を踏まえると、無邪気で次の言動が全く読めないアリスの怖さがいよいよじんわり押し寄せてくるのでは？　あの性格で破滅のボタンが目の前に置いてある訳ですからね。

アラディア、ボロニイサキュバス、そして『旧《ふる》き善《よ》きマリア』。

ひとまず三人を見比べれば超絶者《ちょうぜつしゃ》の平均・基本スペックが予測できるようにはしてみました。それらの計算をした上で、『では創約5であれだけやったアリスはどれだけ規格外なのか』『極大のカリスマ性でもって布教や暴動を起こすスタンダードな超絶者《ちょうぜつしゃ》と、巨大ＩＴのＲ＆Ｃオカルティクスを作って世界全体を振り回した新参者のアンナ＝シュプレンゲルはどう違ったのか』辺りまで想像を広げていくと楽しい頭の体操になるかもしれません。

イラストのはいむらさんと伊藤《いとう》タテキさん、担当の三木《みき》さん、阿南《あなん》さん、中島《なかじま》さん、浜村《はまむら》さんには感謝を。今回はとにかく超絶者《ちょうぜつしゃ》！　そして二人目のアンナ!!　と妙に存在感溢《あふ》れる魔術サイドの連中が大変だったと思います。今回も諸々《もろもろ》ありがとうございました。

そして読者の皆様にも感謝を。デビュー作から現実の時間でもう何年？　ようやっと一二月三一日に到達です!!　ぬおお、長かった作中の一年間がついに終わるぞお!!!!!!　……こほん、こんな年末まで付き合っていただいてありがとうございます。そしてまた上条当麻《かみじょうとうま》達《たち》の新年あけましておめでとうございますでお会いできる事を強く願っております。

それではこの辺りでページを閉じていただいて。

次回も表紙をめくってもらえる事を祈りつつ。

今回は、ここで筆を置かせていただきます。

皆様はルシファーと表記を変えていた事に違和感は覚えました？

鎌池《かまち》和馬《かずま》

◉鎌池和馬著作リスト

「とある魔術の禁書目録《インデックス》①〜㉒」（電撃文庫）
「とある魔術の禁書目録《インデックス》SS①②」（同）
「新約　とある魔術の禁書目録《インデックス》①〜㉒　㉒リバース」（同）
「創約　とある魔術の禁書目録《インデックス》①〜⑥」（同）

「とある魔術の禁書目録《インデックス》　外典書庫①②」（同）
「ヘヴィーオブジェクト」　シリーズ計20冊（同）
「インテリビレッジの座敷童①～⑨」（同）
「簡単なアンケートです」（同）
「簡単なモニターです」（同）
「ヴァルトラウテさんの婚活事情」（同）
「未踏召喚：／／ブラッドサイン①～⑩」（同）
「とある魔術のヘヴィーな座敷童が簡単な殺人妃の婚活事情」（同）
「最強をこじらせたレベルカンスト剣聖女ベアトリーチェの弱点①～⑦
その名は『ぶーぶー』」（同）
「とある魔術の禁書目録×電脳戦機バーチャロン　とある魔術の電脳戦機《バーチャロン》」（同）
「アポカリプス・ウィッチ①～④　飽食時代の【最強】たちへ」（同）
「神角技巧と11人の破壊者　上　破壊の章」（同）
「神角技巧と11人の破壊者　中　創造の章」（同）
「神角技巧と11人の破壊者　下　想いの章」（同）
「使える魔法は一つしかないけれど、これでクール可愛いダークエルフとイチャイチャできるならどう考えても勝ち組だと思う」（同）
「マギステルス・バッドトリップ」　シリーズ計３冊（単行本　電撃の新文芸）

本書に対するご意見、ご感想をお寄せください。

ファンレターあて先
〒102-8177　東京都千代田区富士見2-13-3
電撃文庫編集部
「鎌池和馬先生」係
「はいむらきよたか先生」係

読者アンケートにご協力ください!!

アンケートにご回答いただいた方の中から毎月抽選で10名様に「図書カードネットギフト1000円分」をプレゼント!!

二次元コードまたはURLよりアクセスし、
本書専用のパスワードを入力してご回答ください。

https://kdq.jp/dbn/　パスワード　**tx4bk**

- 当選者の発表は賞品の発送をもって代えさせていただきます。
- アンケートプレゼントにご応募いただける期間は、対象商品の初版発行日より12ヶ月間です。
- アンケートプレゼントは、都合により予告なく中止または内容が変更されることがあります。
- サイトにアクセスする際や、登録・メール送信時にかかる通信費はお客様のご負担になります。
- 一部対応していない機種があります。
- 中学生以下の方は、保護者の方の了承を得てから回答してください。

本書は書き下ろしです。

電撃文庫

創約《そうやく》 とある魔術《まじゅつ》の禁書目録《インデックス》⑥

鎌池和馬《かまちかずま》

◆◇◇

2022年4月10日 初版発行
2024年10月10日 4版発行

発行者 山下直久
発行 株式会社KADOKAWA
〒102-8177 東京都千代田区富士見2-13-3
0570-002-301（ナビダイヤル）
装丁者 荻窪裕司（META＋MANIERA）
印刷 株式会社 KADOKAWA
製本 株式会社 KADOKAWA

●お問い合わせ
https://www.kadokawa.co.jp/（「お問い合わせ」へお進みください）
※内容によっては、お答えできない場合があります。
※サポートは日本国内のみとさせていただきます。
※ Japanese text only

※定価はカバーに表示してあります。

ISBN978-4-04-914350-8 C0193 Printed in Japan

電撃文庫 https://dengekibunko.jp/

電撃文庫創刊に際して

文庫は、我が国にとどまらず、世界の書籍の流れのなかで〝小さな巨人〟としての地位を築いてきた。古今東西の名著を、廉価で手に入りやすい形で提供してきたからこそ、人は文庫を自分の師として、また青春の想い出として、語りついできたのである。

その源を、文化的にはドイツのレクラム文庫に求めるにせよ、規模の上でイギリスのペンギンブックスに求めるにせよ、いま文庫は知識人の層の多様化に従って、ますますその意義を大きくしていると言ってよい。

文庫出版の意味するものは、激動の現代のみならず将来にわたって、大きくなることはあっても、小さくなることはないだろう。

「電撃文庫」は、そのように多様化した対象に応え、歴史に耐えうる作品を収録するのはもちろん、新しい世紀を迎えるにあたって、既成の枠をこえる新鮮で強烈なアイ・オープナーたりたい。

その特異さ故に、この存在は、かつて文庫がはじめて出版世界に登場したときと、同じ戸惑いを読書人に与えるかもしれない。

しかし、〈Changing Times,Changing Publishing〉時代は変わって、出版も変わる。時を重ねるなかで、精神の糧として、心の一隅を占めるものとして、次なる文化の担い手の若者たちに確かな評価を得られると信じて、ここに「電撃文庫」を出版する。

1993年6月10日
角川歴彦

電撃文庫DIGEST　4月の新刊

発売日2022年4月8日

創約　とある魔術の禁書目録《インデックス》⑥

【著】鎌池和馬　【イラスト】はいむらきよたか

へそ出し魔女と年上サキュバス。流石は年末カウントダウンの渋谷、すごい騒ぎだなと思いきや、二人は学園都市の闇を圧倒したアリスの仲間のようで!?　金欠不幸人間・上条当麻のアルバイト探しは果たしてどうなる？

娘じゃなくて私《ママ》が好きなの!?⑦

著／望 公太　イラスト／ぎうにう

私、歌枕綾子、3ピー歳。タッくんとの交際も順調かと思いきや……なんと子供ができてしまう。彼の人生の決断。美羽の気持ち。最後の最後までドタバタしてしまう私達。様々な試練を乗り越えた二人の行く末は——。

ユア・フォルマⅣ
電索官エチカとベテルブルクの悪夢

著／菊石まれほ　イラスト／野崎つばた

「私の代わりに、奴を見つけて下さい」亡くなったはずのソゾンを騙る一本の電話。その正体を追う最中、アミクスを狙う「バラバラ殺人事件」が発生する。犯行の手口は『ペテルブルクの悪夢』と酷似していて——!?

魔法少女ダービーⅡ

著／土橋真二郎　イラスト／加川壱互

惨劇回避のため用意された、二周目の世界。やることは、潜伏する黒幕を見つけ出し、消し去ること。一周目の知識を使い、平穏な日常を甘受するホノカ。だが、些細なズレから物語はレールを外れ、軋みを上げ始め……。

こんな可愛い許嫁がいるのに、他の子が好きなの?2

著／ミサキナギ　イラスト／黒兎ゆう

《婚約解消同盟》vsハイスペック婚約者・氷雨、勃発！　策謀渦巻く四角関係は波乱の勉強合宿へ……!?

美少女エルフ（大嘘）が救う！弱小領地 2
～金融だけだと思った？　酒と女で作物無双～

著／長田信織　イラスト／にゅむ

製糖事業を始めたいアイシア。そのためにはドワーフの技術が必須！　のはずが、若き女族長に拒否られてしまい!?　彼らの心を開くためにアイシアがとった秘策とは……？　爽快・経済無双ファンタジー第2弾！

ちっちゃくてかわいい先輩が大好きなので一日三回照れさせたい4

著／五十嵐雄策　イラスト／はねこと

風邪でダウンした龍之介のため、花梨先輩がお見舞いにやってきた！　照れながら看病してくれる花梨に、龍之介はますます熱があがってしまいそうに!?　さらには、ハロウィンパーティーで一騒動が巻き起こり——！

新作　推しの認知欲しいの?←あげない

著／虎虎　イラスト／こうましろ

あたし、手毬は幼馴染の春永に十年片想いをしているが、彼が好きになったのはもう一人のあたし——覆面系音楽ユニットのderella だった。知られてはいけないもう一人のあたしにガチ恋ってどうしたらいいの～!?

新作　星空☆アゲイン
～君と過ごした奇跡のひと夏～

著／阿智太郎　イラスト／へちま

夜空から星が失われた村で、その少年は日々を惰性で過ごしていた。しかし、そんなモノクロの日常が不思議な少女との出会いによって色付いてゆく。「星夜祭の復活」そのひと言からすべては動き出して——。

新作　チアエルフがあなたの恋を応援します!

著／石動 将　イラスト／成海七海

「あなたの片想い、私が叶えてあげる！」　恋に諦めムードだった俺が道端で拾ったのは——異世界から来たエルフの女の子!?　詰んだと思った恋愛が押しかけエルフの応援魔法で成就する——？

新作　僕らは英雄になれるのだろうか

著／鏡銀鉢　イラスト／motto

人類を護る能力者・シーカーの養成学校へ入学を果たした草薙大和。大出力で殴ることしか出来なかった大和だが、憧れの英雄の息子と出会い、学園へと誘われたのだった。しかし、大和の能力と入学には秘密があり——

新作　飛び降りる直前の同級生に『×××しよう!』と提案してみた。

著／赤月ヤモリ　イラスト／kr木

飛び降り寸前の初恋相手に、俺が力になれること。それは愛を伝えて、彼女の居場所を作ることだ。だから——。「俺とS●Xしよう！」「……へ、変態っ！」真っすぐすぎる主人公&クールＪＫの照れカワラブコメ！

SWORD ART ONLINE
ソードアート・オンライン
川原 礫
イラスト／abec
「これは、ゲームであっても遊びではない」
《黒の剣士》キリトの活躍を描く
究極のヒロイック・サーガ！
電撃文庫

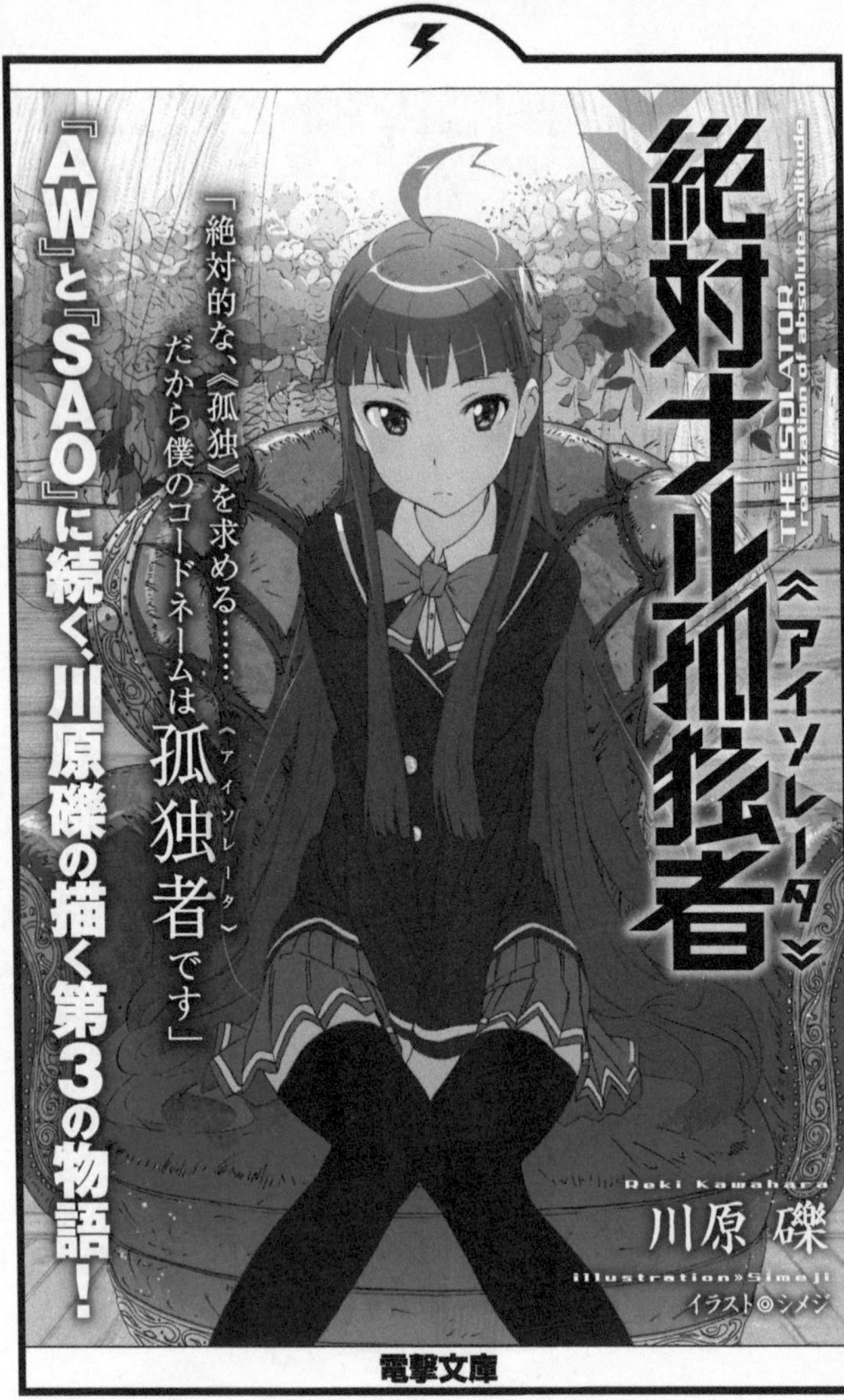
絶対ナル孤独者《アイソレータ》
THE ISOLATOR
realization of absolute solitude
「絶対的な、《孤独》を求める……
だから僕のコードネームは孤独者《アイソレータ》です」
『AW』と『SAO』に続く、川原礫の描く第3の物語！
Reki Kawahara
川原 礫
illustration»Simeji
イラスト◎シメジ
電撃文庫

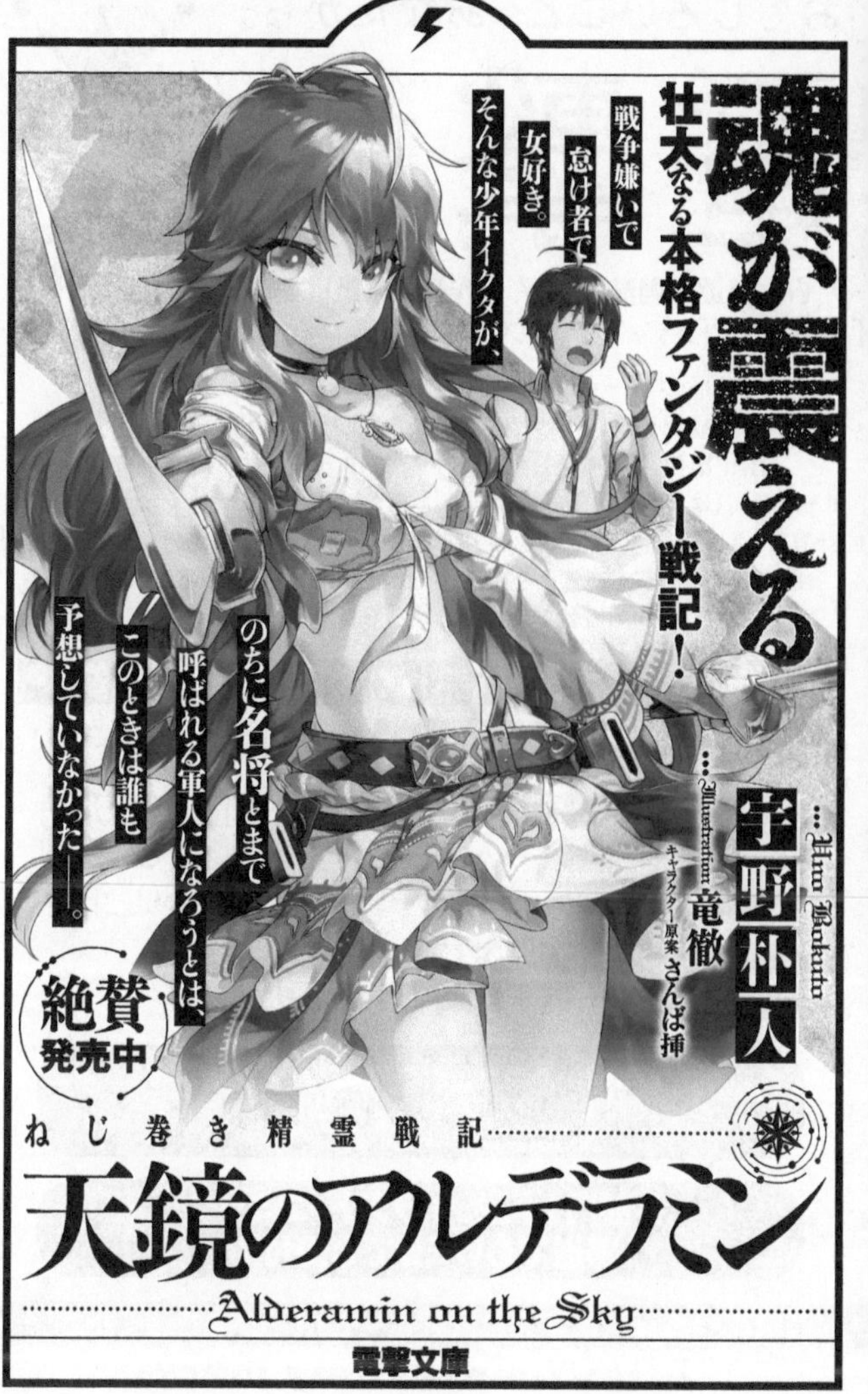

魂が震える
壮大なる本格ファンタジー戦記！
戦争嫌いで
怠け者で
女好き。
そんな少年イクタが、
のちに名将とまで
呼ばれる軍人になろうとは、
このときは誰も
予想していなかった――。
宇野朴人
Uno Bokuto
Illustration 竜徹
キャラクター原案 さんば挿
絶賛発売中
ねじ巻き精霊戦記
天鏡のアルデラミン
Alderamin on the Sky
電撃文庫